나의 문화유산답사기

일본편 5 교토의 정원과 다도

나의 문화유산답사기

일본편 5 교토의 정원과 다도

일본미의 해답을 찾아서

유홍준 지음

창비

책을 펴내며

일본미의 해답을 찾아서

이 책은 나의 일본 답사기 교토(京都)편 셋째 권으로 시대로 보면 전국시대, 모모야마시대, 에도시대를 거쳐 근현대에 이르는 기간이고, 답사처로는 남선사, 대덕사라는 명찰 두 곳, 우라 센케라는 일본 다도의 종가, 왕가의 별궁인 가쓰라 이궁과 수학원 이궁으로 꾸며졌다. 다도(茶道)의 전성시대인 모모야마시대의 명찰과 에도시대에 세워진 왕실의 별궁의 정원은 마치 일본미의 해답을 찾아가는 과정으로 읽힐 정도다. 이런 명원(名園)과 다실들은 우리에게 대단히 강렬한 인상을 주기 때문에 교토 답사 후 머릿속에 남는 것은 일본 정원의 아름다움이라고 말하게 된다.

제1부는 '교토 5산'의 핵심적인 선찰(禪刹) 중 하나인 남선사(南禪寺)와 다도의 명찰인 대덕사(大德寺), 그리고 일본 다도의 본가인 우라 센케(裏千家)의 답사기로 엮었다. 모모야마시대에 센노 리큐(千利休)에 의해 일본의 다도가 완성되는 과정과 함께 초암(草庵) 다실인 스키야(數寄屋)와 노지(露地)라는 그윽한 정원 양식의 탄생, 그리고 다도의 사상인 와비

사비(侘び·寂び)의 미학을 알아보았다. 와비사비란 흔히 쓸쓸하고 적막한 서정과 불완전성에서 오히려 더 큰 숨겨진 가치를 찾는 아주 어려운 개념인데 이 두 곳의 답사를 통하여 어느 정도는 이해할 수 있을 것으로 기대한다.

제2부에서는 에도시대의 대표적인 별궁인 가쓰라 이궁(桂離宮)과 수학원 이궁(修學院離宮)을 둘러보는데, 여기에는 희대의 정원 설계가인 고보리 엔슈(小堀遠州)의 이른바 '아름다운 사비'의 미학이 반영된 지천회유식(池泉回遊式) 정원이 있다. 거기가 사실상 일본 정원미의 해답이었다.

이렇다보니 이번 책에는 정원, 건축, 역사, 선종, 다도, 미학, 게다가 와비사비에 이르기까지 아주 전문적인 이야기가 많이 나온다. 이 때문에 독자들이 다소 어렵게 느끼며 읽기 힘들어할지도 모른다는 생각이 든다. 사실 글을 쓰고 있는 나 자신도 아직껏 '사비'의 미학을 마음으로 다는 이해하지 못하고 있다.

그러나 일본은 어디까지나 외국이기 때문에 공부하는 셈 치고 읽어나가는 수밖에 없을 것 같다. 그렇게 해서 얻은 지식은 일본을 이해하는 밑거름이 될 뿐만 아니라 미를 보는 눈을 넓혀주는 경험이 될 것이며, 동시에 그것을 우리 것과 비교해봄으로써 우리 문화를 새롭게 인식하는 또하나의 계기가 될 수 있으리라 믿는다.

제3부는 교토 답사의 여적(餘滴)이다. 교토 시내를 느긋이 거닐면서 본 대로, 느낀 대로, 생각나는 대로 떠오르는 상념과 오늘날 교토의 현대건축에서 느낀 바를 술회했다. 특히 안도 다다오가 설계한 정원박물관은 대단히 인상적인 것이어서 일본 정원의 전통이 일본 현대건축에 끼친 영향을 생각게 해주었다.

이어서 한국인으로서 교토를 답사하면 한 번쯤은 찾아가볼 만한 곳을 소개하는 역사적 회상을 기술했다. 교토의 도시샤(同志社)대학과 가모강(鴨川)은 우리 근대시를 얘기할 때 빼놓을 수 없는 정지용과 윤동주의 발길이 느껴지는 곳이며, 고려미술관은 한 재일동포의 모국에 대한 자랑과 사랑으로 이루어진 곳이어서 한국인으로서는 감회가 뜨겁다.

이 책은 2014년에 출간된 『답사기 일본편』 4권의 후반부를 재편집한 것이다. 개정판 1권의 서문에서 밝힌 것처럼 일본편 전체를 '답사기 판형'으로 다시 제작하면서 네 권을 다섯 권으로 나누어 각권의 볼륨을 줄여야 했다. 이에 기존의 일본편 제3권, 제4권의 '교토(京都)'편을 세 권으로 재편집해 제3권은 헤이안시대까지, 제4권은 가마쿠라시대까지, 제5권은 무로마치시대 이후 현대까지로 나누었다. 초판 제4권을 구매하신 독자께서는 참고하시길 바란다.

이리하여 나의 교토 답사기는 모두 세 권으로 마무리되었다. 생각 밖으로 긴 여정이었지만 천년고도 교토를 교토답게 소개하자니 어쩔 수가 없었다. 독자 여러분이 이 책과 함께 교토의 문화유산을 경험하고 즐기면서 일본문화를 심도있게 이해할 수 있기를 바라는 마음이다.

2020년 9월
유홍준

차례

제3부 그리고, 남은 이야기

일러두기

1. 이 책의 일본어 표기는 국립국어원의 표기법을 따랐다. 권말에는 일본어를 현지음에 최대한 가깝게 적는 창비식 일본어 표기를 병기한 주요 고유명사의 일람표를 실었다.

2. 일본어 인명·지명은 일본어로 읽어주는 것을 원칙으로 하되, 사찰·유물·유적·승려의 이름 등 뜻을 지닌 한자어 고유명사는 독자의 이해를 돕기 위해 한자를 우리말로 읽어주고 괄호 안에 일본어 발음을 병기했다.

제1부

모모야마 시대의 정원과 다실

일본 정원과 한국 정원의 차이를 물으신다면

철학의 길 / 다이쇼 데모크라시의 지성들 /
법연원과 노무라 미술관 / 영관당 / 남선사 삼문 / 수로각 /
방장 정원 / 한국 정원과 일본 정원

철학의 길에서

은각사 답사는 필연적으로 '철학의 길'로 이어진다. 비와호(琵琶湖) 소수(疏水) 수로를 따라 남쪽으로 2킬로미터 떨어진 남선사까지 이어지는 이 길은 일본 근대 철학자인 니시다 기타로(西田幾多郎, 1870~1945)가 즐겨 산책하던 곳이라고 하여 '철학의 길'이라는 이름이 붙어 있다.

본래 철학의 길이라고 하면 독일 하이델베르크에 있는 네카어 강변의 '철학자의 길'이 원조다. 헤겔, 괴테, 하이데거, 야스퍼스 등이 즐겨 산책했다는 곳이다. 칸트가 걸었던 쾨니히스베르크의 산책로도 '철학자의 길'로 불린다. 특히 칸트는 늘 정확한 시간에 산책을 나와 시계가 귀하던 그 시절에 동네 사람들이 그가 산책하는 것을 보고 시각을 알았다는 유명한 일화도 있다. 그런 칸트가 산책에 나오지 않은 일이 두 번 있었다고 하는데, 한 번은 루소의 『에밀』을 읽다가 시간을 놓친 것이었고, 또 한 번은 프랑스에서 혁명이 일어났다는 소식을 들은 날이었다고 한다.

벤치마킹의 귀재인 일본은 1968년에 이 길을 정비하면서 '철학의 길'이라는 멋진 이름을 붙였고 물가에는 어느 독지가가 기증한 벚꽃을 심었다. 그 나무가 제법 크게 자라 봄이면 흐드러지게 피어나는 벚꽃의 명소로 이름이 났고, 여름엔 반딧불이 모여들어 열대야의 피서처로 유명하다.

젊은 아베크족과 관광객들이 붐비면서 주변 주택가에 끽다점과 부티크숍이 들어차 더 이상 철학의 길다운 분위기는 없지만 그래도 주변의 상점과 집들이 깔끔하고 근처에는 법연원(法然院), 영관당(永觀堂), 냐쿠오지 신사(若王子神社), 노무라(野村) 미술관 등 명소들이 자리잡고 있어 산책길로는 그만이다.

그리고 철학의 길이라는 넉 자로 인하여 들떠 있는 사람의 발길에 적당한 사색의 무게를 실어준다. 길 중간에는 철학자 니시다 기타로의 비가 있는데 이렇게 쓰여 있다.

| '철학의 길' 표지석 | 비와호 수로를 따라 남쪽으로 2킬로미터 떨어진 남선사까지 이어지는 이 길은 일본 근대 철학자인 니시다 기타로가 즐겨 산책하던 곳이라고 하여 '철학의 길'이라는 이름이 붙었다.

사람은 사람, 나는 나, 어찌됐든 내가 가는 길을 나는 간다(人は人 吾はわれ也 とにかくに吾行く道を吾は行なり).

니시다 기타로는 가나자와(金澤) 제4고등학교 출신으로 동급생인 스즈키 다이세쓰와는 이인삼각의 벗이자 동료였다. 다이세쓰가 서구에 일

| 철학의 길 | '철학의 길' 물가에는 어느 독지가가 기증한 벚꽃을 심었는데, 그 나무가 제법 크게 자라 봄이면 흐드러지게 피어나는 벚꽃의 명소로 이름이 났고, 여름엔 반딧불이 모여들어 열대야의 피서처로 유명하다.

본의 선을 전파한 것에 반하여 기타로는 『선(善)의 연구』라는 명저를 펴내어 서구 철학의 일본 토착화에 기여했다.

다이쇼 데모크라시의 지성들

한 시절 일본 지식인의 필독서였다는 니시다 기타로의 저서는 서구의 철학을 익히고 답습하는 것을 뛰어넘어 일본 고유의 철학 체계를 제시한 것으로 평가되고 있다. 이처럼 20세기 초 다이쇼(大正) 연간(1912~26)이 되면 일본 지식인들은 앞 시기 메이지시대에 받아들인 서구문명을 소화하여 일본에 뿌리내리고 나아가 일본문화를 서양에 당당히 전파하는 데 성공한다.

문학에서 나쓰메 소세키(夏目漱石), 아쿠타가와 류노스케(芥川龍之

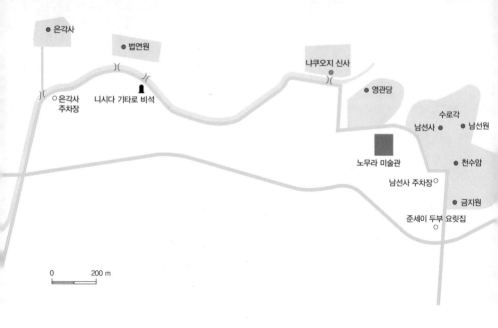

은각사

법연원

나쿠오지 신사

은각사
주차장

니시다 기타로 비석

영관당

수로각

남선사

남선원

노무라 미술관

천수암

남선사 주차장

금지원

준세이 두부 요릿집

0   200 m

介),『무사도』의 니토베 이나조,『차의 책』의 오카쿠라 덴신,『미(美)의 법
문(法門)』의 야나기 무네요시(柳宗悅),『이키(いき)의 구조』의 구키 슈조
(九鬼周造),『풍토(風土)』의 와쓰지 데쓰로(和辻哲郎),『중국회화사』의 나
이토 고난(內藤湖南) 등등 내가 일본을 공부하기 위해 읽은 책의 저자들
은 대개 이 시기 분들이다.

　일본에서는 당시의 지적 풍토를 '다이쇼 데모크라시' '다이쇼 리버럴
리즘' '다이쇼 교양주의' '다이쇼 이상주의'라고 부른다. 서구문명을 받
아들여 구학(舊學)에서 신학(新學)으로 넘어가는 과도기에 일본에서는
이런 지성들의 노력과 업적이 있었던 것이다. 우리나라로 치면 벽초 홍
명희, 육당 최남선, 춘원 이광수, 위당 정인보 같은 분들의 학예활동과 비
슷한 것이었는데 우리나라는 일제의 식민지가 되는 바람에 그 지성이
맘껏 활개를 펴지 못했던 것이 못내 아쉽다.

　그러나 다이쇼 지성들의 이런 노력이라는 것이 일본이 군국주의로 나아가고 대동아공영권이라는 허울 좋은 이름의 제국주의로 무장할 때 이를 제어하지는 못할망정 니시다 기타로를 비롯하여 많은 지성들이 결국 그들의 공작에 동조하고 이용당하는 결과를 낳기도 했으니, 한편으로 생각하면 철학이라는 것이 허망하기도 하다. 그가 『선의 연구』에서 말한 도덕은 무엇이고 『일본문화의 문제』에서 말한 것은 무엇이었단 말인가.

그래서 현실에 굳건히 발 딛고 살아가고자 하는 리얼리스트의 입장에서는 삶을 철학이라는 이름으로 재단하고 포장하는 것이 못마땅하다. 셰익스피어가 로미오의 입을 빌려 "줄리엣을 만들어낼 수 없는 철학이라면, 그런 철학은 꺼져버려라"라고 외친 것이 더 리얼하게 들려오기만 한다.

법연원과 노무라 미술관

철학의 길에서 남선사로 가는 길은 언제 어느 때 걸어도 상쾌하기만 하다. 들를 만한 곳도 많다. 법연 스님을 모신 법연원(法然院, 호넨인)은 한적한 절이라고 하여 한번 가보았더니 백사 마당도 예쁘고 본당 앞의 동백나무도 일품이었지만 '명가분묘(名家墳墓)'라는 곳이 있는 것에 감동을 받았다. 거기에는 나도 그들의 책을 읽은 바 있는 다이쇼 교양주의 학자인 구키 슈조와 나이토 고난의 묘가 있었다. 나이토 고난은 안견의 「몽유도원도」에 대하여 처음으로 논문을 발표한 지한파(知韓派) 학자이기도 하다.

남선사 거의 다 가서 있는 노무라(野村) 미술관은 노무라증권의 문화재단이 세운 아주 야무진 사설미술관이다. 지상 2층, 지하 1층 건물에 1500점의 유물을 소장하고 있는 작은 규모지만 일본의 전통적인 건축인 스키야(數寄屋)를 현대적으로 계승한 건물이 단아하면서도 당당하고, 현대식 정원도 예쁘며, 고려 다완을 비롯하여 명품 다완을 많이 소장

| **노무라 미술관** | 남선사 가까이 위치한 노무라 미술관은 노무라증권의 문화재단이 세운 야무진 사설미술관이다. 작은 규모이지만 일본 전통 건축을 현대적으로 계승한 건물이 단아하며, 다완을 중심으로 한 소장품도 당당하다.

하고 있다.

봄가을에만 문을 열고 해마다 테마전을 기획하는데 몇 해 전(2008)에 남선사에 갔을 때는 「고려 다완에의 도전」전이 열려 반갑게 구경했다. 그런데 이 전시회는 소장품 전시가 아니라 일본인 도예가와 한국인 도예가의 현대 다완전이어서 내가 기대한 것은 아니었다. 그 대신 다완의 전통이 그렇게 이어져가고, 여전히 우리 도예가들의 작업을 일본에서 관심있게 보고 있다는 사실을 새삼 확인할 수 있었다.

영관당의 '뒤를 돌아보는 불상'

철학의 길에서 그중 볼만한 곳 하나를 꼽으라면 영관당(永觀堂, 에이칸도)이다. 남선사에서 그리 멀지 않은 곳에 있는 이 절의 본 이름은 선림사

| **영관당 전경** | 철학의 길에서 영관당은 그중 볼만한 곳이다. 원래 이름은 선림사로 헤이안시대에 창건된 절인데 훗날 영관 율사가 동대사에서 아미타여래를 모셔와 영관당이라는 애칭으로 불린다.

(禪林寺)로 863년 헤이안시대에 창건된 절인데 훗날 영관(永觀) 율사가 동대사에서 아미타여래를 모셔와 영관당이라는 애칭으로 불리고 있다. 영관당은 고려불화 명품 「아미타여래도」를 소장하고 있어 우리와도 인연이 있다.

영관당은 가파른 산비탈에 위치하여 산자락을 타고 연이어 지은 불당들이 회랑과 계단으로 층층이 연결되어 있다. 순로를 따라 올라가다보면 회랑 양옆 열린 공간에는 제각기 특색있는 정원이 꾸며져 있고 건물 실내에는 화려한 후스마에가 장식되어 있는데 그중 온 산이 시뻘겋게 불타는 강렬한 그림과 일렁이는 파도로 뒤덮인 그림이 양쪽에 펼쳐져 있는 방은 대단히 인상적이었다.

그리고 마지막 아미타당에 올라 '뒤를 돌아보는 불상'을 배관하는 것이 영관당 답사의 하이라이트이자 가장 큰 매력이다. 이 불상은 헤이안

| **불타는 장벽화** | 영관당 내부에는 화려한 장벽화가 있는데, 특히 온 산이 시뻘겋게 불타는 강렬한 그림과 일렁이는 파도로 뒤덮인 그림이 양쪽에 펼쳐져 있는 방은 대단히 인상적이었다. 사진은 불타는 모습을 그린 쪽이다.

시대 후기의 목조 불상으로, 영관 율사가 교토까지 짊어지고 왔다는 바로 그 불상이다.

헤이안시대 불상답게 풍만한 몸체에 유연한 옷자락이 실감나게 표현되어 있는데 특히 뒤를 돌아보는 포즈가 보는 이를 매혹시킨다. 아미타여래가 극락으로 돌아가면서 중생들이 잘 따라오나 걱정되어 뒤를 돌아보는 모습이다.

조각적으로 볼 때 뒤를 돌아보는 모습은 잘못하면 누가 뒤따라오는가 살피는 것처럼 보일 수도 있지만 이 불상의 시선은 발아래가 아니라 먼 곳으로 향한 그윽한 눈빛이어서 그런 의심을 주지 않는다. 참으로 매력적인 불상이다. 중생구제의 뜻을 이처럼 명확히 보여주는 이 독특한 도상은 일본미술사에서 앞에도 없고 뒤에도 없는 유일한 작품이다.

영관당 입구에는 방생지(放生池)라는 연못이 있는데 연못가에 아름다

| 뒤를 돌아보는 불상 | 영관당 답사의 하이라이트이자 가장 큰 매력인 이 불상은 헤이안시대 후기의 목조 불상으로 동대사의 것을 영관 율사가 등에 짊어지고 왔다고 전해진다.

운 단풍나무들이 있어 교토에서도 단풍의 명소로 유명하다. 실제로 몇 해 전 가을날 여기에 와서 파란 하늘을 배경으로 홍채를 발하는 방생지의 단풍을 본 것은 큰 기쁨이었다.

그런데 장애인고용공단의 이사장을 지낸 박은수 변호사가 영관당에서 받은 감동은 따로 있었단다. 단풍이라도 보겠다며 영관당에 갔는데 층층이 연결된 계단과 회랑과는 별도로 휠체어 길이 있고 구석구석에 엘리베이터가 놓여 있어 안내원이 입구에서부터 아미타당 '뒤를 돌아보는 불상'까지 안내해주더라는 것이다. 이를 보면서 박변호사는 우리의 석굴암에도 장애인이 갈 수 있는 날이 오기를 손 모아 기도했다고 한다.

남선사의 내력

남선사(南禪寺, 난젠지)로 답사객을 안내하는 나의 발걸음과 마음은 항시 가볍다. 그것은 낯선 이국 문화를 이해하기 위해 우리가 공부했던 일본의 역사, 건축, 정원, 사찰의 구조, 스님 이름, 천황 이름, 선종의 의의, 무로마치시대 문화의 성격, 오닌의 난 같은 것을 더 이상 길게 설명하지 않아도 되기 때문이다.

가마쿠라시대, 무로마치시대 명찰들을 둘러보고 남선사에 오면 나는 답사객들에게 요소마다 설명은 하겠지만 대개는 이제까지 보고 배운 것의 총복습일 것이라며 "공부 끝!"이라고 선언한다. 그러면 모두들 좋아라 한다.

내가 이렇게 말하는 것은 답사객들에게 긴장을 풀고 그냥 있는 그대로 즐기기를 바라는 마음에서인데, 이것은 나의 현장 교육술 중 하나다. "공부 끝!"이라고 했기 때문에 오히려 귀담아 듣는 여백이 있지 만약 내가 거두절미하고 "남선사는……" 하고 설명을 시작했다면 그들은 속으로 '또 시작하네……' 하며 지겨워했을 것이다.

남선사는 가마쿠라시대 가메야마 천황이 법황이 되면서 1291년에 자신이 지은 이궁(離宮)을 선종 사찰로 바꾸어 창건한 것이다. 남선사라는 이름은 일본에 들어온 선종이 남종선(南宗禪)인 데서 온 것이다.

가메야마 천황은 80여 명의 자녀를 두었다는 헤이안시대의 사가 천황보다도 더 정력적인 사나이였다고 한다. 왕통이 대각사통과 지명원통으로 나뉠 때 대각사통이 바로 가메야마 천황계를 말하는 것이었다.

그는 15년간 정열적으로 원정(院政)을 펼치다가 41세 때 돌연히 머리를 깎고 법황이 되고는 2년 뒤 자신이 살던 집에 남선사를 세웠다. 이는 천황가가 선종 사찰을 지은 첫번째 사례이며 이로 인해 공가사회에 선종이 큰 세력을 얻게 되었다고 한다.

무로마치시대에 들어와 남선사는 몽창 국사, 춘옥 선사를 비롯한 명승들을 주지로 모시면서 사세를 과시했고 1385년 3대 쇼군 아시카가 요시미쓰가 중국의 제도를 본받아 선종 사찰에 5산 10찰의 등급을 매길 때 5산지상(五山之上)이라는 별격의 지위를 부여받아 제1위 천룡사, 제2위 상국사, 제3위 건인사보다도 훨씬 격이 높은 사찰이었다. 당시 남선사는 10만 평의 부지에 수십 개의 탑두를 거느린 대찰이었다고 한다.

오닌의 난 등 세 번에 걸친 큰 화재로 괴멸적 타격을 입었지만 도요토미 히데요시의 복구 명령과 뒤이은 도쿠가와 이에야스의 지원으로 1606년에 다시 복원되었다. 그 때문에 현재 남선사의 건축과 정원은 대개 모모야마시대의 유산들이다.

남선사의 삼문

오늘날에도 남선사는 임제종 남선사파의 대본산으로 높은 사격을 유지하고 있지만 폐불훼석 때 부지가 대폭 축소되면서 경내 전체가 담장

| 삼문 | 철학의 길을 걸어 담장도 없는 남선사 경내로 들어오면 곧 삼문 앞에 다다르는데 그 규모에 자못 놀라게 된다. 일본의 3대 삼문 중 하나이며, 유일하게 삼문 위가 개방되어 있다.

없이 공원처럼 개방되어 있어 정연한 선찰의 분위기를 실감하기 힘들다.

게다가 절의 자리앉음새가 히가시야마 자락에 기대어 서쪽을 향하고 있어 삼문과 법당은 대지의 생김새대로 서향을 하고 있는 반면에 스님이 거주하는 방장과 선당은 남향집으로 돌아앉혀져 있어 방향감각을 잡기도 어렵다.

그래서 나의 남선사 답사는 삼문에서 시작하곤 한다. 철학의 길을 걸어서 담장도 없는 남선사 경내로 들어오면 곧 삼문 앞에 다다르는데, 키 큰 적송들이 줄기마다 붉은빛을 띠며 준수한 모습을 뽐내고 있는 솔밭을 보면 아연 놀라게 된다. 일본에도 이처럼 아름다운 소나무가 있구나 싶어지면서 마치 우리가 간직하고 있는 소나무에 대한 순정을 도둑맞은 것 같은 상실감도 생긴다.

그러나 남선사를 소개한 책자에 이 소나무에 대한 예찬이나 자랑이

| 삼문에서 내려다본 진입로 소나무 | 남선사 진입로에 도열한 소나무를 보면 일본에도 이처럼 아름다운 소나무가 있구나 싶어지면서 마치 소나무에 대한 우리의 순정을 도둑맞은 것 같은 상실감마저 생긴다.

없고 오직 삼문 앞에 있는 벚꽃의 모습에만 포커스를 맞추는 것을 보면 역시 소나무에 대한 사랑이 우리 같진 않은 모양이다.

남선사 삼문은 지은원, 인화사의 그것과 함께 교토의 3대문 중 하나로 꼽히는 장대한 규모이다. 정면 5칸, 측면 3칸의 2층 누각 형식으로 전형적인 선종 양식인데 높이가 22미터나 된다. 창건 당시의 건물은 소실되었고 1628년에 도쿠가와 이에야스와 도요토미 히데요시 세력 사이에서 벌어진 '오사카의 여름 전투'(1615)에서 희생된 장수들의 명복을 빌기 위하여 중건된 것이다.

그 때문에 다른 삼문과 마찬가지로 보관석가모니상을 본존으로 하고 좌우에 16나한상을 배치하면서 기진자인 도쿠가와 이에야스와 그 중신들의 위패도 모셔놓고 있다.

교토의 3대문 중 유일하게 일반에 공개되어 언제나 별도의 입장료만

| **수로각** | 삼문에서 내려와 방장으로 발길을 돌리면 큰 법당 오른쪽으로 돌연히 거대한 벽돌 아치가 뻗어 있는데,
1885년에 로마의 수도교를 본떠, 비와호 물을 끌어들여 수로각을 건설한 것이다.

내면 들어갈 수 있는 삼문이다. 여기에 오르면 멀리 녹음 우거진 어소와
함께 교토 시내가 장관으로 펼쳐진다. 가부키(歌舞伎)「누문오삼동(樓門
五三桐, 산몬고산노키리)」에서 이시카와 고에몬(石川五右衛門)이라는 대도
적도 이 삼문에 올라와서는 좌우를 휘둘러보고 "절경이구나, 절경이구
나"를 연발한 것으로 유명하다. 이 도적은 실존 인물로 처형될 때 끓는
튀김 가마 속에 집어넣어졌다고 한다.

150년 전의 수로각

삼문에서 내려와 방장으로 발길을 돌리면 큰 법당 오른쪽으로 돌연히
거대한 벽돌 아치가 뻗어간 것을 볼 수 있다. 이것이 바로 비와호 물을
교토로 끌어들이는 '비와호 소수(疏水)'가 지나가는 수로각(水路閣)인데

| **수로각 물길** | 남선사 경내를 통과하는 수로가 고유 경관을 해친다는 반대도 있었지만, 세월이 지나면서 수로각은 이색적인 근대 시설로 각광받았다. 제법 빠르게 흘러내리는 물에는 물고기들이 유유히 헤엄치고 있었다.

로마의 수도교를 본떠 건설한 것이다.

이 거대한 토목사업은 1871년 폐번치현(廢藩置縣) 조치로 교토가 행정구역상 부(府)가 되어 지사(知事)가 관할하는 지방도시로 전락하면서 상실감에 빠져 있던 때 3대 교토부 지사로 부임한 기타가키 구니미치(北垣國道)가 교토 부흥책으로 시행한 것으로, 1885년에 착공하여 5년 만에 완공되었다. 바다처럼 넓은 비와호 물을 히에이산을 휘돌아 끌어들여서 교토의 식수와 공업용수로 사용한다는 이 과감한 발상은 당시 23세의 공학도 다나베 사쿠로(田邊朔郎)의 「비와호 소수 계획」이라는 논문에서 비롯되었다고 한다.

처음에는 반대여론도 만만치 않았으나 결과적으로 교토뿐 아니라 일본 전체에서 처음으로 수력발전소가 생기고 최초로 전차가 다니게 되었으며 공업용수와 전기의 공급이 원활해져 교토가 근대화하는 심장 역할을 했다. 사시사철 맑은 물이 흘러내리는 이 소수가 지나가는 남선사 일대에는 부촌이 형성되어 공관(公館)을 비롯한 저택들이 들어서고 교토 동물원, 교토근대미술관 같은 문화시설이 자리잡게 되었다.

당시 반대여론 중에는 남선사 경내를 통과하는 소수가 경관을 해친다는 지적도 있었지만, 세월이 지나면서 이 수로각은 이색적인 근대 시설로 각광받아 영화나 패션 사진 촬영의 명소가 되었다. 호기심을 억제하지 못하여 수로각 위로 올라가보니 제법 빠르게 흘러내리는 소수에는 물고기들이 유유히 헤엄치고 있었다.

가만히 생각해보니 지금부터 130년 전 일본에는 자체 실력으로 이런 엄청난 계획을 수립하고 연구하여 그것을 실행에 옮길 기술과 문화능력이 있었던 것이다. 메이지시대 일본의 근대화는 이처럼 대담하게 추진되었고 이를 통해 얻은 자신감이 일본 근현대의 빛과 그림자가 되었다는 생각이 절로 든다.

호랑이 그림과 방장 정원

수로각 바로 곁에는 남선사 답사의 핵심이라 할 수 있는 방장이 있다. 남선사 방장은 1611년에 어소의 건물을 이축한 방대한 규모의 침전조 양식으로 대방장과 소방장 건물이 연이어 있다. 남선사 대방장 정원은 일본 정원의 전형을 보여주는 명작으로 꼽히는데, 17세기 에도시대로 넘어가 일본 정원의 역사에서 또 한 번 전기를 마련한 고보리 엔슈(小堀遠州)가 작정(作庭)한 것으로 전한다.

전형적인 마른 산수 정원으로 고운 물결무늬를 나타낸 흰 백사를 넓게 깔고 길게 뻗은 흰 기와담장 가에는 소나무, 동백나무, 벚나무, 단풍나무를 적당히 배치하고 그 사이사이에 놓인 잘생긴 돌은 이끼로 감싸였

| 대방장 정원 | 일본 정원 역사에서 또 한 번 전기를 마련한 고보리 엔슈가 조영한 것으로, 일본 정원의 전형을 보여주는 명작이다.

다. 백사에는 조용한 긴장감이 흐르고 눈에 익숙한 나무들은 편안함을 주는 가운데 흰빛 검은빛이 어울린 정원석들이 진중한 무게감을 더한다.

방장 툇마루에 앉아 이 침묵의 석정을 바라보노라면 단아한 아름다움과 함께 명상적 분위기가 절로 일어난다. 가히 모범적인 일본 정원이라 할 만하다. 그런데 남선사 안내책자를 보면 이 돌들의 배치가 '호랑이 새끼 물 건너기'를 표현한 것으로 전한다고 쓰여 있다.

용안사 답사 때 잠깐 언급했듯이 일본엔 호랑이가 없는데 호랑이 그림이 크게 유행한 것은 그것이 무사들의 정서에 맞았기 때문이다. 그것은 중국과 조선에서 호피를 많이 수입한 것과도 연관된다.

일본의 호랑이 그림 중에 나오는 '호랑이 새끼 물 건너기' 이야기는 본래『후한서(後漢書)』「유곤전(劉昆傳)」에서 어미 호랑이의 모성애와 그 수고로움을 정치에 비유한 것인데 일본에서는 그것을 재미있는 호랑이

| 「군호도」 | 남선사 소방장에는 대밭에서 뛰노는 호랑이와 물 마시는 호랑이 등을 그린 가노 단유의 그림이 그대로 남아 있어 화려함의 극치를 달렸던 모모야마시대의 장려한 멋을 여실히 보여준다.

이야기로 받아들인 모양이다. 이는 같은 호랑이라도 우리나라 사람들이 머릿속에 그리는 호랑이의 이미지와 사뭇 다른 점을 말해준다.

방장 실내 후스마에는 모모야마시대 화가들의 명작들이 장식되어 있다. 그중 소방장에는 당대 회화의 대가인 가노 단유(狩野探幽)가 대밭에서 뛰노는 호랑이와 물을 마시는 호랑이 등을 그린 「군호도(群虎圖)」가 지금도 그대로 남아 있어 화려함의 극치를 달렸던 모모야마시대의 그야말로 장려한 멋을 여실히 맛볼 수 있다.

일본의 장식화와 조선의 감상화

일본의 명찰들에 그려져 있는 후스마에를 보다보면 박물관에나 있을 법한 오래된 명화들이 현장에 그대로 전하는 것에 감탄하게 된다. 더욱이 그것이 은각사에서 보았듯이 기술 집단에 의해 제작되어 장인도 대접받고 생산량이 많았던 데에는 부러움도 느끼게 된다.

실제로 조선왕조에서 기술을 천기(賤技)로 생각하여 건축·무용·음

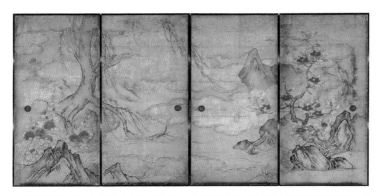

| **방장의 장식화** | 일본의 명찰에 남아 있는 장식화를 보다보면 박물관에나 있을 법한 오래된 명화들이 현장에 그대로 전하는 것에 감탄하게 된다.

악·도자기·목기·금속공예의 장인들을 모두 '쟁이'로 취급함으로써 장인의 이름 석 자를 거의 남기지 않은 것과 크게 대비되는 대목이다.

그러나 예술을 오직 장인에게만 의지함으로써 잃어버린 것도 없지 않다. 그것은 특히 후스마에를 비롯한 회화에서 나타났다. 이런 작품을 보면 필치가 고아하고 채색이 말쑥한 것은 분명하지만 예술로서 회화세계의 본령에 끝까지 도전하지 않고 문득 멈춘 듯한 작품이라는 생각을 금치 못한다. 그것은 이 화가들의 역량의 문제라기보다 장벽화라는 장식화의 한계인 것으로 보인다.

야마토에, 후스마에, 에마키 등 일본 회화의 실용성과 장식성은 뿌리 깊은 전통이었다. 이 점은 일본의 현대미술에도 그대로 나타난다. 요즘 우리나라에도 잘 알려진 구사마 야요이(草間彌生, 1929~)의 경우도, 정신질환에서 비롯된 몽환적인 작품으로 유명하지만 그녀 역시 기본적으로 장식성이라는 점에서 예외가 아니다.

이에 반해 조선왕조의 예술에서 공예는 이름 없는 장인에게 의지했지만 서화만은 '쟁이'에게 다 맡기지는 않았다. 사대부가 직접 참여하거나

중인 신분의 화원(畵員)들로 하여금 담당하게 했다. 화원도 문인 취미라는 것을 이해해야 대가가 되었다. 이것은 서화가 지닌 미학이 기술만으로는 해결할 수 없는 인문정신을 갖추어야 가능한 것이기 때문이었다.

특히 조선왕조에서는 장식화보다 감상화가 주류였기 때문에 예술의 본령에 다가가려는 노력이 끊임없이 계속되었다. 그 점에서 장식화는 일본이 제격이었지만 사람의 심금을 울리는 예술성에서는 조선시대 회화가 월등 뛰어났다. 조선통신사의 수행원으로 간 연담(蓮潭) 김명국(金明國)이 일본에서 떨친 전설적인 명성은 이런 배경에서 나온 것이었다.

오늘날 일본은 국력에 비해 예술이 약하다는 평을 면치 못하고 있다. 20세기를 다 보내고도 일본 자국 내가 아니라 국제적으로 이름 있는 예술가를 배출하지 못한 것을 두고 하는 얘기다.

그 대신 일본은 실용으로서의 미술, 이를테면 애니메이션, 도자기, 목칠공예 같은 데에선 다른 나라가 따라올 수 없는 뛰어난 기량을 보여준다. 그 점에서 일본의 예술은 장인적 전통을 중시하는 대단히 실질적인 DNA를 가졌다고 할 수 있다.

남선사의 고려 『어제비장전』 목판화

무로마치시대에 건립된 교토의 사찰들이 모두 그렇듯이 남선사에도 중국과 한국의 많은 불경·불화·서화가 소장되어 있다. 특히 우리나라 미술품으로는 고려시대 『어제비장전(御製祕藏詮)』 목판화가 소장되어 있는 것으로 유명하다.

『어제비장전』은 송나라 태종이 불교 교리의 깊은 뜻을 읊은 오언시(五言詩) 약 1000수를 담은 일종의 불교 시집이다. 황제가 친히 지었다고 해서 '어제(御製)'라고 하며 '전(詮)'은 설명한다는 뜻이다. 983년 무렵에

| 「어제비장전」 목판 | 『어제비장전』은 송나라 태종이 불교 교리의 깊은 뜻을 읊은 오언시 약 1000수를 담은 일종의 불교 시집인데 우리나라 고려 때 목판으로 삽도를 넣어 새긴 것을 남선사에서 19권이나 보관하고 있다.

완성된 20권본과 996년 무렵에 만들어진 30권본이 있는데, 고려에서는 두 종류 모두 11세기 전반과 후반에 간행되었다.

그러나 이 목판 원판은 몽골 침입 때 불타 없어지고 인출된 것도 서울 성암고서박물관과 이곳 남선사에 일부가 소장되어 있을 뿐이다. 그러니 얼마나 귀중한 것인지 알 만하지 않은가. 남선사 소장본은 2004년 교토 국립박물관 특별전에 전시된 바가 있다.

성암고서박물관 소장의 권6은 『초조대장경』의 일부로, 개판(開版) 당시인 11세기에 인출된 것인데 앞부분이 산실(散失)된 채 4폭의 삽도(揷圖)만 남아 있다. 그림은 깊은 산속에 있는 보리도량(菩提道場)에서 승려가 설법을 듣고자 찾아오는 장면, 설법을 듣는 장면, 중생 제도를 위해 떠나는 장면 등을 그린 것이다.

이에 비해 남선사 소장 권13에는 「불부(佛賦)」 2수와 「전원가(詮源歌)」 1수가 실려 있는데 석가모니가 불교를 전도하는 이야기를 노래한 것이다. 삽도이기 때문에 도안화되어 있기는 하지만 험준한 산세를 나타낸 구도와 수목·냇물·집·인물의 표현 등에 당시 막 발달한 북송 산수화의 모습이 반영되어 있다.

이 판화들을 북송에서 1108년에 인출된 북송판 「어세비상전 판화」(미국 하바드대학교 포그미술관 소장)와 비교해보면 도상 자체는 같지만 세부적인 묘사에는 차이가 많아 이미 고려화된 그림임을 알 수 있다.

지금 고려시대 불화 이외의 산수화는 거의 전하는 것이 없지만 이를 보면 당시 고려시대 일반 회화도 상당히 높은 수준이었을 것으로 짐작된다. 이런 이야기는 일반인에게는 별로 흥미 없는 것일지 모르지만 미술사, 특히 전공이 한국회화사인 나에게는 남선사라고 하면 먼저 머리에 떠오르는 것이 고려판 『어제비장전』 목판화일 정도로 큰 의미를 갖고 있다. 그래서 일반 독자가 아니라 미술사 전공자들에게 기억을 환기해주기 위해 자세히 설명해둔다.

한국 정원과 일본 정원의 차이

남선사 방장 건물은 저 안쪽에 있는 용연각(龍渕閣)까지 회랑으로 연결되어 있다. 회랑이 꺾이면서 좌우로 열린 공간은 불식암(不識庵), 궁심정(窮心亭)이라는 조출한 노지 다실이 차지하고 있고 그 사이로는 여지없이 정원이 조성되어 대여섯 개가 제각기 다른 표정과 이름을 갖고 있다.

회랑 한쪽에는 정원석을 이리저리 배치하면서 육도(六道, 천계·인간계·아수라계·축생계·아귀계·지옥계)의 윤회를 표현한 육도정(六道庭)이 있는가 하면, 소방장 앞에는 마음 심(心)자 모양으로 돌을 배치하여 마음의 평온을 나타낸 여심정(如心庭)도 있다. 일본의 정원은 이렇게 표정이 많다.

내가 답사객들을 모아놓고 남선사는 방장 정원뿐 아니라 탑두 사원마

| **남선사의 정원**(위)**과 탑두 사원인 천수암의 정원**(아래) | 남선사 방장과 소방장 둘레에는 아기자기한 작은 정원들이 저마다 다른 이름을 갖고 있고, 천수암을 비롯한 탑두 사원에는 독특한 정원이 따로 조성되어 있다.

다 정원을 갖추고 있어 남선원(南禪院), 천수암(天授庵), 금지원(金地院)의 정원이 유명하니 이걸 하나라도 더 보려면 그만 나가야 한다며 재촉하니 한 경상도 분이 경상도 사람답게 이의를 제기했다.

"마, 고만 됐심더. 정원은 이제 그만 봅시더. 맹 정원만 보고 다니니 헷갈려서 골이 다 아픕니더. 이만하면 안 됐능교. 차라리 예 마루에 찐득커니 앉아서 샘 말대로 선적인 무드라는 것도 느껴봅시더."

경상도 말에서 '마, 됐다'는 완강한 부정을 의미한다. 나는 대구에서 10년간 교편을 잡으면서 경상도 사람이 이렇게 나올 때는 지는 수밖에 없다는 것을 잘 알고 있다. 내가 답사객들에게 30분간 자유시간을 줄 테니 각자 맘에 드는 정원 앞에서 가만히 즐기다 가자고 하니 모두들 기다렸다는 듯 매표소 바로 옆에 있는 다실로 몰려갔다. 작은 폭포가 있는 정원을 바라보며 차를 마실 수 있는데 족히 20분은 걸린다.

나는 대방장 툇마루 한쪽으로 가서 길게 다리를 뻗고 모처럼 이 평범한 듯 깊은 맛을 일으키는 석정의 묘미를 온몸으로 느껴보려는데 함께 온 노년의 답사객이 내 곁에 와서 넌지시 묻는다.

"우리나라에는 이런 정원이 없죠?"

"물론 없죠."

"몇 해 전에 사업차 우리 회사에 온 일본 분이 우리나라 정원을 보고 싶다고 했을 때 참으로 당혹스러웠습니다. 그럴 땐 어딜 데려가야 할까요?"

"이런 일본 형식의 정원은 없지만 우리 식의 명원은 많죠. 궁궐 정원으로는 창덕궁 부용정이 제일이고, 은거지 정원으로는 보길도 부용정, 담양 소쇄원이 압권이고, 저택과 함께 어우러진 정원으로는 성북동 성낙원, 강릉 열화당, 영양 서석지 등등을 꼽을 수 있지요."

"사찰 정원은 없나요?"

"사찰 정원으로는 순천 선암사, 서산 개심사, 안동 봉정사 영선암이 멋있죠. 우리나라 정원은 일본 정원과 콘셉트 자체가 아주 달라요. 일본 정원은 보시는 바와 같이 자연을 재현한 인공적 공간으로 사람이 들어갈 수 없잖아요.

이에 비해 우리 정원은 자연공간 안에 인공적인 건물이 배치되고 나무가 심어지고 화단이 만들어집니다. 자연과 인공의 관계가 일본과는 정반대이고, 사람이 그 속에 파묻히죠."

"아, 그런 것이었어요? 나는 이렇게 예쁘게 꾸며놓은 것만이 정원인 줄 알았는데."

"그래서 일본은 정원이고 우리나라는 원림(園林)이라고 말하는 것이 정확한 표현입니다."

이 점은 정원의 나무를 다루는 데에서도 마찬가지다. 은각사 참도의 동백나무 생울타리와 우리나라 해인사나 선암사의 진입로를 비교해보면 한일 두 나라의 정원에 대한 개념뿐만 아니라 민족성까지 확연히 드러난다.

일본인들은 정원의 나무에 철저히 가위질을 하여 인공이 가미된 자연으로 경영하면서 어쩌다 잘생긴 소나무나 흐드러진 수양벚나무를 자연 그대로 맡겨둔다. 이에 비해 한국의 정원에서는 자연의 멋이 있는 그대로 살리면서 무성한 곳을 다듬거나 빈 공간에 멋진 나무 한 그루를 배치하면서 정원을 조성한다.

정원에 돌을 놓는 것도 마찬가지다. 대구 산격동에 사는 한 사업가는 일본인과 거래가 많아 아래위 집에 한국식 정원과 일본식 정원을 꾸며놓고 손님을 맞이하는데 한번 이 댁에 구경 가서 주인에게 정원 만들 때 얘기를 들어보니 한국 정원사와 일본 정원사의 돌 다루는 자세가 확연히 다르더라는 것이었다.

"돌 10개를 놓으면 일본 정원사는 9개를 반듯이 놓고 나서 1개를 약간 비스듬히 틀어놓으려고 궁리하는데, 한국 정원사는 9개는 아무렇게 놓고 나서 1개를 반듯하게 놓으려고 애쓴다."

답사를 하는 마음

나의 긴 얘기를 듣고 난 노년의 답사객은 오랜 콤플렉스를 씻어냈다며 내게 거듭 감사하고는 이번엔 사적인 질문을 했다.

"교수님은 수도 없이 왔을 텐데 답사 인솔이 지겹지 않으세요?"
"아뇨."

내가 가볍게 대답하고 외로 돌아앉으니 그는 금방 자리를 비켜달라는 뜻임을 알고 저쪽으로 물러갔다. 이것은 내가 수없이 들어온 질문이다. 관광안내원도 아니면서 답사객을 이끌고 국내도 아닌 교토를 번질나게 드나드는 데에는 내 나름의 뜻이 있다.

다이쇼 교양주의의 대표적인 철학자였던 와쓰지 데쓰로(和辻哲郎)는 『고사순례(古寺巡禮)』를 쓰기 위해 도쿄에서 기차를 타고 첫 기착지로 교토의 남선사로 오면서 철학을 전공하는 자신이 왜 고사순례를 쓰려고 하는가를 이렇게 토로한 적이 있다. 글 제목은 '애수의 마음 — 남선사의 밤'이다.

오랜만에 귀성하여 부모 형제들과 하룻밤을 보냈지만, 오늘 아침 헤어져 기차 안에 있으니 어쩐지 애수에 가슴이 막히고 창밖의 고요한 장맛비가 절절하게 마음에 스며들었다. (…)
어젯밤 아버지는 말씀하셨다. 네가 지금 (고사순례를 쓰고자) 하는 일이 (철학자로서) 도(道)를 위해 얼마나 소용이 되는 일이냐. 퇴폐(頹廢)한 세상 사람들의 도덕과 마음을 구제하는 데 얼마나 공헌할 수 있느냐.
나는 이 물음에는 대답할 수가 없었다. 5~6년 전이라면 불쑥 반발 했을지도 모른다. 하지만 지금은 아버지가 이 질문을 꺼낸 마음에 대해 고개를 숙이지 않을 수 없었다. (…) 끊임없이 생활에 흔들리며 옆 길로만 빠지고 있는 나 자신을 생각하니 아버지의 말씀이 몹시도 사무쳤다.

    사실 고미술 연구는 나 스스로에게는 옆길이라 생각된다. 이번 여행도 고미술의 힘을 향수(享受)함으로써 내 마음을 닦고, 나아가 풍족하게 하려는 데 지나지 않는다. 본래 감상을 위해서는 어느 정도의 연구도 필요하다. 또 고미술의 뛰어난 아름다움을 동포에게 전하기 위해 인상기를 쓰는 일도 의미가 없는 것은 아닐 것이다. (…)

    비는 종일 부슬부슬 내리고 있었다. 뿌옇게 구름에 반쯤 가려진 히에이산의 모습은 교토에 가까워지고 있는 나에게, 옛 수도의 차분한 분위기를 문득 느끼게 했다.

와쓰지 데쓰로는 철학자이면서도 이런 작업을 했다. 그런데 나는 고미술을 전공하는 미술사학도가 아닌가. 나는 20여 년 전 『나의 문화유산 답사기』를 쓰면서 내가 미술사를 공부하면서 배운 것을 동시대 사람들과 나누고 싶었던 마음을 말한 적이 있다.

    일찍이 나는 미술사를 전공하면서 『이탈리아 르네상스의 문화』로 유명한 야코프 부르크하르트가 36세 때 1년간 이탈리아를 여행하고서 『치체로네』(*Der Cicerone*, 1855)라는 저서를 펴냈다는 사실에 큰 감명을 받은 바 있다. 치체로네는 '안내자'라는 뜻으로 이 책의 부제는 '이탈리아 예술작품의 향수를 위한 안내서'이다. 나는 이것이야말로 미술사가가 한 사람의 전문가로서 대중에게 봉사하는 가장 모범적인 방식이라고 생각했다. 그래서 답사기의 저술과 답사 인솔을 미술사의 연장선상에 놓고 살아온 것이다.

    난들 왜 귀찮고 힘들지 않겠는가. 그럴 때면 세상이 나를 필요로 해서 그에 응하는 것이니 지겨워하지 말자고 스스로 다짐한 바 있다. 그래서 그 노년의 답사객에게 아니라고 단호하게 대답했던 것이다. 그러나 내

| 두부 요릿집 '준세이(順正)' |

나이도 이미 정년을 넘겼으니 그게 얼마나 이어질지는 나도 모르겠다.

30분이 다 되었는지 다실에서 차를 마시던 답사객들이 내 주위로 모여든다. 나는 자리를 털고 일어나 이제 점심 먹으러 가자며 방장을 나섰다. 남선사는 전통 두부 요리로도 유명하다. 처음 남선사 앞에 두부 전문점이 문을 연 것이 1759년이라고 했다. 그래서 오늘날 남선사 앞에는 두붓집이 즐비하다.

우리나라 같으면 너도나도 원조, 시조, 비조라는 매김말을 앞에 내걸었을 것 같은데 그런 건 없고 대신 다른 방식이 있었다. 옛날에 내가 논현동 관세청 앞 엘리베이터도 없는 5층 건물 옥탑에 공부방을 마련하고 있을 때 옆 건물에 새로 이발소가 생겼는데 그 이름이 '이발청'이었다. 그런 식으로 이 동네에는 '남선사 두부 총본산(總本山)'이라는 집이 있어 한참을 웃었다. 그러나 내가 즐겨 찾아가는 곳은 남선사 주차장 바로 아래 예쁜 정원을 갖고 있는 '준세이(順正)'라는 두부 요릿집이다.

일본의 다도는 이렇게 완성되었다

일본 차의 시작과 투다 전통 / 『끽다양생기』 / 무라타 주코 /
센노 리큐 / 우라 센케와 오모테 센케 / 고려 다완 /
「수월관음도」 / 고동원 / 고봉암

'일본학 입문'으로서의 일본의 다도

그동안 다녀온 교토 답사의 발길을 되돌아보면 헤이안시대, 가마쿠라
시대, 무로마치시대의 대표적인 사찰과 신사를 통해 우리는 일본의 역사
와 문화를 이해하기 위해 반드시 알아야 할 몇 가지 핵심적인 사항들을
자연스럽게 공부하게 되었다.

사회 구성에서는 천황(天皇), 공가(公家), 무가(武家), 불가(佛家), 사상
에서는 신도(神道), 밀교(密教), 선종(禪宗), 건축에서 침전조(寢殿造)와
서원조(書院造), 정원에서는 마른 산수〔枯山水〕, 석정(石庭), 미술에서는
장벽화(障壁畵), 후스마에(襖繪)……

역사적 인물로 천황 중에는 헤이안으로 천도한 간무(桓武) 천황, 원정
(院政)을 펼친 삼십삼간당의 고시라카와(後白河) 천황, 남북조시대를 낳

은 대각사의 고다이고(後醍醐) 천황……

무사와 귀족 중에는 최초의 쇼군인 청수사의 사카노우에노 다무라마로(坂上田村麻呂), 육바라밀사의 다이라노 기요모리(平淸盛), 평등원의 후지와라노 미치나가(藤原道長), 천룡사의 아시카가 다카우지(足利尊氏), 금각사의 아시카가 요시미쓰(足利義滿), 은각사의 아시카가 요시마사(足利義政)……

승려로는 동사의 공해(空海), 연력사의 최징(最澄), 육바라밀사의 공야(空也), 지은원의 법연(法然), 고산사의 명혜(明惠), 건인사의 영서(榮西), 천룡사의 몽창(夢窓) 국사……

독자들은 이 생소한 역사와 낯선 등장인물 때문에 국내 답사기와는 달리 편하게 독서하기 힘들었을 것이다. 필자로서는 좀 미안한 마음이 들기도 하는데 이런 역사적 사항과 인물을 거론하지 않았다면 독자들은 오히려 답답했을 것이다.

만약 일본 사람에게 도산서원을 안내하면서 퇴계 이황이 누군지 말하지 않거나 보길도 세연정의 아름다움만 설명하고 고산 윤선도가 이 정원을 경영하게 된 내력을 언급하지 않는다면 궁금해서라도 물어왔을 것이다.

가만히 생각해보면 문화유산과 함께 이야기되었기 때문에 이나마 일본 역사와 인물들의 이름이 눈에 익고 귀에 들어오고 머릿속에 그려지는 것이 아닐까 싶다. 그래서 어떤 일본학 연구자가『나의 문화유산답사기』일본편의 서평에서 일본 역사를 단 한 번도 배우지 않은 우리 독자들에게 '일본학 입문서' 같은 역할을 할 것으로 기대한다는 과분한 평을 내리기도 했다.

| **고봉암 망전의 다실** | 일본의 다도는 일본문화, 일본정신, 일본미학의 핵심으로, 일본의 다도를 모른다면 일본문화를 모르는 것이라고 해도 과언이 아니다. 사진은 대덕사 고봉암에 다도구를 세팅해놓은 것이다.

일본의 다도

내가 이제 발길을 돌려 쓰게 될, 일본의 다조(茶祖) 센노 리큐(千利休)의 발자취가 서려 있는 우라 센케(裏千家)와 대덕사(大德寺, 다이토쿠지) 답사기는 그야말로 '일본학 입문'으로서 일본의 다도(茶道)에 대해 먼저 말하지 않을 수 없다.

일본의 다도는 일본문화, 일본정신, 일본미학의 거의 핵심으로, 일본의 다도를 모른다면 일본문화를 모르는 것이라고 해도 과언이 아니다. 혹자는 일본의 다도 역시 우리가 전해주고 영향을 준 것이라고 주장하지만 내가 아는 한 절대로 그렇지 않다.

일본의 다도는 세계 어느 나라에도 없는 일본 고유의 문화이다. 한 잔의 차를 마신다는 것은 똑같지만 중국과도 다르고, 티베트와도 다르고, 우리나라와도 다르다. 영국의 애프터눈 티(afternoon tea)와는 더더욱 다르다. 일본의 다도는 그네들의 오랜 역사 속에서 생성되고 세련되어 오늘날의 생활문화 속에 깊이 살아 있는 것으로 그 내용과 형식이 아주 독창적이고 전적으로 일본적이다.

100년 전 오카쿠라 덴신(岡倉天心)이 영문으로 펴낸 『차의 책』이라는 저서는 단순히 차에 관한 이야기가 아니라 일본의 다도를 매개로 하여 일본의 정신·문화·예술·미학을 설명한 것이었다. 그래서 이 책이 지금 도 영어권에서는 '일본학 입문'의 필독서로 읽히고 있는 것이다.

그런데 문제는 외국인으로서 일본의 다도를 제대로 이해한다는 것은 정말 어렵다는 사실이다. 특히 일본 다도의 핵심적인 정신적 가치인 '와 비사비(侘び·寂び)'는 일본미의 특질을 말해주는 기본 개념이기도 한데 '쓸쓸하다, 부족하다'는 의미를 지닌 이 미적 가치를 이해하지 못하면 왜 조선의 막사발이 일본에 와서 이도(井戸) 다완으로 칭송되고 일본의 국 보로 지정되었는지 알 수 없다. 이를 설명하는 것은 더 어렵다. 솔직히 말해서 나도 아직 그 뜻을 다는 요해(了解)하지 못했다는 것을 고백하면 서 일본 다도 이야기를 시작한다.

일본 차의 시작과 투다

차는 중국에서 약용(藥用)으로 시작되었다. 일본에서 차는 당나라에 파견된 견당사 시절에 전래되어 나라시대부터 왕실과 귀족들이 마시기 시작했고 가마쿠라시대가 되면 선종의 도입과 함께 선승들이 참선하면 서 졸음을 쫓기 위해 마시는 선가의 필수품으로 수입되었다.

13세기에 건인사의 영서 스님이 송나라에서 들여온 차 종자를 고산사의 명혜 스님이 재배에 성공하면서 마침내 일본 차가 생산되었다. 이에 선승들뿐만 아니라 무인사회에서도 차를 마시기 시작했다. 영서 스님은 『끽다양생기(喫茶養生記)』를 저술하여 미나모토 쇼군에게 차의 효능을 설명하기도 했다.

끽다가 점점 보편화되면서 차는 약용보다도 기호음료로 바뀌어갔고 좋은 차에 대한 선호가 일어났다. 이에 투다(鬪茶)라는 것이 유행했다. 투다는 중국에서 차를 시음하면서 좋고 나쁜 등급을 매기는 것을 본뜬 것인데 일본에선 우지(宇治) 차를 본차(本茶), 다른 지역에서 나온 것을 비차(非茶)라고 하여 본비(本非)를 구별하는 시합이었다.

가마쿠라시대 말기가 되면 고급 무사들은 투다회를 개최하면서 호화로운 기물들을 장식하여 자신의 세와 부를 과시하곤 했다. 대개는 송나라·원나라에서 수입한 족자 그림, 글씨, 꽃병, 향로 등 이른바 '가라모노(唐物)'라고 불린 수입 명품들이었다.

와비차의 비조, 무라타 주코

이런 끽다와 투다의 풍조에서 차 마시기에 일대 변혁을 일으킨 것이 무라타 주코(村田珠光, 1422~1502)라는 승려였다. 그는 당나라 육우(陸羽)가 『다경(茶經)』에서 말한 차의 본성인 '검(儉, 검박함)과 한(寒, 냉랭함)'을 음미해야 한다며 경건하고 차분하게 차를 마시는 '차노유(茶の湯)'의 길을 열었다.

그는 은각사의 아시카가 요시마사를 모시고 있던 노아미(能阿彌)의 소개로 서원에서 아름다운 꽃꽂이에 그윽한 향을 곁들이면서 달을 보며 한아(閑雅)한 정취를 즐기는 차 마시기를 했다. 이것이 곧 서원조 다회의 출발이다.

주코는 대덕사의 일휴(一休, 잇큐) 선사에게 참선 인가를 받았는데, 도래인의 후손이기도 한 일휴 선사는 '일체무(一體無)'를 역설한 자유분방한 승려로 유명했다. 일휴 선사는 주코에게 차 마시기란 곧 참선하는 자세와 같다는 다선일치(茶禪一致)의 길을 교시했다.

주코는 선승에게는 선실이 있듯이 차 마시기에는 다실이 있어야 하고 차의 본성이란 『다경』에서 말한 '검박함과 냉랭함'이니 다실은 호화로운 것이 아니라 검소한 것이어야 한다며 다다미 4장 반으로 족하다고 했다. 그리고 차를 마시면서 획득해야 하는 정신적·정서적 가치로 쓸쓸하면서도 고담(枯淡)스러운 경지를 말하는 '냉(冷)·동(凍)·고(枯)·적(寂)'을 강조하면서 이를 '와비차'라고 했다.

일본 다도뿐만 아니라 일본미의 중요한 본질 중 하나인 '와비(侘び)'는 한적함 또는 부족함을, '사비(寂び)'는 쓸쓸하면서 고담한 것을 말하는데 그 뉘앙스가 매우 복합적이어서 한마디로 정의 내리기 힘들다. 게다가 와비와 사비의 차이를 설명하기는 더욱 어렵다. 꽉 짜인 완벽함이 아니라 부족한 듯 여백이 있고, 아름다움을 아직 다하지 않은 감추어진 그 무엇이 있는 것을 말한다.

그래서 영어로 번역할 때는 그냥 'Wabisabi'라고 묶어서 말하고 그 뜻을 풀어서 설명할 때는 imperfection(불완전성, 결함), humility(겸손), incomplete(불충분한, 미완성의)라고 한다. 이를 좀더 풀어서 말할 때는 'incompletion for the completion(완전성을 위한 불완전성)'이라고도 한다. 즉 완벽한 것보다 어딘지 불완전한 듯한 데서 오히려 더 높은 완벽성을 쟁취한다는 것이다.

무라타 주코는 이 와비의 개념을 명마(名馬)에 비유했다. 명마는 들판을 치달리며 기량을 한껏 보여줄 때보다 허름한 마구간에서 맑은 눈망울을 굴리면서 굳건한 네 다리를 이리저리 굴리고 있을 때가 더 명마답

다는 것이다. 그는 이를 "허름한 마구간에 명마가 묶여 있을 때 오히려 더 좋아 보인다(藁屋ニ名馬繫タルカヨシト也)"라고 설명했다.

이처럼 무라타 주코는 끽다를 차노유로 바꾸고, 다다미 4장 반 다실을 구상하고, 다선일치를 견지하며, 와비의 정신적 가치를 제시한 일본 다도의 비조였다.

와비차의 심화, 다케노 조오

무라타 주코가 제시한 와비차는 이후 다인들, 특히 신흥 상업도시로 호상(豪商)들이 많았던 오사카 사카이(堺)의 다인들에게 큰 영향을 주었고 그중 다케노 조오(武野紹鷗, 1502~55)가 이를 더욱 심화시켰다.

그는 다다미 4장 반 초암 다실의 실내 구조를 토벽, 생목, 대나무 격자판 등을 사용하여 검박한 분위기로 디자인함으로써 와비차에 걸맞은 형식으로 발전시켰다. 그래서 후세 사람들은 무라타 주코의 다실은 '참[眞]의 자리[座敷]'이고 다케노 조오의 다실은 '풀[草]의 자리'라고 했다.

다완의 취미에도 변화가 생겼다. 당시 최고로 치는 다완은 천목(天目, 덴모쿠)이라고 불리는 검은 빛깔의 송나라 건요(建窯)의 흑유(黑釉)였다. 천목의 검은빛은 대단히 화려한 느낌을 준다. 검은색이 얼마나 화려한가는 천목을 보면 알 수 있다.

천목 중에서도 가마 속에서 우연적인 변화가 일어난 '요변(窯變) 천목'을 제일로 쳤다. 검은 바탕에 푸른 반점이 얼비치는 환상적인 아름다움이 있다. 그다음은 '유적(油滴) 천목'이다. 이는 중국에서는 적주(滴珠)라고 불리는 것으로 흑유 바탕에 은색 결정체들이 안팎에 서려 있는 것이다.

같은 천목이라도 '회피(恢被) 천목'은 높이 치지 않았다. 이는 건요의 정품이 아니라 절강성 지방 가마의 다소 조악한 자기인데 빛깔도 갈색

| 요변 천목 | 천목 중에서 가마 속에서 우연적인 변화가 일어난 '요변 천목'을 제일로 쳤는데 검은 바탕에 푸른 반점이 얼비치는 환상적인 아름다움이 있다.

을 띠고 잿물로 덮은 듯 광택이 없다. 그런데 다케노 조오는 이 '회피 천목'이 오히려 와비차에 어울리는 더 좋은 다완이라고 평가했다. 여기서 다완의 미의식이 크게 반전되었다.

다완뿐 아니라 다도구에서도 검박한 일상용기가 새롭게 주목받기 시작했다. 나무나 대나무로 만든 꽃병이 사용되고, 물을 따르는 그릇인 미즈사시(水指)에 소박한 도기가 이용되었다. 당시 일본은 아직 자기를 만들지 못하여 질이 낮은 도기가 비젠(備前), 시가라키(信樂)에서 생산되었는데 이것이 와비차에서 미즈사시와 꽃병으로 주목받기 시작한 것이다.

이런 분위기에서 사카이의 상인들은 전라도 고흥의 귀얄분청 대접, 백토분청 사발, 경상도 김해 웅천의 잡기(雜器)를 들여와 와비차의 다인들을 매료시켰다. 이제 다완은 화려한 송나라 천목보다 조선에서 들여온 막사발이 주목받기 시작했다.

조선의 지방 가마에서 생산된 이 잡기들은 고려 다완이라는 이름으로 칭송되면서 종류에 따라 미시마(三島), 하케메(刷毛目), 고모가이(熊川), 이도(井戶) 등 일본식 이름으로 불렸다. 이런 다도구 취미의 변화를 '다

| 유적 천목(왼쪽)과 회피 천목(오른쪽) | '유적 천목'은 흑유 바탕에 은색 결정체들이 안팎에 서려 있는 것이고, '회피 천목'은 다소 거친 지방 가마 자기로 갈색을 띠고 광택이 없다.

케노 조오 취향〔武野紹鷗好み〕'이라고 했다.

사람들은 그가 지향하는 와비차는 옛 시인(후지와라노 사다이에藤原定家, 1162~1241)이 노래한 다음과 같은 와카와 비슷하다고 했다.

멀리 바라보아도 꽃도 단풍도 없구나   見渡せば花も紅葉もなかりけり
바닷가 누추한 집의 가을날 석양   浦のとま屋の秋の夕暮

일본의 다성, 센노 리큐

다케노 조오에 의해 심화된 와비차는 그의 뛰어난 제자인 센노 리큐(千利休, 1522~91)에 의해 일본의 다도로 완성을 보게 된다. 리큐 역시 사카이 출신이다. 그의 할아버지는 센아미(千阿彌)로 은각사의 아시카가 요시마사의 예능을 담당한 동붕중(同朋衆)의 한 명이었다.

리큐는 16세 무렵 다케노 조오의 다도 제자가 되었다. 그는 일찍부터 와비의 정신을 생래적으로 터득한 듯한 행동을 하여 선생을 놀라게 했다.

| 센노 리큐 | 일본의 다도를 완성한 센노 리큐.

가을날 리큐에게 낙엽을 쓸라고 하자 그는 깔끔하게 비질을 한 다음에 손에 낙엽을 쥐고 슬슬 뿌려놓곤 하더란다. 불완전의 미학이다.

또 어느날 선생이 리큐와 함께 차 모임에 가는데 길가 다도구 집에서 양쪽에 귀가 달린 꽃병을 보았다. 선생은 꽃병의 빛깔, 기형, 문양 등이 다 마음에 들었지만 귀가 대칭이어서 불만족스러워 안 샀는데 다음날 가보니 그 꽃병을 리큐가 샀다는 것이었다. 그리고 얼마 후 리큐가 선생에게 차를 올리겠다고 하자 선생은 만약 그 꽃병이 나오면 깨버릴 생각으로 망치를 들고 갔다. 그리하여 리큐의 다석에 들어섰는데 그 꽃병이 보였으나 놀랍게도 귀 하나가 없어졌더라는 것이다. 비대칭의 미학이다.

이런 불완전과 비대칭의 미학은 와비사비의 기본적인 미적 감각이다. 리큐는 15년간 선생 밑에서 다도를 배우다 스승이 세상을 뜨자 대덕사로 들어가 춘옥종원(春屋宗園) 선사 밑에서 참선을 배우며 와비차를 구현하는 데 전념했다.

일본 다도의 완성

리큐는 와비차의 내용과 형식 모두를 정립했다. 그것이 오늘날 일본 다도의 기본이 되어 그를 다조(茶祖)라 부른다. 리큐는 차의 기본 정신을

| **묘희암의 대암** | 리큐의 집에서 옮겨온 것으로 추정되는 교토 묘희암의 대암은 지극히 소박하고 단출한 초옥으로, 족자와 꽃병 외에는 아무런 장식이 없다.

화(和)·경(敬)·청(淸)·적(寂) 네 글자로 요약했다. 이는 여러 가지로 해석되고 있는데 주인과 손님이 만나는 온화한 마음이 '화'이고, 차를 같이 마시는 마음에 공경의 자세가 있는 것이 '경'이고, 맑게 차를 마시는 것은 '청'이고, 거기서 얻는 고요한 감정은 '적', 즉 와비라는 것이다.

리큐는 와비차의 형식도 다듬어갔다. 다다미 4장 반도 크다며 다실 규모는 2장, 3장의 초옥(草屋)이었고, 입구는 몸을 구부려야 겨우 들어가도록 작게 뚫어 이를 '니지리구치(蹲口)'라 하였다. 그 대표적인 예가 센노 리큐의 집에서 옮겨온 것으로 생각되는 교토 묘희암(妙喜庵)의 대암(待庵)이다.

다실 안에는 작은 족자 하나와 꽃 한 송이가 꽂힌 꽃병 외엔 아무 장식을 가하지 않았다. 차를 마시기 전에 먹는 식사인 가이세키(懷石) 요리는 1즙 3채(一汁三菜)로 국 하나에 나물 세 가지면 족하다고 했다.

| 라쿠 다완(왼쪽)과 교겐 바카마 다완(오른쪽) | 라쿠 다완은 센노 리큐가 직접 지도하여 개발한 다완이고, 교겐 바카마 다완은 고려 상감청자 통형 잔으로 리큐가 즐겨 사용하던 다완이다.

리큐는 다도구도 소박한 것을 좋아하여 '리큐 취향'이라는 말을 낳았다. 일본 세토(懶戶) 가마에서 제작된 단아한 '세토 천목 다완' 같은 것도 있었지만 고려 다완을 즐겨 사용했다. 사카이에 있는 리큐의 집터를 발굴하면서 수습된 도편을 확인해보니 고려 다완이 약 250점이나 되었다고 한다.

리큐는 교토의 라쿠(樂) 가마를 직접 지도하여 와비차에 적합한 라쿠 다완을 개발했다. 그중 초지로(長次郎)라는 장인을 시켜서 개발한 '데즈쿠리 구로라쿠(手作り黑樂)'라고 하는, 물레가 아니라 손으로 빚어 만든 검은빛의 천목 다완은 거의 브랜드화되었다.

리큐가 사용했던 것으로 전하는 고려 다완으로는 '미시마 다완'이 있는데 이는 우리나라 '분청사기 귀얄문 대접'이다. '미시마 오케(三島桶)'라는 글씨가 들어 있는 '미시마 쓰쓰(三島筒)'는 우리 식으로 말해서 '분청사기 인화문 통형 잔'이다.

또 '교겐 바카마(狂言袴)'라고 불리는 다완은 고려 말기의 수수한 '상감청자 국화무늬 통형 잔'이다. 동그란 국화꽃 무늬가 마치 일본 전통 연희의 하나인 교겐(狂言)에서 배우가 입는 바지〔袴〕의 동그라미 무늬와 비슷하다고 해서 붙은 이름이다.

도요토미 히데요시의 다두가 되다

무로마치 막부 말기가 되면 오다 노부나가, 도요토미 히데요시, 도쿠가와 이에야스가 천하통일을 겨냥하며 군웅할거하는 대망(大望)의 시대가 된다. 이때 오다 노부나가는 전국적으로 퍼져 있는 차노유를 자신의 권력 강화에 이용하기 위해 다인으로 큰 명성을 얻고 있던 센노 리큐를 다회의 책임자인 다두(茶頭)로 임명했다.

오다 노부나가는 와비차와는 아무 관계가 없었다. 그는 1569년 교토에 입성하면서 명품들을 강제로 매입하여 이것을 가신들을 초대한 다회에서 은상(恩賞)으로 내려주며 자신의 권세를 과시하고 부하들을 통솔하는 수단으로 삼았다. 다두 리큐에게 자문받은 것은 다도구의 미적 가치를 판단하는 안목이었다.

도요토미 히데요시도 마찬가지였다. 1587년에 열린 그의 기타노 대다회(北野大茶會)는 누구든 참석할 수 있도록 개방되었는데 약 800개의 천막이 쳐졌다고 한다. 이 자리에서도 역시 값비싼 명품들이 공개되면서 이를 부하들에게 나누어주는 대 이벤트가 벌어졌다.

이런 다회에 초대받았다는 것은 상류사회 지배층에 들었음을 말해주는 징표였고 이들에게 하사받은 명품은 그야말로 값을 매길 수 없는 보물로 통했다.

오다 노부나가 사후에 센노 리큐는 도요토미 히데요시의 다두가 되었다. 1585년 히데요시가 천황에게 차를 헌상할 때 리큐도 다두로서 자리를 함께했다. 이때 천황은 그에게 '리큐 거사(居士)'라는 호를 내려주었다.

| **황금 다실** | 도요토미 히데요시는 이동하면서 사용하기 위해 조립식 다실을 만들었다고 한다. 화려함의 극에 달한 이 황금 다실은 아타미(熱海)에 있는 MOA미술관에서 복원한 것이다.

히데요시는 리큐의 인품과 안목을 믿었다. 그래서 히데요시 치하에선 '국정에 관한 일은 동생인 히데나가(秀長), 개인적인 안건은 리큐에게 상담한다'는 말까지 나왔다.

그러나 만년으로 가면서 두 사람은 취미와 미의식의 차이로 점점 사이가 멀어지게 되었다. 불필요한 것을 제거하고 차의 정신에 집중해야 한다는 리큐의 와비차와 조립식 황금 다실을 만들어 이동하면서 사용할 정도로 화려함의 극을 달리던 히데요시가 맞을 리 없었다.

그러다 1589년 마침내 사달이 일어났다. 미완성이던 대덕사의 삼문을 완공했는데 삼문 위 누각에 보관석가모니상, 16나한상과 함께 건립자인 리큐의 목조 입상이 안치되었다.

이것이 문제가 되었다. 리큐를 시기하는 사람들은 히데요시가 자주 다회에 참석하러 가는 대덕사로 들어가려면 결과적으로 리큐의 가랑이 밑으로 들어가는 셈이니 이는 모반의 뜻이라고 고자질했다.

그러지 않아도 리큐와 틀어져 있던 히데요시는 결국 1591년 4월, 리큐에게 사형을 내렸다.

센노 리큐의 최후

오카쿠라 덴신은 『차의 책』에서 센노 리큐의 마지막 순간을 다음과 같이 묘사했다.

사형수에게 주어진 유일한 권한은 제 손으로 죽을 수 있는 영예였다. 리큐는 마지막 다례를 행하기 위해 수제자와 손님들을 초대했다. 시각이 되자 다례의 손님들이 대합실로 모였다. 다실 밖 노지(露地)의 나무들은 떨고 있는 것 같았고, 잎들이 부딪치며 내는 소리는 떠도는 망령들의 속삭임같이 들렸다. 다실 앞의 잿빛 석등은 명부의 문을 지키는 보초처럼 보인다.

손님들은 진한 향이 감도는 다실로 들어와 제자리에 앉는다. 도코노마에는 옛 고승이 놀라운 필치로 쓴 "모든 세속사는 덧없다"는 족자가 걸려 있다. 화로에서 끓고 있는 탕관

| **센노 리큐의 목조 입상** | 대덕사의 삼문을 낙성하면서 봉안한 리큐의 조각상으로 눈밭을 걸어가는 모습이다. 리큐를 시기하는 사람들은 히데요시가 대덕사로 들어가려면 리큐의 가랑이 밑으로 들어가는 셈이니 이는 모반의 뜻이라고 고자질했고 결국 1591년 4월, 리큐는 사형을 당한다.

에서 나는 소리는 떠나는 여름을 애통해하며 쏟아내는 매미의 울음처럼 들린다.

곧이어 주인이 들어온다. 한 사람씩 차례로 차를 대접받고 마지막에 주인이 잔을 비운다. 손님들은 정해진 예법대로 다도구와 기물들을 감상할 수 있게 해달라고 주인에게 부탁한다. 리큐가 각양각색의 물건을 내놓자 손님들은 그것들의 아름다움을 예찬한다. 리큐는 이것을 손님들에게 증표로 하나씩 선물한다. 그러나 그가 마신 다완만은 아무에게도 주지 않고 이렇게 말했다.

"비극적인 운명을 가진 자의 입술이 스쳐간 이 잔은 누구에게도 줄 수 없다."

그러고는 찻잔을 내리쳐 산산조각을 냈다. 다례는 끝났다. (…) 그리고 칼을 뽑아 자결하였다.

센노 리큐는 이렇게 1591년 4월 21일, 향년 70세로 생을 마감했다.

우라 센케와 오모테 센케

센노 리큐는 그렇게 죽임을 당했지만 그가 완성한 와비차는 일본 다도로 오늘날까지 이어지고 있다. 리큐에게는 7명의 수제자가 있어 '리큐 7철(哲)'로 불린다. 자손들도 대대로 가업을 이어갔다. 일본의 무도(武道)나 예능(藝能)에는 종가(宗家) 제도라는 것이 있는데 다도는 리큐의 증손자 셋이 각기 다른 유파를 이루었다. 이를 천씨(千氏) 세 집안이라는 뜻으로 '산 센케(三千家)'라고 한다.

도요토미 히데요시에게 죽임을 당한 센노 리큐인지라 그의 아들은 가업을 당당히 이어갈 수 없었다. 그러나 도쿠가와 이에야스가 도요토미

| **우라 센케 입구** | 우라 센케는 다도의 3대 종가 중 하나로 근대화에 앞장서 와비차를 기본으로 하면서 의자에 앉는 차석을 도입하는 등 현대에 맞는 다도를 제시해 가장 널리 알려져 있다. 출입금지여서 들어가볼 수는 없다.

집안을 멸망시킨 뒤에는 센노 리큐의 명예가 회복되어 그의 손자인 센 소탄(千宗旦, 1578~1658)이 이를 이어가게 되었다. 그는 당대의 다인으로 활약했다. 그리고 그의 네 아들 중 첫째는 방탕을 일삼아 부자 사이의 인연을 끊는 '간도(堪當)' 조치를 내려 의절했고 나머지 세 아들이 차례로 분파를 이루었다.

소탄은 71세가 되었을 때 은퇴할 뜻으로 자신이 살던 집을 반으로 나누어 남쪽은 본래 있던 불심암(不審庵, 후신안)과 함께 3남에게 상속시키고 자신은 북쪽에 살면서 새로 다실을 짓고 금일암(今日庵, 곤니치안)이라고 했다. 불심암과 금일암이라는 이름은 리큐의 참선 스승인 대덕사의 고계(古溪) 화상(和尙)이 내려준 선어(禪語)에서 따온 것이다.

찾지 않아도 꽃이 피니 오늘은 봄날   不審花開今日春

이후 소탄이 세상을 뜨자 새로 지은 금일암은 4남이 물려받게 되었다. 이에 3남의 불심암은 길 앞쪽이 되므로 오모테 센케(表千家), 4남의 금일암은 안쪽이 되므로 우라 센케(裏千家)라고 불리게 되었다.

한편 2남은 젊었을 때 양자로 갔으나 끝내는 다도의 길을 잊지 못하여 교토로 돌아와 무샤코지(武者小路)에 관휴암(官休庵, 간큐안)이라는 다실을 경영하니 이에 동생들이 권하여 무샤코지 센케가 성립하게 되었다.

산 센케는 제각기 다풍을 이어와 오늘날 각기 14대, 16대, 14대에 이르도록 다도의 종가로 활약하며 각기 다도회관을 짓고, 다도 전문학교도 세우고, 다서(茶書)를 출판하는 등 다도 보급에 힘쓰고 있다.

그중 우라 센케는 다도의 근대화에 앞장서서 와비차를 기본으로 하면서 의자에 앉는 차석(茶席)을 도입하는 등 현대사회에 맞는 모던한 다도 의식을 제시하여 국내외에 가장 많이 알려져 있다.

스키야라는 다실과 노지라는 정원

일본의 다도를 답사하려면 우라 센케의 금일암과 오모테 센케의 불심암을 찾지 않을 수 없다. 그러나 비공개 유적이다. 국내든 국외든 답사를 다니면서 나는 항시 '출입금지'라는 팻말 때문에 안타까운데 답사에도 분수가 있음을 알고 있기 때문에 잘 참는다.

나는 오래전에 우라 센케와 오모테 센케를 찾아가보았다. 혹시 밖에서라도 다실로 들어가는 입구가 보일지 모른다는 기대가 있었다. 센노 리큐는 다도만 정립한 것이 아니라 다실을 중심으로 한 일본의 건축과 정원 개념에 일대 혁신을 이룬 분이었다.

다실이라는 말은 현대에 생긴 용어이고 본래는 차야(茶屋)라고 불렀

| **노지** | 조촐한 다실 앞뒤의 정원을 노지라고 하는데 와비차의 정신에 맞추어 아주 조용한 분위기가 연출되어 있다.

고, 이를 스키야(數寄屋)라고 했다. 스키란 애호·취미라는 뜻이다. 오카쿠라 덴신은 『차의 책』에서 다음과 같이 설명했다.

스키야는 단순한 작은 초옥(草屋)이며 그 이상이라고 으스대지 않는다. 우리는 그것을 짚으로 만든 오두막이라고 부른다. 표의문자로서 스키야는 원래 '애호가의 집'이라는 뜻이다. 훗날 많은 다인들이 자신

| 노지의 구조 |

의 개념에 따라 여러 가지 한자로 바꾸어 씀으로서 스키야라는 말은 '텅 빈 집' '불균형의 집' 등을 뜻하기도 하였다. (…) 어떤 장식도 없다는 점에서는 '텅 빈 집'이고 무언가를 일부러 끝내지 않은 채로 남겨둠으로써 상상력으로 완전하게 할 수 있도록 해두는, 불완전에 대한 외경심에서 볼 때에는 '불균형의 집'이다.

다도의 이상은 16세기 이후 일본 건축에 상당한 영향을 끼쳤고 그로 인해 오늘날 평범한 일본 가옥의 내부 장식도 극도로 단순해지고 간결해졌다. (…) 독립된 다실을 최초로 만들어낸 이는 센노 리큐라는 위대한 다인이다.

오카쿠라 덴신은 이어서 다실의 구조에 대해서 다음과 같이 설명하였다.

다섯 명 정도만 들어갈 수 있도록 설계된 본채, (…) 차 도구들을 들이기 전에 씻고 정돈하는 곁방 격인 미즈야(水屋), 다실에 들어오시라는 부름을 받을 때까지 손님이 기다리는 마치아이(待合), 다실과 마치아이 사이에 있는 뜨락인 노지 등으로 이루어져 있다.

그래서 다실은 겉으로 보면 일본의 가장 작은 집보다도 작다. 그러나 그냥 허름한 것이 아니라 거기에 사용된 재료들은 세심한 선택의 결과이고 일류 목수를 고용한 명성있는 장인에 의해 지어진다. 그래서 오카쿠라 덴신은 좋은 다실은 보통의 저택보다 비용이 더 많이 든다는 사실을 알아야 한다고 강조했다.

전에 이런 일이 있었다. 어떤 모임에서 부인들이 모두 화려하게 꾸며 입었는데 오직 한 분만이 거의 생머리에 민낯을 하고 있어서 남자들의 시선이 모두 그쪽으로 몰렸다. 한 사람이 부인의 검박한 모습을 칭찬하여 화장을 하지 않았는데도 참으로 아름답다고 하니까 그의 남편이 이렇게 말했다.

"그런 말 마십시오. 화장 안 한 척 화장하느라고 얼마나 공을 많이 들이는 줄 알아요?"

그런 미감의 조용한 다실이다. 그러니 다실로 들어가는 노지는 또 얼마나 조촐하게 단장되었겠는가. 지금도 일본에서 가장 뛰어난 노지로는 불심암과 금일암을 꼽고 있으니 이것이 보고 싶은 것이었다.

답사란 장소에 대한 확인만으로도 뜻을 새길 수 있는 것이다. 결국 대문 밖에서만 보았을 뿐이지만 두 집 모두 고풍이 완연하고 정성스레 가꾸어놓은 것이 화려하지 않으면서 단아한 기품이 살아 있어 과연 다도의 성지답다는 존경심이 일어났다.

| **다도자료관** | 우라 센케에서 1979년에 다도자료관을 개관하여 다도구를 전시하고 다서의 열람과 다도 체험을 시행하고 있다.

다도자료관에서의 다도 체험

비록 불심암과 금일암을 보지는 못했지만 우라 센케에서 1979년에 개관한 다도자료관이 바로 곁에 있어 여기를 들렀다. 다도구의 전시, 다서의 열람, 다도 체험을 시행하고 있다. 나는 다도자료관으로 들어가 전시장 진열품들을 일별해본 다음 다도 체험을 해보고 싶었다. 그러나 1주일 전에 전화로 예약해야 하고 1회 12명으로 제한하기 때문에 그날은 체험할 수 없었다.

그리고 10년쯤 지나 미술사학과 대학원생들과 교토에 답사를 갔을 때 미리 예약을 해놓아 학생들과 함께 다도 체험을 해보았다. 우리는 인원이 많아 다다미 다실이 아니라 다실처럼 꾸며놓은 무대 앞에 앉아 다도 체험을 했다. 무대에는 도코노마에 글씨 족자가 걸려 있고 그 아래 화병에 꽃이 꽂혀 있었다. 그때마다 주제에 맞추어 족자와 꽃꽂이를 장식한단다.

우리들 앞에는 과자를 먹을 때 쓰는 칼(가시키리菓子切り), 과자를 받치는 종이(가이시懷紙), 찻잔을 구경할 때 쓰는 보자기 받침(후쿠사袱紗), 부채(센스扇子) 등이 가지런히 놓여 있었다. 남자용 보자기는 보라색, 여자용은 빨간색으로 하는 것이 우라 센케의 전통이라고 한다.

기모노를 입은 분이 차를 만드는데 적막감마저 감돌 정도로 조용하고 엄숙하다. 전통 다도에서는 그동안 다실 밖 마치아이에서 기다리며 노지라는 정원을 감상한다고 한다.

차를 마시기 전에 말차의 쌉쌀한 맛을 좀더 느끼게 하기 위해 먹는다며 달달한 화과자가 나왔다. 이를 나무칼로 반을 잘라 두 번에 나눠서 먹는다.

마침내 차를 내서 한 사람마다 가져다주는데 주는 사람, 받는 사람 모두 고개 숙여 공손히 인사를 한다. 잔에는 앞뒤가 있다. 문양이 있는 쪽을 내 앞쪽으로 보이게 준다. 그러면 잔을 두 손으로 받들고 왼손 엄지로 두 번 반 정도 돌려 마신다. 앞부분에 입술이 닿지 않도록 하기 위함이란다.

차는 세 번에 나누어 마시고 마지막 모금은 소리를 내서 마신다. 다 마신 다음 집게손가락과 엄지로 입을 댄 자리를 닦고 손가락을 휴지로 닦은 다음 보자기 위에 놓고 다완을 이리저리 돌려가며 감상한다. 감상이 끝나면 다완을 앞쪽으로 돌려놓는다. 그리고 빈 잔을 가지러 오면 감사하다고 인사하고 다도구가 다 치워진 다음에 자리에서 일어난다. 소요 시간이 약 50분이었다.

고려 다완의 아름다움에 대하여

다도자료관에서 나와 우리는 대덕사로 향했다. 우라 센케에서 대덕사까지는 느린 걸음이라도 20분 안에 다다를 수 있다. 길을 가면서 언제나

| 가키노헤타(柿の蔕) 다완(부산요 막사발) |

| 가타데(堅手) 다완(분청사기 덤벙분청 사발) |

| 하케메(刷毛目) 다완(분청사기 귀얄문 대접) |

| 미시마(三島) 다완(분청사기 인화문 사발) |

| 아마모리(雨漏) 다완(분청사기 덤벙 사발) |

| 도토야(魚屋) 다완(부산요 막사발) |

그랬듯이 나는 학생들에게 다도 체험의 소감을 물었으나 아무 대답이 없었다. 모두들 한번 해봤다는 것 이상의 감상이 따로 없는 듯했다. 오직 도자사를 전공하는 혜정이만이 다른 대답을 했다.

"제가 마신 다완이 참 예뻤어요. 갈색 빛깔의 조선 막사발 풍인데 초록 빛 차가 담기니까 아주 환상적으로 어울리고 물레가 돌아간 자국이 그 대로 느껴지는 감촉도 좋고 손에 꼭 들어오는 쥐는 맛이 좋았어요."

"그게 바로 도토야(魚屋)라는 것이었어. 내 것은 가키노헤타(柿の蔕) 라고 해서 이보다 훨씬 진한 초콜릿 빛이 나고 태토에 잡물이 많이 들어 가서 질감이 거친 듯 수수했어. 둘 다 부산 가마에서 만든 막사발이었는 데, 일본 다인들이 이 두 가지를 이라보(伊羅保)와 함께 '사비차의 3대 다 완'으로 꼽았단다."

"아, 그게 부산요 풍이었군요. 근데 일본의 다완은 왜 그렇게 이름이 복잡하고 많아요? 정말 알기도 힘들고 공부를 해보려고 해도 너무 어려 워요."

"사물에 대한 언어가 발달했다는 것은 그만큼 그것에 대한 인식이 섬 세하다는 의미지. 에스키모 사람들은 눈〔雪〕을 표현하는 단어가 60가지 나 된다는 얘기도 있잖아."

우리가 분청사기라고 뭉뚱그려 말하는 것을 일본인들은 미시마(三 島), 하케메(刷毛目), 호리미시마(彫三島), 고히키(粉引), 가타데(堅手)라 고 하고 잡기인 막사발을 고모가이(熊川), 아마모리(雨漏), 이도(井戶), 긴카이(金海) 등으로 미세하게 분류하여 부른다. 언어는 열심히 사용하 고 많이 쓸수록 발전하고 파생한다. 혜정이가 또 묻는다.

"대접 모양 다완과 통잔 모양 다완에 차이가 있나요?"

"여름에는 잘 식으라고 대접 모양을 쓰고, 겨울에는 따뜻함을 잘 간직하라고 통형 다완을 쓴다고 해."

"그러면 다완을 감상하는 방법에 우리가 도자기를 바라보는 것 말고 다른 것이 더 있나요?

"있지. 혜정아, 도자기 감상의 3요소가 무어야?"

"그거야 형태, 빛깔, 문양이죠."

"다완에는 여기에 한 가지가 더 있어. 아까 네 입으로 말했잖아."

"뭐라고 했나? 아, 쥐는 맛, 촉감이군요."

"그렇지. 다완의 바깥 표면을 보면 천목이나 청자처럼 대리석 질감으로 경쾌하게 매끈한 것도 있지만 대개는 물레 자국이 살아 있지. 센노 리큐의 데즈쿠리 라쿠 다완이 유명한 것은 그 손맛이 한몫한 거지. 거기에다 찻잔을 쥐었을 때 느끼는 온도도 한몫하고. 그래서 일본 다완은 자기보다도 잘 식지 않는 도기가 많은 거야. 조선시대 분청사기와 막사발은 백자와 달리 도기적 성격이 강하잖아."

"시각적으로는 없나요?"

"있지. 그건 오랜 세월을 두고 찻물이 다완 속에 스며들면서 생긴 연류의 흔적이지. 일본말로 니지미(滲み)라고 해. 요새 만든 다완과 오래된 다완은 빛깔이 다르잖아. 용안사 담장의 흙벽에 연류이 배어 있는 멋과 같은 것이지."

"근데 선생님은 언제 다완까지 공부하셨어요? 저희들한테는 한 번도 가르쳐주지 않으셨잖아요."

사실 내 전공은 회화사이기 때문에 강단에서 차나 다완에 대해서는 얘기할 일이 없다. 일본미술사의 상식으로 공부한 것이니 논문으로 쓸

일도 없고. 다만 답사니까 답사의 여백에 전공을 넘어서 제자와 이런 대화를 나눌 수 있을 뿐이다.

지금 우리가 가고 있는 대덕사만 하더라도 내가 큰 관심을 갖게 된 것은 다도가 아니라 고려불화를 비롯한 한중일 회화의 뛰어난 컬렉션 때문이었다.

대덕사 소장 송대 명화

대덕사에는 탑두 사원이 22곳이나 되는데 여기엔 엄청난 양의 일본 회화와 진귀한 중국 회화, 고려불화가 소장되어 있다. 일본의 국보, 중요 문화재(우리나라 보물급)로 지정된 회화가 본방(本坊)에만 21점이나 된다.

대덕사에서는 이 작품들을 일반에 공개하지 않을 뿐만 아니라 박물관의 특별전에도 잘 빌려주지 않는다. 다만 해마다 10월 둘째 일요일(또는 10월 10일) 하루 동안 각 탑두마다 소장품의 보존을 위하여 이를 펼쳐 걸고 바람을 쐬게 하는 '폭량전(曝涼展)'이 열려 미국과 유럽의 동양회화사 연구자들까지 이날을 기다리는 이가 많다. 남태응(南泰膺)의 『청죽화사(聽竹畵史)』에 의하면 조선시대에도 볕 좋은 가을날이면 집집마다 소장하고 있는 족자·병풍서껀 서화들을 밖으로 내와 골목길 응달에서 바람 쏘이는데 이것이 한차례의 볼거리였다고 했다. 이를 폭쇄(曝灑, 또는 포쇄)라고 한다.

대덕사가 소장하고 있는 일본 회화 작품으로는 가노 단유가 방장의 후스마에로 그린 83폭 대작을 비롯하여 일일이 열거하기 힘들 정도로 많고, 중국 회화로 남송의 목계(牧谿)가 그린 「관음, 원숭이, 학(觀音猿鶴圖)」 3폭이 가장 유명하다. 이 작품은 금각사의 아시카가 요시미쓰의 인장이 찍혀 있어 더 이름 높다.

| 목계의 「관음, 원숭이, 학」 3폭 그림 중 학과 원숭이 부분 | 대덕사에서 소장하고 있는 이 작품들은 송나라 화가 목계의 대표작으로 꼽히는 명화이다.

　나 개인적으로는 목계의 작품으로 전하는 「감」을 손에 꼽는데, 6개의 감을 농담을 달리하여 그린 이 작품은 선(禪)에 관한 책과 도록에 표지화로 많이 등장할 정도로 선종화(禪宗畵)의 명작이라 할 만하다.

용왕을 곁들인 고려불화 「수월관음도」

　고려불화로는 본방 방장에 「수월관음도」 세 폭이 있고 옥림원(玉林院) 탑두에 「아미타여래 좌상」이 있는데 모두 일본의 중요문화재로 지정되었다. 그중 용왕과 권속들이 등장하는 「수월관음도」는 희대의 명작으로

| **목계의 「감」** | 6개의 감을 농담을 달리하여 그린 목계의 이 작품은 선에 관한 책과 도록에 표지화로 많이 등장할 정도로 선종화의 명작으로 꼽힌다.

우리나라에 있었으면 국보 중에 국보로 꼽혔을 것이다.

고려불화 「수월관음도」는 현재 약 40점이 남아 있는데 대개가 보타낙가산(補陀洛迦山)에 앉아 구도 여행을 떠나온 선재(善財)동자의 방문을 달빛 아래 물가에서 맞이하는 그림이다. 그래서 수월관음이라고 한다.

「수월관음도」는 원나라 미술사가 탕구(湯垢)가 "화려하고 섬세하기 이를 데 없다"는 평을 내릴 정도로 당대부터 중국과 일본에 유명했다. 특히 아름다운 무늬가 새겨진 붉은 법의에 흰 사라를 걸친 수월관음의 복식 표현은 요즘 유행하는 '시스루 패션'처럼 사라 속의 살결까지 그려 냈다.

대덕사 소장품은 다른 수월관음보다도 두세 배 큰 대폭인데다 용왕과 용녀가 등장하는 스토리텔링이 있어 더욱 주목받고 있다. 이 도상은 『불설 고왕 관음경(佛說高王觀音經)』에 근거한 것이다.

> 바다 가운데 치솟은 보타산
> 관음보살이 거기 있네
> 세 뿌리 붉은 대나무가 벗고
> 버드나무 한 가지가 바람에 휘날리네
> 앵무새는 꽃을 물고 공양하며
> 용녀는 보배를 1천 쟁반에 바치네
> 발아래 연꽃은 천 송이로 피어나고
> 버드나무 손에 들고 중생을 제도하네

이 내용을 「수월관음도」에 삽입한 것은 대덕사 소장품이 유일하다. 인물들의 몸동작 표현이 정확하고, 복식은 화려하면서도 품위있어 고려시대 궁중문화의 분위기까지 엿보게 한다. 연잎을 타고 있는 선재동자의 모습은 귀엽기만 한데 화면 위쪽의 파랑새가 부용화를 입에 물고 있는 모습은 한 폭의 화조화라고 할 만큼 사랑스럽다.

올해(2014) 일본 답사기 집필을 끝내고 나면 내년 10월 둘째 일요일에는 이 수월관음을 만나러 다시 한번 대덕사를 갈 작정이다.

| **「수월관음도」** | 대덕사의 「수월관음도」는 다른 곳의 소장품보다 두세 배 큰데다 용왕과 용녀가 등장하는 스토리텔링이 있어 더욱 특별하다. 인물들의 몸동작 표현이 정확하고, 복식은 화려하면서도 품위있어 고려시대 궁중문화까지 엿볼 수 있다.

탑두 사원의 마을, 대덕사

대덕사는 가마쿠라시대 말기인 1315년 대등 국사(大燈國師)가 작은 절을 짓고 '대덕'이라는 당호를 건 것에서 시작되었다. 그리고 10년 뒤 천황이 여기를 기도처로 삼으면서 1326년에는 큰 법당을 짓고 정식으로 대덕사라 부르게 되었다.

1334년에는 고다이고 천황이 '겐무의 신정'을 펴면서 대덕사를 교토 5산의 상위에 놓으라는 명을 내렸다. 그러나 2년 만에 신정이 와해되고 무로마치 막부가 들어서면서 아시카가 쇼군이 천황과 관계가 깊은 대덕사를 박대하여 5산 10찰의 최하위로 낮추자 대덕사는 아예 5산에서 이탈하여 좌선 수행에 전념하는 독자적인 길을 택했다.

이에 5산 10찰의 사원은 총림(叢林)이라고 불리는 데 반해 대덕사는 임하(林下)라고 불렸다. 용안사의 본사인 묘심사(妙心寺)도 임하였다.

대덕사는 1467년 오닌의 난이 일어나면서 황폐화되었지만 일휴 화상이 공가의 귀족·다이묘·상인·문화인 등의 폭넓은 지지를 받아 다시 일으키고 명승들을 많이 배출했다.

특히 와비차를 창시한 무라타 주코 등 동산문화의 인사들이 일휴 화상을 따르면서 대덕사는 차노유와 깊은 인연을 맺게 되고, 다케노 조오, 센노 리큐, 훗날에는 고보리 엔슈까지 여기를 거쳐가면서 일본 다도의 본사가 되었다.

그런 대덕사가 일약 대찰로 성장한 것은 도요토미 히데요시가 오다 노부나가의 장례식을 7일에 걸쳐 성대하게 치르면서 총견원(總見院)을 건립하고 많은 토지를 기부해 세상 사람들에게 크게 주목받게 되면서였다.

히데요시 치하의 모모야마시대에 전국의 무장들은 대덕사에 탑두 사원을 하나 갖는 것을 큰 영광으로 생각했다고 한다. 아울러 사카이의 부

| **대덕사** | 대덕사가 일약 대찰로 성장한 것은 도요토미 히데요시가 오다 노부나가의 장례식을 7일에 걸쳐 성대하게 치르면서 총견원을 건립하고 많은 토지를 기부해 세상 사람들에게 크게 주목받으면서였다. 오늘날의 대덕사는 폐불훼석의 피해를 입고도 별원 2곳과 탑두 사원 22곳이 건재하다.

유한 상인들도 대덕사에 탑두를 기진하여 탑두가 거대한 동네를 형성하게 되었다.

이리하여 오늘날의 대덕사는 폐불훼석의 피해를 입고도 별원 2곳과 탑두 사원 22곳이 건재해 대찰의 명성을 유지하고 있다.

삼문 앞에서

대덕사에 가면 누구나 보고 싶은 것이 리큐를 죽음으로 몰아넣은 삼

| **대덕사 삼문** | 전형적인 선종 사찰의 삼문으로 주칠을 해놓았다. 센노 리큐를 죽음으로 몰고 간 입상이 안치되어 있다. 금모각이라는 현판이 걸려 있다.

문일 것이고, 대덕사에 당도하면 가장 먼저 나타나는 것도 삼문이다. 정면 5칸, 측면 3칸의 전형적인 선종 사찰 삼문으로 붉은 주칠을 했고 위층에는 '금모각(金毛閣)'이라는 현판이 달려 있다.

이 삼문은 본래 1529년에 아래층만 준공되고 60년이 지나도록 위층을 짓지 못하던 것을 리큐가 1589년에 완공하고 거기에 자신의 초상조각을 안치해서 화를 입었던 것이다. 이 초상은 리큐가 지팡이를 짚고 대덕사로 눈 구경 올 때의 모습을 입상으로 조각한 것이었다.

본래 삼문의 누각 위에는 보관석가모니상, 16나한상과 함께 건립자의 초상도 모시는 것이 하나의 룰이었다. 지은원도 남선사도 삼문에 기진자의 초상이 모셔져 있다. 그럼에도 히데요시가 리큐에게 죽음을 명한 것을 보면 본심은 다른 데 있었을 것이라는 여러 추론이 오늘날까지도 이어지고 있다.

리큐 자신은 죽기 직전에 죽음을 예감한 글도 남기고 제자에게 다완을 내려주기도 했다. 어떤 이는 히데요시가 리큐에게 딸을 달라고 했는데 거부했기 때문이라고도 한다.

그중 유력한 추론의 하나는 이노우에 야스시(井上靖) 등이 주장하는 것으로 히데요시의 조선 침략을 리큐가 적극 반대했기 때문이라는 것이다. 결국 리큐는 임진왜란 바로 전해인 1591년 4월 21일, 향년 70세로 장렬하게 생을 마감했다.

'들어가지 마시오'

대덕사의 경내는 아주 넓다. 메이지유신 때 내린 토지 강제 수용령인 상지령(上地令) 이전에는 22만 평에 달하는 거찰이었다고 하는데 오늘날에도 6만 평의 대지에 별원 2곳과 탑두 22곳이 건재하다.

그 때문에 대덕사는 교토의 다른 사찰과는 전혀 다른 분위기를 띠고 있다. 한쪽으로는 선종 사찰 7당 가람 체제에 따라 삼문·불전·법당·고리·방장이 일직선으로 뻗어 있고 한쪽으로는 탑두 사원들이 담장을 맞대고 이어져 대저택가를 이룬 듯하다.

탑두 사원은 비공개가 대부분이고 오직 용원원(龍源院)·서봉원(瑞峰院)·대선원(大仙院)·고동원(高桐院) 4곳만이 각기 별도의 입장료를 받고 항시 공개되고 있다. 나머지 탑두는 봄가을에 특별 공개되기도 하지만 문화재로 지정된 밀암(密庵)이라는 다실로 유명한 용광원(龍光院)은 항시 비공개로 막아놓고 있다. 특별명승 및 사적으로 지정된 방장 정원으로 유명한 본방(本坊)도 10월 폭량제 때 하루만 공개된다.

그래서 삼문에서 대선원까지 줄지어 있는 탑두 앞을 지나가자면 눈에 보이는 것은 대문에 막대를 질러놓고 '출입금지'라고 써놓은 팻말뿐이다. 그런데 외국인 관광객이 많이 오는 교토이다보니 영어로도 쓰여 있는데 그게 제각각이다.

"No sightseeing permitted."
"No entrance."

어느 게 맞는 영어인지 잘 모르겠지만 'limit off'의 뜻임은 알겠다. 이 글을 보니 일본이고 한국이고 절집의 영어가 좀 기이하다는 생각이 든다. 전에 계룡산 신원사에 갔을 때 생각이 난다. 이 절에는 국제선원이 있어서 그랬는지 선방 툇마루에 거두절미하고 'Silence!'라는 팻말이 놓여 있었다. 몇 해 뒤 다시 갔을 때는 팻말이 'Do not disturb'로 바뀌어 있었다. 필시 이 방 스님이 해외에 나갔다가 호텔에서 배워온 영어일 것이다.

내가 영문 표지판에 잔소리가 많은 것은 문화재청장 재임 시절 문화재 안내판 영문 표기 때문에 엄청 고생하면서부터이다. 영문 번역이 엉망이라 외국인에게 창피해서 못 살겠다고 청장에게 전화로 혼내는 분도 많았다.

1만 개가 넘는 안내판을 다 어쩔 수는 없어 전문가들로 하여금 샘플 조사를 하게 해보니 대개는 정직하게 직역한 데서 오는 오류였다. 전문가들 얘기에 의하면 정관사, 부정관사, 그리고 복수 표기가 많이 틀렸다고 한다.

가장 많이 틀리는 것은 화장실의 남녀 표시란다. 'gentleman' 'lady'는 사실 가당치 않은 것이란다. 젠틀맨 아니면 못 들어가고 어린이는 안 된다는 뜻이란 말인가. 'man' 'woman'이 많은데 이것도 틀렸단다. 복수로 해서 'men' 'women'으로 해야 맞다고 한다.

그중엔 슬며시 뜻이 통하게 의역한 것도 있었다. 남원 광한루 안내판

| **방장 정원** | 오늘날도 넓은 경내를 유지하고 있는 대덕사의 방장 정원은 특별명승·사적으로 지정되어 있다. 그러나 일반에게 공개하지는 않는다.

이 잊히지 않는다. 여기선 "변사또가 춘향이에게 수청(守廳) 들라고 명하였다"라는 어려운 문장을 이렇게 의역해놓았다.

"Governor Byun called Chunhyang in order to bed service."

지금도 있나 모르겠는데 어떤 이는 이 영문 안내판을 보고 '수청'의 의미를 알았다고도 했다.

용원원과 대선원의 정원

그나저나 대덕사가 탑두 사원 4곳만 공개하는 것을 인색해하지 말고 오히려 고마워해야 할 것 같다. 만약에 24곳을 다 오픈하고 우리에게 선

| **대선원의 정원** | 대덕사 가장 안쪽에 있는 대선원의 정원은 마른 산수 정원의 대표작 중 하나로 손꼽힌다. 정원석의 배치가 마치 험준한 산세를 박진감 있게 그린 북종 산수화를 입체적으로 구현한 것 같다는 평을 받고 있다.

택하라고 하면 얼마나 혼란스럽겠는가. 답사를 하다보면 공개된 탑두 2곳만 보는 것도 벅차다.

대덕사에서 가장 편하게 볼 수 있는 탑두는 삼문 가까이 있는 용원원(龍源院)이다. 이 탑두는 1504년 여러 다이묘들이 기진하여 세운 것으로 5개의 정원이 있는데 본당 북쪽에 있는 용음정(龍吟庭)은 무로마치시대 대표적인 마른 산수 정원으로 꼽힌다. 바다를 상징하는 이끼가 마당을 덮고 있는데 담장 아래로 삼존석에 둘러싸인 삼나무 고사목이 있어 처연한 분위기가 감돈다.

본당과 고리 사이의 길고 좁은 공간엔 백사 마당과 작은 돌 5개로 꾸며진 동적호(東滴壺)라는 아주 작은 석정이 있다. 이는 1960년에 조영된 것으로 이렇게 현대에도 계속 정원이 꾸며지고 있다는 것을 보여준다.

대덕사 가장 안쪽에 있는 대선원(大仙院)은 대덕사에서 가장 오래된 방장 건물이 있는 곳으로 1509년 창건 당시의 모습을 간직하고 있다. 이곳의 정원은 교토의 다른 마른 산수 정원과 달리 정원석의 배치가 힘차고 다이내믹하다. 마치 험준한 산세를 박진감 있게 그린 북종 산수화를 입체적으로 구현한 것 같다는 평을 받고 있다.

그리고 이 탑두는 일본 다도를 완성한 다케노 조오, 센노 리큐가 대덕사와 인연을 맺은 곳이기도 해 특별명승 및 사적으로 지정되어 있다.

리큐 7철, 호소카와의 고동원

고동원(高桐院)은 전국(戰國) 다이묘로 유명한 호소카와 다다오키(細川忠興)가 1602년 아버지의 명복을 빌기 위해 세운 호소카와 집안의 보리사(菩提寺)이다. 그는 다이묘이면서도 성실한 다인으로 '리큐 7철(哲)' 가운데 한 명이다.

그는 리큐를 진실로 존경하고 사모하여 고동원을 지을 때 리큐가 살던 저택을 이축해 서원 건물로 삼았으며, 리큐가 비장하고 있던 석등으로 자신의 묘비를 대신하기까지 했다.

고동원의 다실인 송향헌(松向軒)은 히데요시가 1587년에 개최한 기타노 대다회 때 사용된 다실을 옮겨온 것이라고 한다. 이 다실 정원은 특별한 꾸밈은 없는데 절묘하게 수목을 배치하여 가을날 서원 마루에서 밖을 내다보면 붉게 물든 단풍이 아름다우면서도 쓸쓸해 보여 과연 와비사비의 탑두 같다는 생각이 든다.

| **고봉암 가는 길** | 고봉암은 대덕사 경내 끝에 위치하여 본방에서 상당히 멀리 떨어져 있다.

서봉원(瑞峰院)은 기독교도 다이묘인 오토모 소린(大友宗麟)이 창건한 탑두로 여기도 정원이 아름다워 백사와 돌, 그리고 이끼로 조성된 독좌정(獨座庭)은 대자연을 응축해놓은 듯하고, 한면정(閑眠庭)은 크리스천답게 돌을 조합하여 십자(十字)를 그려놓았다고 하는데 나는 아직 들어가보지 못했다.

그리고 대덕사를 대표하는 것은 역시 본방 방장이지만 사무소 앞에 '배관 사절(拜觀謝絕)'이라고 쓰여 있으니 밖에서 얼핏 담 넘어 지붕을 볼 수 있을 뿐이다.

고봉암의 망전

지난번 학생들과 대덕사에 갔을 때는 용원원과 대선원을 볼 시간밖에

| 고봉암 입구 | 고봉암은 에도시대 최고의 작정가인 고보리 엔슈의 유해가 모셔진 곳으로 그가 조영한 다실인 망전에는 일본 국보로 지정된 이도 다완이 소장되어 있다.

없었다. 대선원에 들어가 산수화를 입체적으로 일으켜 세운 듯한 정원을 보고 있는데 혜정이가 내게 와 묻는다.

"선생님, 고봉암(孤篷庵)은 어디 있어요?"
"거긴 비공개 탑두인데. 저 멀리 있어."
"제가 빨리 뛰어가서 대문 앞 사진이라도 찍고 오면 안 될까요?"

말하지 않아도 그 속뜻을 내가 안다. 고봉암은 일본 국보로 지정된 이도 다완이 소장되어 있는 명작의 고향집이니 대문 밖에서라도 보고 오겠다는 것이 틀림없었다.

이도 다완은 차노유 다완의 상징이다. 김해 웅천 가마의 막사발인 이도 다완은 빛깔과 형태가 온화하면서도 은은한 기품이 서려 있어 에도시

| 고봉암의 바깥 노지 | 고봉암 대문에서 안쪽을 살며시 들여다보니 고보리 엔슈가 즐겨 사용했다는 직선의 돌길이 가지런히 놓여 있다.

대 다인들에게 큰 사랑을 받았고 나중에는 민간에서도 많이 애용되었다.

그런 이도 다완 중에서도 최고의 명품으로 꼽히는 것이 바로 고봉암에 있는 '기자에몬(喜左衛門) 이도 다완'이다. 일본의 명품 다완에는 이를 보관하는 상자에 소장자나 다완의 이름을 먹으로 써넣는 명문(銘文)이 들어 있어서 이를 하코가키(箱書)라고 하는데, 이 다완의 상자에는 '기자에몬'이라는 글씨가 있기 때문에 그런 이름을 갖게 되었다.

이 다완은 여러 다인의 손을 거쳐 대대로 전해지다가 1822년에 소장자가 고보리 엔슈의 유해가 있는 고봉암에 기증하면서 이 탑두의 보물이 되었다.

다른 이도 다완에 비하여 기자에몬 이도 다완은 특히 굽 언저리에 서려 있는 흰 반점들이 미묘하고 깊은 맛을 주는 것으로 유명하다. 이를 매화피(梅花皮)라고 하는데 가마에서 우연히 나타난 자연스러운 모습 때

| **고봉암의 망전** | 고봉암은 비공개 탑두 사원인 터라 자료 사진으로나 그 모습을 볼 수 있을 뿐인데 모든 도록에 이 장면이 실려 있다.

문에 다인들의 상찬을 받아왔다.

이도 다완의 매력은

대선원 입구에서 고봉암까지는 상당히 멀어 시간이 제법 걸린다. 게다가 주차장은 남쪽 끝이고 고봉암은 서쪽 끝이다. 나는 혜정이를 데리고 함께 가기로 마음먹고 일행들에게 천천히 감상하고 15분 뒤에 버스에 탑승하라고 일러놓고 고봉암을 향해 달렸다.

탑두 사원 행렬이 끝나고 큰길을 건너니 무라사키노(紫野) 고등학교의 긴 담장이 나온다. 길은 사뭇 오르막이다. 헐떡이며 학교 담장 끝에 다다르자 돌계단 위에 있는 조촐한 고봉암 대문이 나온다.

문 앞에서는 나이 지긋하신 분이 비질을 하고 있었다. 혹시나 하고 안쪽 사진만 좀 찍을 수 없느냐고 물으니 절대로 안 된다며 앞으로 2년간은 비공개라고 딱 자르는 대답만 들었다. 규칙에 철저하고 '유도리'라곤 눈곱만큼도 없는 일본에서 혹시나 했던 내가 잘못이었다.

그래도 혜정이는 고봉암 대문 사진을 찍으면서 여기를 한번 와봤다는 게 어디냐는 듯 기뻐했다. 그러나 사실 속으로 더 기쁜 것은 나였다. 고봉암은 에도시대 불세출의 다인이자 건축가이고 작정가였던 고보리 엔슈(小堀遠州)의 유해가 모셔져 있는 탑두 사원이며, 여기에 있는 망전(忘荃) 다실은 그가 직접 설계한 것으로 우라 센케의 금일암, 오모테 센케의 불심암과 함께 다실 건축과 노지 정원의 대표적인 명작으로 꼽히고 있다.

다실의 노지는 마치아이를 기준으로 밖과 안으로 나뉜다. 훗날 노지의 밖과 안 사이엔 낮은 대나무 울타리가 쳐지기도 했지만 망전은 대문에서 건물로 들어가는 좁은 길이 바깥 노지이다.

나는 관리인이 딴 데를 비질하는 때를 틈타 돌계단으로 살짝 올라가 출입금지 막대 너머 다실로 들어가는 앞마당 사진을 얼른 찍었다. 고봉암 망전의 바깥 노지 정원을 찍은 것이었다.

10여 년 전에 내가 처음 여기에 왔을 때는 혜정이와 마찬가지로 고봉암이 어디 있는지 그 현장을 한번 보는 것에 그쳐 일본 답사기 책에 쓸 사진이 없었는데 기어이 한 컷 찍어온 것이었다. 그럴 때면 나는 어린애처럼 신이 난다.

고봉암을 뒤로하고 고등학교 담장을 따라 비탈길을 달려 내려오니 일행들이 막 대선원을 나오고 있었다. 나는 혜정이가 눈치 보지 않고 일행과 합류할 수 있도록 옆길로 해서 주차장으로 향했다. 이젠 뛰지 않아도 된다. 가쁜 숨을 돌린 혜정이가 묻는다.

| 고봉암의 이도 다완 | 이도 다완 중에서도 최고의 명품으로 꼽히는 것이 바로 일본 국보로 지정된 고봉암의 이도 다완이다. 이 다완은 여러 다인의 손을 거쳐 대대로 전해지다가 1822년에 소장자가 고보리 엔슈의 유해가 있는 고봉암에 기증하면서 이 탑두의 보물이 되었다.

"이도 다완은 손맛이 어때요?"

"나도 이 기자에몬 이도 다완은 직접 본 일이 없는데 비슷한 것을 한 번 감상할 수 있었지. 보드랍거나 매끈한 것이 아니라 마치 군살 없는 여자 무용수와 악수할 때 드는 느낌 같았어."

"그 느낌이 어떤 건데요?"

"………."

　미처 대답하기도 전에 우리는 주차장에 다다랐다. 우리는 일행보다 늦지 않게 버스에 올라탔다. 그리고 자리에 앉아 혜정이의 물음에 제대로 대답하지 못했던 이도 다완의 느낌이라는 것을 다시 생각해보니 이렇게 말하는 것이 좋겠다는 생각이 들었다.

　"형태는 순박하고, 빛깔은 은은하고, 촉감은 강한 듯 부드럽고, 기품엔 범접하기 힘든 고상함이 있는 것, 그러나 무언가 아쉬움이 남은 듯한 미련이 있어 손에서 놓지 않고 자꾸 매만지게 되는 것. 그것이 와비차의 이도 다완이다."

제2부

에도시대의 이궁

'아름다운 사비(寂び)', 또는 일본미의 해답

브루노 타우트의 『일본미의 재발견』 / 고보리 엔슈 /
'아름다운 사비' / 도시히토 왕자와 그의 아들 도시타다 /
표문 / 월견대와 월파루

장편의 명작, 가쓰라 이궁

나의 교토 답사도 어느새 막바지에 이르렀다. 나는 이제 에도시대에
건립된 왕가의 대표적인 별궁인 가쓰라 이궁(桂離宮, 가쓰라리큐)과 수학
원 이궁(修學院離宮, 슈가쿠인리큐) 두 곳을 답사함으로써 결코 짧지 않았
던 내 여정을 마무리하고자 한다.

이 별궁들은 아무 때나 간다고 들어갈 수 있는 곳이 아니다. 일본의 문
화재 중 왕실과 관계되는 곳은 궁내청(宮內廳)에서 직접 관리하며 철저
한 사전예약제로 수속이 까다롭고 인원 제한도 엄격하다. 근래에 와서는
인터넷 접수도 가능해졌지만 한때는 '관제 왕복엽서'를 사용해 우편으
로 보내거나 창구에 와서 직접 해야 했다.

3개월 전에 궁내청 교토 사무소 참관계(參觀係)에 신청서를 내야 하는

데 소정의 양식에 참관 희망일을 제1, 제2, 제3으로 제시해야 하고, 대리 신청은 안 된다. 참관 허락을 받으면 예약 당일 지정된 시각 15분 전에 여권을 갖고 가서 수속을 받아야 한다. 게다가 토요일, 일요일, 법정 공휴일 등 참관이 불가능한 날이 많다.

답사객으로서는 불편한 일이지만 문화유산을 보존하기 위해서라면 현명한 조치로 보인다. 무조건 출입금지라고 못 박아놓고 알음알음으로 아는 사람, 높은 사람들만 들어가고 일반인은 접근금지하는 것과는 차원이 다르다. 꼭 보고 싶은 사람에게 참관할 수 있는 길을 열어놓은 것이니 진짜 필요한 사람이라면 3개월이 아니라 1년을 기다려서도 보는 것이다.

나는 두 이궁 모두 두 번씩 가보았다. 처음에는 일본 정원을 공부하기 위해서였고, 두번째는 즐기러 간 것이었다. 본래 「히로시마 내 사랑」 「남과 여」처럼 영상미가 아름다운 프랑스 영화는 두 번은 보아야 제대로 감상할 수 있다. 처음 볼 때는 자막을 따라 읽느라 그 멋진 장면들을 제대로 감상할 수 없기 때문이다.

그래서 지금도 기회가 된다면 그 명화들을 다시 한번 보고 싶듯이 내게 언젠가 가쓰라 이궁이나 수학원 이궁에 갈 수 있는 기회가 생긴다면 나는 그날을 손꼽아 기다릴 것이다.

브루노 타우트의 「일본미의 재발견」

가쓰라 이궁은 일본 정원의 백미로 꼽힌다. 소설가 시가 나오야(志賀直哉)가 말하기를 용안사가 단편소설의 명작이라면 가쓰라 이궁은 장편의 명작이라고 했다. 그러나 일본인들이 이 별궁이 지닌 건축적 가치를 새롭게 인식하게 된 것은 20세기 대표적인 건축가인 독일의 브루노 타우트(Bruno Taut, 1880~1938) 덕분이었다.

| **가쓰라 이궁** | 가쓰라 이궁은 일본 정원의 백미로 꼽힌다. 소설가 시가 나오야는 '용안사가 단편소설의 명작이라면 가쓰라 이궁은 장편의 명작'이라고 말하기도 했다.

그는 쾨니히스베르크 출신으로 토목건축학교를 졸업한 뒤 제1차 세계대전 전에 벌써 철강과 유리 등 새로운 소재를 사용하여 라이프치히 박람회의 철강관(1913), 쾰른 독일공작연맹전의 유리 파빌리온(1914)을 세워 표현주의 경향의 신진 건축가로 주목받았다.

| **브루노 타우트** | 일본인들이 가쓰라 이궁의 건축적 가치를 새롭게 인식하게 된 것은 20세기 대표적인 건축가인 독일의 브루노 타우트 덕분이었다.

1918년에는 예술노동자회의를 조직하여 표현주의 건축 운동을 적극 추진하면서 『알프스 건축』(*Alpine Architektur*) 등 풍부한 상상력의 환상적인 건축 스케치를 출판했다. 1921년부터 마그데부르크 시의 건축과장으로 있으면서 '도시와 농촌' 홀 설계 및 주택단지 계획 등 도시계획에 종사했고, 1924년에는 베를린으로 옮겨 1931년까지 1만 2천 호에 이르는 주택을 설계했으며 『근대 건축』(*Modern Architecture*, 1929)이라는 저서를 펴내기도 했다.

1932년에 모스크바에 초빙되었으나 그 무렵 나치의 박해가 시작되자 이를 피해 스위스에서 망명생활을 하다가 그리스, 터키를 거쳐 마침내는 시베리아 열차를 타고 블라디보스토크를 경유하여 일본에 도착했다. 1933년 5월, 그의 나이 53세 때였다.

이후 타우트는 3년 반 동안 일본에 체류했는데, 일본이 이 망명객을 국제적인 명성의 건축가로 대접해주지 않았는지 겨우 2개의 주택을 설계하고 1개의 계획안을 수립한 데 그쳤다.

그러나 그 자신은 일본 전통 건축에서 큰 감명을 받아 자신의 건축적 이상과 과제의 해답을 찾는 실마리를 여기서 발견했다. 그는 「일본 건축의 세계적 기적」 「이세(伊勢) 신궁」 「영원한 것―가쓰라 이궁」 등 일본 건축과 일본미의 숨겨진 가치를 강연과 글로 발표하고 또 이를 구미 잡지 『닛폰』(*NIPPON*)에 발표하며 유럽에 알렸다.

1936년 가을, 브루노 타우트는 이스탄불의 국립대학 건축과 교수로 초빙되어 일본을 떠났다. 그곳에서 한창 활동하던 중 체류 2년 만인 1938년 12월 갑자기 세상을 떠났다. 향년 58세였다. 이스탄불 사람들은 그의 유해를 에디르네카프(Edirnekapı) 순교자 묘지에 안치하며 이 위대한 건축가의 죽음을 추모했다. 무슬림이 아닌 이를 모신 첫번째이자 유일한 사례라고 한다.

타우트는 엄청난 메모광이었다. 그는 매일 커다란 미농지에 자신의 생각과 감상을 깨알같이 썼다. 이 일기장 곳곳에는 자신이 본 건축을 담은 스케치가 있는데 일본에서 3년간 그린 것이 850장이나 된다. 이것이 5권짜리 브루노 타우트의 전집에 들어 있다.

그의 글은 그가 세상을 떠난 이듬해인 1939년 '일본미의 재발견'이라는 제목으로 이와나미(岩波)서점에서 번역 출간되었다. (한편 그는 일본에 있는 동안 금강산을 다녀가면서 한국의 전통 건축에도 매료되었던 것으로 알려졌으나 이는 한국 쪽 전언일 뿐 그의 연보에서 확인된 것은 아니다.)

브루노 타우트가 구미에 끼친 영향

브루노 타우트가 유럽에 전한 일본미의 재발견은 유럽의 건축·디자인·가구 등에 많은 영향을 미쳐 20세기의 대표적인 건축가들이 속속 교토를 방문하기에 이르렀다. 바우하우스의 창시자인 발터 그로피우스(Walter Gropius)는 1954년 교토에 와서 가쓰라 이궁을 답사하고는 "천연 그대로의 색채의 사용, 그리고 의도적으로 마감하지 않은 디테일의 존중으로 인간과 자연의 일체화가 표현되었다"라며 다음과 같이 말했다.

"위대한 간소함과 억제된 수단에 의해 실로 고귀한 건물이 창조되었다."(『데모크라시의 아폴론』)

| 발터 그로피우스가 르코르뷔지에에게 보낸 엽서 |

그는 여기서 받은 감동을 동료 건축가인 르코르뷔지에(Le Corbusier)에게 항공엽서로 보냈다.

"코르뷔지에! 그동안 우리가 열심히 추구해온 모든 것이 일본의 과거 문화 속에 있다. (…) 와서 보면 너도 아마 나처럼 감동할 것이다."

그리하여 코르뷔지에는 이듬해 일본 정부가 도쿄에 건립할 국립서양 미술관 설계에 자문을 요청하자 초청에 응해 일본을 방문했고, 그때 교토에 와서 가쓰라 이궁을 찾았다. 당시 그가 그린 2장의 스케치가 가쓰라 이궁에 대한 400쪽에 달하는 방대한 건축 도록인 『가쓰라』(*Katsura: Imperial Villa*, Electa 2004)에 실려 있다.

'적은 것이 많은 것이다!'(Less is more!)를 외치며 단순한 것의 가치를 외쳤던 루트비히 미스 반데어로에(Ludwig Mies van der Rohe)도 여기에 왔다면 그들과 같은 감동을 받았을 것이 틀림없지만, 이에 대해 내

| 가쓰라강 강둑에서 본 교토 시내 | 가쓰라 이궁은 교토 서쪽 가쓰라강 건너편에 있다. 강변에서 동쪽을 바라보면 히가시야마의 연봉들이 감싸안은 교토 시내가 한눈에 들어온다.

가 확인한 바는 없다. 파격적이고 대담한 건축을 보여준 프랭크 로이드 라이트(Frank Lloyd Wright)가 일본을 방문하여 일본 건축의 밝은 창호 문을 그의 건축에 응용한 것은 잘 알려진 사실이다. 그렇다면 20세기를 움직인 4명의 건축가가 다 여기에 관계된 셈이니, 도대체 어떤 건축이기에 이런 영광을 얻은 것인가.

건축의 진정한 가치란

가쓰라 이궁은 에도시대에 교토 서쪽 가쓰라강 건너편에 한 왕자와 그의 아들이 2대에 걸쳐 조영한 지천회유식 정원으로 1만 7천 평(주변 농지까지 2만 4천 평) 부지에 어전(御殿)인 서원 한 채와 다옥(茶屋), 정자 여남은 채가 연못가와 언덕 위 곳곳에 배치되어 있을 뿐이다.

| **동조궁** | 도쿠가와 이에야스를 모신 신사로 에도시대의 대표적인 건축으로 손꼽힌다. 그러나 브루노 타우트는 동조궁을 두고 '저 휘황찬란한 장식적 건축은 거의 야만적'이라고 말했다.

    금각사, 은각사 같은 대단한 건물이 있는 것도 아니고, 동시대 지방 다이묘의 거대한 정원인 가나자와(金澤)의 겐로쿠엔(兼六園), 오카야마(岡山)의 고라쿠엔(後樂園)에 비하면 반도 안 되는 스케일이다. 이에 비하면 가쓰라 이궁은 단아한 정원일 뿐이다.

    그 때문에 브루노 타우트가 일본에 온 1930년대 중엽만 해도 가쓰라 이궁은 일본에서 크게 주목받지 못했다. 당시 일본은 여전히 서양문화에 대한 콤플렉스에서 벗어나지 못하던 시기였다. 어설픈 군사적 자신감이 군국주의로 몰아가고 있었지만 지성들의 더듬이는 여전히 서양을 향하고 있었다.

    그것도 서양 현대건축에서 횡행하는 거대한 스케일, 요란한 장식, 기발한 디자인 같은 것에 기가 죽어 있었다. 그리하여 도쿠가와 이에야스의 영묘(靈廟)인 닛코(日光)의 동조궁(東照宮) 같은 화려한 건축을 에도 시대 대표적 건축으로 내세우고 있었다.

1935년 국제문화진흥회 주최로 열린 타우트 초청 강연회에서 그는 '일본 건축의 기초'라는 주제로 발표하면서 그 첫머리를 이런 말로 시작한다.

동양 고대 건축의 최고 권위자 중 한 분인 이토 주타(伊東忠太) 박사가 최근에 어떤 전문 잡지에서 대략 다음과 같이 말했습니다. 50년 전 유럽인이 일본에 와서 동조궁이야말로 일본에서 가장 가치있는 건축물이다,라고 말하면 일본인도 그런가보다,라고 생각하고, 오늘날 브루노 타우트가 와서 이세 신궁(伊勢神宮)과 가쓰라 이궁이야말로 가장 귀중한 건축이다,라고 말하면 일본인들은 또 그렇다고 생각합니다.

이에 대해 타우트는 일본인들에게, 앞 시기 50년 전 사람들이 일본을 이야기한 것은 그들이 일본의 진정한 가치를 발견한 것이 아니라 한 이방인으로서 이국적인 것에 반응했을 뿐임을 알아야 하며, 동조궁의 화려함이란 권세와 부를 과시하는 건축일 뿐 저 휘황찬란한 장식적 건축은 거의 야만적이라고 말한다. 그러면서 타우트는 이렇게 힘주어 말한다.

그들은 우키요에(浮世繪) 목판화를 보고 감동을 말했지만 일본회화사에 셋슈나 가노 단유 같은 화가가 있는 줄 몰랐고, 이세 신궁이나 가쓰라 이궁을 가보지 않았을 뿐 아니라 고보리 엔슈라는 위대한 건축가가 누구인지도 모르고 있었습니다. (…) 이세 신궁은 인간 이성에 반발하는 변덕스러운 요소가 전혀 없는 진정한 건축입니다.

그리고 가쓰라 이궁에 대해서는 다음과 같이 강조한다.

가쓰라 이궁에는 기능, 합목적성, 그리고 철학적 정신 세 가지가 함께 어우러진 건축적 미덕이 있습니다.

'기능' '합목적성' '철학'! 이 세 가지는 발터 그로피우스가 바우하우스를 세우며 현대건축의 당면 과제로 내건 토털 디자인의 핵심적 내용이었다. 그가 코르뷔지에에게 '우리가 열심히 추구해온 모든 것'이라고 말한 것은 바로 이것을 일컫는 것이었다.

가쓰라 이궁은 이처럼 타우트에게 진실로 감동적인 건축이었다. 그래서 그는 가쓰라 이궁을 건설했다는 고보리 엔슈라는 건축가에게 깊은 존경을 보낸 것이다.

가쓰라 이궁이 엔슈의 작품이라는 것은 구전일 뿐이라고 부정하는 이도 있다. 그러나 이 이궁의 건축과 정원이 '엔슈 취향'이라고 말하는 데는 전혀 이론이 없다. 따라서 가쓰라 이궁의 이야기는 고보리 엔슈가 누구인지부터 시작하지 않을 수 없다.

고보리 엔슈의 생애와 위업

고보리 엔슈(小堀遠州)의 본명은 마사카즈(政一)이다. 1579년 오미국(近江國) 고보리촌(小堀村)의 한 토호의 아들로 태어나 10대에 도요토미 히데요시의 급사(給仕)가 되었는데, 이 무렵 센노 리큐를 만났고 아버지의 권유로 대덕사로 들어가 춘옥종원(春屋宗園) 선사에게 참선을 배웠다.

1595년, 17세 때 히데요시의 직참(直參)이 되어 후시미(伏見)로 갔는데 여기서 리큐 7철의 한 분인 후루타 오리베(古田織部, 1543~1615, 본명은 시게나리重然)를 만나 다도를 배우게 된다.

후루타 오리베는 무장이면서 다인으로 유명하여 리큐 사후 무가사회의 다도를 이끌었던 인물이다. 그는 리큐의 다도를 계승해 대담하고 자유

| 고보리 엔슈 | 그의 묘탑이 있는 대덕사 고봉암에 소장된 초상화(부분)이다.

로운 기풍을 견지하면서도 리큐의 정적(靜的)이고 고요한 다도와는 대조적으로 역동적인 다풍의 파격적인 차노유를 이끌었다. 이는 사람들에게 '파조(破調)의 미(美)'라고 불리며 '오리베 취향'이라는 유행을 낳았다.

오리베는 다기 제작·건축·정원에도 뛰어난 솜씨를 보여 스스로 다도의 코디네이터로 자부했다. 그러나 생애의 마지막에는 리큐처럼 오해를 받아 할복자살하고 말았다. 엔슈가 리큐의 다도를 이어받으면서 그와는 전혀 다른 세계로 발전해갈 수 있었던 것은 오리베의 창의적 태도에서 배운 바가 컸다.

1598년 히데요시가 죽자 엔슈는 도쿠가와 이에야스를 주군으로 모시며 봉사하여 '세키가하라(關ヶ原) 전투'에서 아버지와 함께 공을 세워 1만 2천여 석의 영지를 하사받았다. 그리고 1608년에는 도토미(遠江)의 수(守)에 서임되면서 이후 엔슈(遠州)라고 불리게 되었다. 1619년 41세 때는 오우미(近江) 고무로번(小室藩)의 번주가 되어 막번 체제에서 확고한 지위를 갖게 되었다.

그러나 그는 무인 관료로서가 아니라 다도와 건축의 당대 일인자로 무수히 많은 토목·건축·정원 조영에 관여하며 일생을 살았다. 닛코의

동조궁을 비롯해 도쿠가와 집안의 보리사(菩提寺) 겸 별장을 조영했고, 쇼군이 교토로 올라가는 이른바 상락(上洛) 때 임시로 머무는 휴박소(休泊所)의 다옥 짓는 일을 도맡았다.

그가 조영한 정원은 상황(上皇)을 위한 선동어원(仙洞御園), 후시미성의 정원, 고대사(高臺寺)의 정원, 이조성 니노마루(二の丸) 어전의 '8진(陣)의 정원', 남선사 금지원(金地院)의 '학구(鶴龜)의 정원', 남선사 방장의 마른 산수 정원, 성취원(成就院)의 '달의 정원' 등 수를 헤아리기 힘들 정도로 많다.

다실로는 대덕사 고봉암의 망전, 대덕사 용광원의 밀암, 남선사 금지원의 팔창석(八窓席) 등이 있으며 이들은 모두 일본의 국보, 중요문화재, 명승으로 지정되어 있다.

그는 다도에서도 도쿠가와 쇼군의 다도 사범으로 천하제일 다장(茶匠)의 지위에 올랐다. 그의 다도는 유현(幽玄)·유심(有心)의 차노유로 '격(格)으로 들어가서 격(格)으로 나오기'를 강조했다. 그는 생애 약 400회의 다회를 열었으며 여기에 초대된 손님이 2천 명에 이르렀다고 한다.

고보리 엔슈는 말년에 공사비 횡령이라는 구설수에 올랐으나 주변의 옹호로 무사히 넘겼고, 막부와 공가 사이의 긴장을 의식하여 공가의 일은 막부에서 정책적으로 실시하는 소위 '공의(公儀)' 사업, 이를테면 대각사의 신전(宸殿) 건립 같은 일에만 손을 대고 공가 출입을 자제했기 때문에 스승 센노 리큐, 후루타 오리베처럼 말년의 비극을 당하지 않고 69세까지 장수를 누리고 세상을 떠났다. 그의 유해는 대덕사 고봉암에 모셔져 있다.

'아름다운 사비'

고보리 엔슈는 건축·정원·다도뿐 아니라 모든 분야에서 대단히 창의적인 인물이었다. 그는 화도(華道)라 불리는 꽃꽂이에서도 독창적인 양식을 창출했다. 곡생(曲生) 기법이라고 하여 꽃가지를 대담하고 과장되게 구부리는 매우 어려운 기술로, 지금도 널리 퍼져 있다고 한다.

그뿐 아니라 그가 오카야마(岡山)의 다카하시(高梁)에 살 때 이 지역에서 많이 나는 유자(柚子)를 이용하여 만든 과자(柚餠子)는 오늘날 이 지역의 대표적인 특산물이라고 한다.

와카와 서예에서도 일가를 이루고 공가·무가·선가의 명사들과 널리 교류하여 이른바 '간에이(寬永)문화'의 대표적인 문화인으로 꼽히며, 그가 각 분야에서 이룩한 양식은 '엔슈 취향' '엔슈 유(類)'라는 이름이 후대까지 붙어다닌다.

특히 그가 일본 건축과 정원에서 이룩한 업적은 거의 절대적인 것이다. 그는 센노 리큐가 초암 다실로 제시한 스키야(數寄屋)를 기존의 서원조(書院造) 건축과 결합하여 밝고 크게 만든 스키야 즈쿠리(數寄屋造り)를 탄생시켰다.

이는 반투명의 창호지를 바른 미닫이문(襖, 후스마)과 날씬한 목조 소재에 장식을 하지 않은 간결함으로 서원조 건물에 우아한 세련미를 보여주었다. 그래서 이를 '서원식 스키야'라고도 불렀다.

초암 다실은 여전히 소박한 서민풍이면서도 크기가 확대되고 창이 많아 밝아져 다옥(茶屋)·다정(茶亭)이라는 표현이 더 어울리게 되었지만, 그 안에 들어가 차를 마시면 어딘가 와비사비의 세계를 느끼게 했다.

정원 조영에서는 건물과 풍경이 아름다운 조화를 이루는 '토털 디자인'을 지향했다. 다실로 인도하는 노지가 확대되었고, 생울타리, 석조 다리 등에 과감하게 직선을 도입했다.

또 바닥돌을 깔면서 여러 형태의 절석(切石)을 짜맞추어 커다란 첩석(疊石)을 만들기도 하고 자연석과 정방형의 절석을 함께 배치한 것도 이전에는 볼 수 없던 그의 창의였다. 이처럼 건축과 조경에서 디테일까지 주목하는 태도는 그가 다도에서 주장한 '유의(有意)'의 뜻과 통한다.

나아가서는 생울타리를 발전시켜 수목을 대담히 전지한 '오카리코미(大刈込)'로 정원을 조영하기도 하고 잔디 정원을 만들기도 한 것은 서양 정원을 공부하여 얻어낸 것이라고 한다.

엔슈의 이런 창안은 리큐의 와비사비를 견지하면서 스승인 후루타 오리베의 '파조의 미'를 세련되게 다듬어 발전시킨 것이었다. 이처럼 고보리 엔슈가 다도·건축·정원에서 추구한 미학을 사람들은 '아름다운 사비(きれい寂び)'라고 불렀다.

본래 사비란 누추한 것, 쓸쓸한 것, 가난한 것을 의미했는데 그 정신만을 간직하고 아름다운 형식으로 구현했다는 것이다. 즉 와비사비의 대중적 형식을 제시한 것이다.

이를 왜 아름다운 '와비사비'라 하지 않고 아름다운 '사비'라고만 하는지는 나는 잘 모른다. 아마도 와비와 사비의 미묘한 차이 중 사비에 해당한다는 것 같은데 나는 그런 감각적 감별까지는 알지 못하고 엔슈 취향이 와비보다 사비에 가깝다는 뜻으로만 이해하고 있다.

고보리 엔슈의 이 '아름다운 사비'의 미학을 가장 잘 보여주는 곳이 바로 가쓰라 이궁이다.

도시히토 왕자의 가쓰라 이궁 창건

가쓰라 이궁을 창건한 이는 도시히토 친왕(智仁親王, 1579~1629)이다.

친왕이란 왕손에게 붙이는 칭호로 조선시대 왕자나 군(君)에 해당하는 것인데 그는 고요제이(後陽成) 천황의 친동생이다.

한때 아들이 없던 도요토미 히데요시는 오다 노부나가가 왕자를 양자로 데려온 것을 본떠서 도시히토를 그의 후계자로 맞아들였다. 히데요시 사후엔 관백(關白) 지위를 이어받을 위치였다.

그런데 그가 11세 되었을 때 히데요시에게 아들 쓰루마쓰(鶴松)가 태어나는 바람에 도시히토는 본가로 돌아가게 되었다. 이에 히데요시는 파격적으로 그에게 3천 석의 영지를 내려주었다. 그리하여 그는 독립된 왕가를 갖게 되었고 하치조 궁가(八條宮家, 하치조노 미야케)라는 이름도 받았다. (나중엔 가쓰라 궁가桂宮家라고도 불렸다.)

그는 1600년 세키가하라 전투 이후 천황에 추천되었으나 도쿠가와 이에야스 쇼군이 그가 한때 도요토미 히데요시의 상속자였다는 사실 때문에 받아들이지 않아 천황 자리는 조카인 고미즈노오(後水尾) 천황에게 돌아갔다.

청년기의 도시히토는 친형인 천황을 곁에서 보좌하며 리큐 7철의 한 분인 호소카와 유사이(細川幽齋) 아래에서 고금 와카집(古今和歌集)의 정통 전수자가 되었고 또 그에게 다도도 배웠다. 어려서부터 고전과 한학에 능통했고, 그림도 잘 그리고 거문고도 좋아했으며, 꽃꽂이〔立花〕에서도 일가를 이루었고, 축국과 마술(馬術)도 잘하는 다재다능한 인재였다.

그렇게 폭넓은 교양과 탁월한 재능을 갖고 있던 그가 마침내 가쓰라에 별장을 건설할 뜻을 세웠는데, 그 시작이 언제인지는 확실치 않고 1615년에 고서원(古書院)이 세워진 것만은 분명하다. 이 터는 산자수명한 곳으로 일찍이 후지와라의 별장이 있었던 유서 깊은 곳이었다.

1976년부터 실시한 대대적인 복원공사 결과 어전인 서원 일대의 건물은 일시에 지어진 것이 아니라 세 차례에 걸쳐 증축된 것으로 확인되었다. 그러나 도시히토는 1629년 51세에 갑자기 세상을 떠났고, 그때 아들인 도시타다(智忠, 1619~62)는 겨우 11세였기 때문에 가쓰라 별궁은 완공을 보지 못한 채 황폐한 모습으로 남을 수밖에 없었다.

아들 도시타다의 가쓰라 이궁 완공

그러다 가쓰라 이궁이 다시 공사를 시작할 수 있게 된 것은 1642년 도시타다가 100만 석의 다이묘인 마에다(前田) 가문의 딸을 아내로 맞이하여 막강한 처가의 지원을 받을 수 있게 되었기 때문이다. 그는 아버지 못지않게 학문과 다도, 시가와 활쏘기에 뛰어난 재능을 갖고 있어 이 정원의 조영에 예술적 재능을 쏟아부었다. 그리하여 3년 뒤인 1645년 마침내 가쓰라 이궁이라는 명작이 완공되었다.

도시타다는 가쓰라 이궁에 명사들을 초청하여 많은 시회와 다회를 열었다. 공가를 비롯한 교토 사회에 명원으로 이름이 나 고미즈노오 상황이 방문하기도 했다. 아들이 없던 도시타다는 고미즈노오 상황의 아들을 양자로 받아들여 그가 하치조 궁가의 제3대가 되었다.

도시타다는 상황이 아들도 볼 겸 또 한 번 방문할 것을 기대하며 서원을 증축했지만 상황이 다시 여기를 찾은 것은 그가 세상을 떠난 뒤인 1663년이었다. 그때 상황이 가쓰라 이궁을 찾아온 것은 그가 낙북에 짓고 있던 수학원 이궁에 참고하기 위해서였다.

하치조 궁가는 1881년까지 이어오다가 12대째 가서 대가 끊겨 가쓰라 이궁은 궁내청 자산으로 편입되었고 그동안 가쓰라 산장(山莊)이라 불리던 것을 가쓰라 이궁(離宮)이라고 부르게 되었다.

| **가쓰라 이궁의 대나무 울타리** | 이궁의 담장을 따라가다보니 대문에 가까워지면서 인공 대나무 울타리가 나타났다. 통대 사이사이에 조릿대를 가로질러 엮은 이런 대나무 울타리를 호가키라고 한다.

가쓰라 이궁의 담장과 대문

가쓰라 이궁을 두번째 참관하게 된 날 나는 예약된 시각보다 30분 전에 도착하여 주변부터 둘러보았다. 상가와 민가로부터 비교적 멀찍이 떨어져 있어 역시 왕가의 별궁 주변다운 정숙한 분위기가 풍기고 바로 옆에는 긴 방죽길이 보였다. 접수처로 가기 전에 강변으로 가 강둑에 올라서니 가쓰라대교가 시내 8조대로로 연결되어 있고 연이어 뻗은 교토의 낮은 지붕들 너머로는 히가시야마 36봉이 통째로 시야에 들어왔다. 강 하나 건너에 이처럼 한적한 별궁이 있는 것이 교토다.

강둑을 내려와 접수처로 가기 위해 이궁의 담장을 따라가다보니 이 담장부터가 예사롭지 않았다. 촘촘하게 심은 조릿대를 반듯하게 절지한 대나무 생울타리로 둘러져 있다. 이를 사사가키(笹垣)라고 한다. 그리고

| **어행문** | 일반인들이 출입할 수 있는 통용문과 별도로 상황들이 출입하는 어행문이 따로 있다.

이궁의 대문에 가까워지면 생울타리 대신 인공 대나무 울타리로 바뀐다. 통대 사이사이에 조릿대를 가로질러 엮은 이런 대나무 울타리는 호가키 (穗垣)라고 한다.

표문(表門)이라 불리는 대문은 디근자 형상으로 약간 들어가 있어 그 앞이 널찍하다. 두툼하고 둥근 나무기둥에 세워진 두 짝의 대문은 생나무 각목으로 틀을 짜고 세죽을 촘촘히 이어붙였다. 양 기둥 옆으로 살짝 뻗은 담 역시 대나무로 짜서 대문과 울타리의 콘셉트가 모두 대나무로 되어 있다.

대나무라는 단일 소재를 변주하여 거부감이나 이질감이 전혀 없이 대문의 권위는 권위대로 살리고 울타리의 품위는 품위대로 나타낸 그 조형 감각은 가히 현대적인 디자인 센스라 하지 않을 수 없다. 브루노 타우트도 이를 처음 본 순간 다음과 같은 찬사가 절로 나왔다고 한다.

| **가림막 소나무** | 통용문으로 들어가면 지천회유를 즐기기 위한 소로가 열리는데 높은 생울타리가 양옆으로 길게 뻗어들어간 연못가 끝에 복스럽게 자란 소나무 한 그루가 가림막처럼 서 있다. 처음부터 연못의 전모를 보여주지 않겠다는 의도적인 조경이다.

"이것은 모던이다."

연못가의 '가림막 소나무'

접수처로 가서 여권을 제시하고 참관 수속을 한 다음 대기소로 들어가니 가쓰라 이궁을 해설하는 동영상이 상영되고 있었다. 내가 처음 여기에 온 것은 삭막한 겨울이었고 이번에는 녹음이 울창한 여름이었는데 동영상을 보니 봄, 가을, 그리고 눈에 덮인 겨울의 가쓰라 이궁이 참으로 환상적인 장면을 연출하고 있었다. 특히 홍엽 단풍으로 물든 가을날이 인상적이었다. 봄철의 풍경에는 벚꽃보다 매화가 많았는데 이는 왕가의 품위보다도 다도의 와비사비 분위기와 연관된 것이 아닌가 싶었다.

궁내청에서 나온 안내인을 따라 마침내 안으로 들어가는데 30명 일행 중 서양인이 반을 차지하고 있었다. 안내인 말이 전체 참관 시간은 1시간 반이고 중요한 포인트에서 몇 번 쉬어갈 것이며 사진은 맘껏 찍을 수 있지만 건물 안은 들어갈 수 없다고 한다. 이 점은 우리나라 창덕궁 비원의 관람 방식과 똑같았다.

가쓰라 이궁은 참관자를 위한 통용문(通用門)으로 첫발을 내딛는 순간부터 명장면을 보여준다. 들어서면 몇 걸음 안 가서 오른쪽으로 이궁의 본채인 서원으로 들어가는 중문이 나오고 왼쪽으로는 본격적으로 지천회유를 즐기기 위한 소로(小路)가 열린다.

바로 앞에는 안쪽으로 쑥 들어간 연못가 끝에 가지를 넓게 펼치고 복스럽게 자란 소나무 한 그루가 의젓이 서 있는 것이 보인다. 양옆으로 높은 생울타리가 길게 뻗어 있어 연못이 빠끔히 비칠 뿐이다. 처음부터 연못의 전체 모습을 보여주지 않겠다는 의도적인 조경임이 분명한데 이를 '가림막 소나무', 일본말로 '쓰이타테(衝立) 소나무'라고 한다.

서원의 구조와 네 공간

가쓰라 이궁의 핵심 건물은 어전(御殿)이라고도 불리는 서원으로 전체가 연결되어 있지만 모두 네 채가 계속 니은자로 꺾어지며 안쪽으로 들어간다. 그 모습이 기러기떼가 날아가는 모습처럼 비스듬히 줄지어 있다고 해서 안행(雁行)이라고 한다.

이는 각 방에서 제각기 연못을 조망할 수 있도록 공간을 열어준 것이다. 각기 고서원(古書院)·중서원(中書院)·신서원(新書院)이라 부르고 그 사이에 있는 '악기의 공간(樂器の間)'은 연희를 위한 곳인데 천황의 방문을 맞이하기 위해 증축한 것으로 1976년 복원공사 때 확인되었다.

| **서원 건물** | 가쓰라 이궁의 중심 건물로 각 방에서 제각기 연못을 조망할 수 있도록 공간을 열어준다. 평범한 스키야풍 서원조 건물로, 왕가의 저택으로 보이지 않을 정도로 소탈하다.

　서원은 참으로 평범한 스키야풍 서원조 건물이다. 왕가의 저택으로 보이지 않을 정도로 소탈하여 일본의 어떤 일반 건물보다 특별히 뛰어나다는 인상을 주지 않는다. 그러나 건물의 주인이 남보다 뛰어남이 드러나는 것은 이 생활공간에서 이루어지는 고상한 취미 덕분이니, 그래서 그 우아한 내용이 평범한 외양 때문에 더욱 돋보이게도 된다.

　건물의 디테일을 살펴보면 실내 구성이 여느 민가와는 다르다. 건물 내부는 다다미와 도코노마, 선반 등으로 구성된 서원조 건물의 일반적 형식을 따르지만, 선반의 구성, 문고리 장식, 도코노마의 기둥, 그리고 당대 대가인 가노 단유의 간결한 필치가 돋보이는 산수화로 장식된 후스마에서는 교양있는 문화인의 체취와 왕가의 품위가 돋보인다.

　처음 지어진 고서원 앞에는 넓은 데크가 설치되어 있는데, 이는 월견대(月見臺)라고 한다. 연못 위로 떠오른 달을 감상하기에 제격이다. 아마도 그것은 가쓰라 이궁의 손꼽히는 아름다운 경치 중 하나였을 것이다.

서원 건물에서 나를 놀라게 한 것은 건물의 보존이었다. 일본 전통문화 보존협회에서 발간한 가쓰라 이궁 안내책자의 연보 마지막에는 다음과 같은 글이 실려 있다.

창건 이래 3백 수십 년 동안 건물의 노후화, 지반 침하에 의한 왜곡과 목재의 풍화, 병충해 등을 입었다. 이에 상세한 조사에 기초하여 건물의 전면적인 해체 수리가 계획, 수행되었다. 1976년부터 6년에 걸쳐 어전(서원)을 중심으로 정비 공사를 한 다음, 1985년부터는 다실 등의 정비 공사가 시행되어 착공 16년 만인 1991년에 끝났다. 이리하여 가쓰라 이궁의 수리는 무사히 종료되었다. 거의 모든 건물들을 일단 해체한 뒤에 원상대로 짜맞추는 근본 수리를 하면서 오래된 부재의 재사용, 교체할 부재의 조달, 나아가서 구조의 강화 등에 각별한 배려와 노력이 필요했다. 여러 분야에 걸쳐 전문적 지식을 지닌 최고 수준의 기술과 최신 과학기술이 남김없이 동원되었다.

연못의 구조와 다실의 배치

가쓰라 이궁의 정원은 지천회유식인 만큼 핵심은 연못에 있다. 족히 3천 평은 되어 보이는 넓은 연못의 생김새는 심하게 굴곡진 리아스식 해안보다도 더 구불구불하고 반도처럼 길게 뻗어나온 곳도 많아 항공사진이 아니고서는 그 형상을 종잡을 수 없다.

그리고 연못 가운데는 세모난 섬과 네모난 섬을 다리로 연결한 신선도(神仙島)가 있어 어느 지점에서 보아도 이 섬에 가려 연못의 전체 모습이 드러나지 않고 물길이 어디론가 흘러가는 것처럼 보인다. 그로 인해

| **연못의 풍경** | 지천회유식 정원인 가쓰라 이궁의 핵심은 연못인데, 리아스식 해안처럼 복잡한 곡선을 그린다.

사람들은 연못의 크기를 무한대로 느끼게 된다.

연못가에는 높게 성토하여 축산(築山)을 만들고 홍엽산(紅葉山)·소철산(蘇鐵山) 등 거기에 심은 나무에서 따온 이름을 지었고, 언덕 마루에는 송금정(松琴亭)·상화정(賞花亭)·만자정(卍字亭)이라는 다정과 원림당(園林堂)·소의헌(笑意軒)이라는 다옥을 배치했다.

송금정으로 가는 길목엔 손님들이 다실로 들어가기 전에 대기하는 '소토코시카케(外腰掛)'라는 열린 공간이 있다. 상화정 또한 비바람만 막는 열린 공간이다. 그리고 모든 건물은 깔끔하고 심플한 엔슈 취향의 스키야로 되어 있다. 고보리 엔슈의 '아름다운 사비'가 이런 것이리라는 생각이 절로 든다.

안내인은 먼저 본채 서원이 아니라 우리가 들어올 수 없었던 어행문(御幸門)으로 안내해 내가 예찬해 마지않던 표문의 안쪽을 보여준다. 그

| 연못가의 다옥과 다정 | 1. 상화정 2. 소의헌 3. 월파루 4. 만자정

것은 가쓰라 이궁의 원래 엔트런스(entrance)를 보여주기 위한 배려이
기도 하다.

　여기서 서원 건너편 산자락으로 올라가면서 홍엽산의 그윽한 풍취를
맛보게 하고, 대기소에서 잠시 쉰 다음 다리 건너 연못가로 난 길을 따
라가다가 다시 다리를 건너 높직이 올라앉은 송금정 다실에 이르러서는
한참 동안 자유시간을 준다. 여기가 이궁의 전모가 조망되는 가쓰라 이
궁 참관의 하이라이트이다.

　참으로 아름다운 정원이라는 감탄이 절로 나온다. 동서남북 사방이
저마다 다른 표정으로 참관객의 눈을 바쁘게 만드는데 어디 하나 요사
스러운 데가 없고 돌 하나, 풀포기 하나, 물 내려가는 홈통 하나 소홀한
데가 없다.

　다옥 건물의 디테일을 보면 이건 절대로 민가의 건축이 아님을 알 수

있다. 창살, 무쇠 고리 장식, 실내의 벽과 선반, 창문의 디자인을 보고 있으면 고보리 엔슈가 강조한 '유의(有意)'의 말뜻을 다시금 생각해보게 된다.

송금정을 내려가면 다시 연못가 길이 되고 다리를 건너면 상화정과 원림당에 이르러 또 한 번 쉬게 된다. 또 다리를 건너 안쪽에 있는 소의헌을 다녀와서는 마침내 서원 앞에 당도해 월건대에서 우리가 맴돌아온 연못을 느긋이 바라보게 된다. 월건대 바로 건너편의 연못가 높은 곳에는 정자가 있는데 이를 월파루(月波樓)라고 한다. 거기에 올라가 달맞이를 하면 연못에 그림자 진 달이 물결에 일렁이는 모습이 아름답다는 것은 말하지 않아도 알 수 있겠다.

드디어 참관을 마칠 시간이 되어 서원을 곁에 두고 중문을 통해 밖으로 나아가니 다시 '가림막 소나무'가 멀찍이서 우리를 배웅하는 것 같았다. 정확히 1시간 반의 행복한 지천회유였다.

가쓰라 이궁 정원의 디테일

가쓰라 이궁의 정원에서 가장 감동적인 것은 걸음걸음마다 달라지는 풍광의 변화가 너무도 다양하다는 점이다. 한 굽이 돌 때마다, 연못가를 거닐 때마다, 다리를 건널 때마다, 다정에 올라설 때마다 새롭게 나타나는 아름다움을 놓치기 싫어 발걸음을 머뭇거리게 된다.

그리고 다실로 인도하는 노지에 해당하는 길에는 어떤 식으로든 들뜬 기분을 가라앉히는 조경적 장치가 있다. 길이 좁아지든, 돌길이 조심스러워지든, 길가의 이끼가 와비사비의 분위기를 연출하든 뭐가 달라도 다르다. 그리고 다실의 생김새가 다르듯 노지마다 생김새도 다르다. 긴장과 이완이 반복되면서 걷는 이를 사색으로 이끈다. 지루할 여지가 없고 정

| **송금정 내부** | 연못가로 난 길을 따라가다가 다시 다리를 건너면 높직이 올라앉아 있는 송금정에 이른다. 송금정은 내부의 디자인이 대단히 현대적이다.

신이 딴 데로 흐를 틈이 없다.

돌길을 놓는 방법도 여러 가지다. 잘생긴 자연석을 징검다리 놓듯이 놓는 것은 우리네와 마찬가지지만 자연석과 인공석을 조합하여 장방형으로 길게 깔면서 길의 분위기를 연출하곤 한다. 깨진 돌(절석切石)의 조합 방식을 일본에선 '노베단(延段)'이라고 하는데, 사각형·삼각형·사다리꼴 등 기하학적 도형을 조각보처럼 맞춘 것, 자연석을 옹기종기 테두리 안에 몰아넣은 것, 긴 장대석과 넓적한 자연석을 모자이크한 것 등 매우 다양하며 고보리 엔슈는 이 노베단에 직선을 과감히 사용한 것으로 유명하다.

다옥으로 가는 길목에는 형태를 달리하는 키 작은 석등들이 곳곳에 놓여 있다. 모두 24개다. 일본의 정원 석등은 등롱(燈籠, 도로)이라고 부르며 양식화되어 제각기 이름이 있다. 세 발 받침대에 삼각형 지붕을 한 '삼각형 석등', 화창(火窓)이 세 가지로 난 '삼광형(三光形) 석등', 옷소매를 연상시키는 '수형(袖形) 석등', 포물선이 교차된 모습의 받침대로 만들어진 '설견형(雪見形) 석등', 후루타 오리베가 창안했다는 '오리베(織

| **월견대(왼쪽)와 월파루(오른쪽)** | 연못을 돌아 서원의 월견대와 월파루에 이르면 우리가 맴돌아온 연못을 느긋이 바라볼 수 있게 된다.

部) 석등' 등이다.

그런데 솔직히 말해서 일본의 석등은 멋있지가 않다. 우리나라는 가히 아름다운 석등의 나라라고 할 만큼 멋진 석등이 많다. 불국사 대웅전 앞 석등, 부석사 무량수전 앞 석등, 가야산 청량사의 석등, 실상사 백장암의 석등을 보면 일본인들은 놀라며 기가 죽곤 한다. 일제강점기에 일본인들이 우리나라 석등의 아름다움에 반하여 자기네 정원에 폐사지의 석등을 많이 옮겨다놓은 것은 이 때문이다.

그러나 우리나라 사찰 석등은 스케일이 너무 커서 일본 정원에는 맞지 않으므로 그에 영향을 받지는 않은 것 같고, 그 대신 조선시대 왕릉 앞의 장명등(長明燈)을 벤치마킹한 것이 있는데 이는 '조선(朝鮮) 석등'이라고 부른다.

가쓰라 이궁의 더 큰 매력은 아마도 수목의 배치일 텐데 그것을 다 알아차릴 만한 식견이 내게 없을뿐더러 그것을 여기서 일일이 설명한다는 것도 불가능하다.

| 가쓰라 이궁의 석등들 | 다옥으로 가는 길목에는 형태를 달리하는 키 작은 석등이 곳곳에 놓여 있다. 그런데 솔직히 말해서 일본의 석등은 멋있지가 않다.

타우트가 말하는 가쓰라 이궁의 미덕

우리는 가끔 좋긴 좋은데 무엇이 좋은지 말로 표현할 수 없고 그 실체가 잡히지 않을 때가 있다. 내가 처음 가쓰라 이궁을 보았을 때의 감동과 느낌이 그랬다.

낱낱이 뜯어보면 화려한 구석이 없는데 지천회유를 하고 난 내 느낌은 너무도 화려한 시각적 기쁨으로 충만했다. 그 뒤에 대충이나마 공부를 하고 두번째 갔을 때는 비로소 구조와 기능이 눈에 들어오고 디테일의 의미도 새겨볼 수 있었다. 그러나 여전히 가쓰라 이궁이 갖고 있는 아름다움의 비밀이 풀리지는 않는다. 이럴 때는 고수의, 전문가의, 선생님의, 또는 당대 안목의 눈과 말을 통해 풀어야 한다.

브루노 타우트는 가쓰라 이궁의 아름다움에는 제각기 다른 세 가지 표정이 있다고 보았다. 우선 서원 건축처럼 일상생활이 다름없이 영위되는 실용적이고 유용한 공간에서는 최고의 세련미를 보여주고, 또한 다실과 다실에 이르는 길에는 선(禪) 또는 다도에서 나오는 준엄한 정신이 서려 있으며, 그런가 하면 경사진 언덕이나 작은 폭포, 다리의 모습은

| **연못을 가르지르는 다리** | 가쓰라 이궁에서 가장 감동적인 것은 걸음걸음마다 달라지는 풍광의 변화가 너무도 다양하다는 점이다. 한 굽이 돌 때마다, 연못가를 거닐 때마다, 다리를 건널 때마다, 다정에 올라설 때마다 새롭게 나타나는 아름다움을 놓치기 싫어 머뭇거리게 된다.

어떤 준엄한 철학적 요소보다는 마치 한 편의 전원시(田園詩)를 연상시키는다는 것이다.

이처럼 가쓰라 이궁은 생활미·정신미·서정성 등 정원이 가질 수 있는 모든 요소를 간직하고 있다. 타우트는 가쓰라 이궁의 결정적인 매력은 우아한 삶, 높은 도덕, 고상한 취미를 다 담아내면서도 그것을 어떤 일본 주택보다도 '문자 그대로 간소하게' 처리했다는 점이라고 했다.

요란한 장치나 기발한 구조로 사람의 눈을 끄는 것이 아니라 평범성을 유지하면서도 세련되고 우아하며 기능에 충실한 형식을 갖췄다는 것이다. 그리하여 타우트는 다음과 같이 말했다.

나는 현대건축의 발전에서 가장 중요한 기초는 기능에서 찾지 않으면 안 된다고 주장하며 '모든 뛰어난 기능을 갖는 것은 동시에 형식

| **연못과 다옥의 풍경** | 다실과 다실에 이르는 길에는 선(禪) 또는 다도에서 나오는 준엄한 정신이 서려 있으며, 작은 폭포나 다리의 모습에는 한 편의 전원시를 연상시키는 짙은 서정성이 있다.

도 뛰어나다'라는 명제를 내걸었다. 때때로 이 말은 오해를 낳았지만
(…) 가쓰라 이궁은 나의 주장이 맞았음을 명확히 보여준다.

브루노 타우트는 기능에 충실하면서도 아름답고 우아한 형식이 성공
할 수 있었던 것은 그 기저에 다도 또는 선이라는 정신이 깔려 있었기 때
문임을 누차 강조했다. 오솔길의 배치, 돌길의 구성, 키 작은 나무의 배
치, 그 모든 것에 다도에서 말하는 와비사비의 정신이 정성껏 구현되었

| **가쓰라 이궁의 길들** | 가쓰라 이궁은 돌길을 놓는 방법도 여러 가지다. 기하학적 도형을 조각보처럼 맞춘 것, 자연
석을 옹기종기 테두리 안에 몰아넣은 것, 긴 장대석과 넓적한 자연석을 모자이크한 것 등 매우 다양하다.

기에 평범한 것 같아도 어디 하나 소홀함이 없다는 것이다.

그것이야말로 자신이 그토록 찾던 건축적 이상이었는데 이것을 300년
전 일본의 건축가가 이미 구현했다는 데에 감동하지 않을 수 없었다고
한다. 그래서 그는 가쓰라 이궁을 보면서 일어난 감격을 이렇게 말했다.

위대한 예술작품을 만날 때면 저절로 눈물이 흐른다. 나는 가쓰라
이궁의 저 신비에 가까운 수수께끼 속에서 예술의 아름다움은 형태의

| **교토 어소** | 브루노 타우트는 가쓰라 이궁과 동시대에 지어진 궁궐 건축인 교토 어소를 답사하고는, 대지와 건물이 직접 결합되는 일본 건축의 미덕을 읽을 수 있다고 했다.

미가 아니라 그 배후에 서려 있는 무한한 사상과 정신에 연결되어 있다는 것을 여실히 감지할 수 있었다.

명작의 3대 조건, 정신·재력·기술

브루노 타우트는 55세 생일날 가쓰라 이궁을 다시 방문했다. 그날 타우트는 동시대 지어진 궁궐 건축인 교토 어소와 수학원 이궁까지 답사했다. 어소에서 그는 대지와 건물이 직접 결합되는 일본 건축의 미덕을 읽었고, 수학원 이궁에서는 대문과 담장의 훌륭한 조화를 보면서 어디하나 이국풍이 없는 일본미의 아름다움을 느꼈다.

두 곳 역시 훌륭한 건축이 틀림없다. 그러나 타우트는 이 두 곳엔 가쓰라 이궁이 갖고 있는 중요한 것 하나가 없다고 한다. 바로 건축과 정원이 유기적으로 연결되지 않고 건축은 건축대로, 정원은 정원대로 따로 논다는 점이다.

타우트는 가쓰라 이궁이 어떻게 동시대의 유산이면서 유독 유기적이고 철학적이고 독자적이고 조형적인 질서를 갖게 되었는지에 대해 이렇게 말한다.

여기에는 한 사람의 뛰어난 예술적 인격이 있기 때문에 예술적 정채(精彩)가 빛나는 것이다. (…) 혹자는 부정하지만 가쓰라 이궁은 고보리 엔슈의 작품이라고 전한다. 그는 교양을 두루 갖춘 예술가였고 다이묘였고 다인이었으며 그 모든 것을 갖춘 건축가였다.

본래 명작에는 반드시 충족해야 할 세 가지 조건이 있다고 한다. 첫째는 그 시대를 관철하는 심오한 미학(정신), 둘째는 패트론(patron)의 풍부한 재력(경제적 지원), 셋째는 장인(예술가)의 뛰어난 솜씨(기술)이다. 타우트는 가쓰라 이궁 건설 때 고보리 엔슈가 제시했다는 세 가지 요구사항을 떠올리면서 설혹 그것이 구전일 뿐이라 하더라도 당시 사람들이 생각하고 있던 좋은 건축을 위한 조건을 말해주는 것임은 분명하다고 했다. 그 세 가지 조건은 다음과 같다.

첫째, 이래라 저래라 하지 말 것.
둘째, 재촉하지 말 것.
셋째, 비용에 제한을 두지 말 것.

가쓰라 이궁은 명작의 조건 세 가지를 다 갖추고 태어난 것이다. 와비사비의 다도가 있었고, 왕가의 재력이 있었고, 불세출의 건축가 고보리 엔슈가 있었던 것이다.

그날 브루노 타우트는 고보리 엔슈의 유해가 모셔진 대덕사 고봉암까지 가서 엔슈가 설계한 망전의 조촐한 다실에 들어가 거기에 걸려 있는 그의 초상화를 보았다. 초상화에는 뜻밖에도 칼 한 자루가 그려져 있었다. 타우트는 아마도 그가 당당한 다이묘였음을 강조한 것이라고 생각했다. 그러나 어쩌면 그 칼은 그가 외롭게 싸워온 '문화 투쟁'을 상싱하는지도 모른다고 스스로 생각해보았다고 한다.

망전 밖으로 나온 타우트는 '아름다운 사비'가 느껴지는 조용한 노지를 지나 고보리 엔슈의 묘소로 갔다. 묘탑 앞에서 타우트는 모자를 벗고 공손히 예를 올린 다음 미리 준비해간 석남화(石南花) 한 가지를 꽃병에 꽂았다고 한다.

그것은 서양의 한 건축가가 300년 전 동양의 한 위대한 건축가에게 바친 한 송이 꽃이었다.

인문정신이 있으면 정원도 달라진다

다이묘 정원과 별궁 / 고미즈노오 천황 /
고보리 엔슈의 선동 어소 / 낙지헌 / 인운정과 욕용지 /
보길도 원림과 세연정

에도시대의 다이묘 정원과 별궁

에도시대의 대표적인 유적지로 가쓰라 이궁에 이어 수학원 이궁을 답
사하자니 교토 답사의 시대적 흐름이 묘하다는 생각이 든다. 돌이켜보건
대 그동안 교토에서 둘러본 무로마치시대 이전의 유적들은 지은원·건인
사·천룡사·금각사·은각사·용안사·남선사 등 사찰이었다. 그런데 에도
시대로 들어오니 왕실의 별궁으로 된 것이다. 거기에는 그럴 만한 이유
가 있었다.

1603년 도쿠가와 이에야스 쇼군이 오늘날의 도쿄인 에도에 막부를 차
린 뒤로 교토의 위상은 전과 같지 못했다. 정치의 중심지는 당연히 에도
였고 이때는 상업이 크게 번성하여 경제의 중심은 오사카(大坂, 메이지 이
후엔 大阪)로 옮겨졌다. 오사카에는 각 지방 다이묘들의 창고인 구라야시

키(藏屋敷)가 모여 있었다.

이에 비해 교토는 천황과 공가가 엄연히 건재하면서 여전히 문화인들의 학예활동이 이루어져 문화의 중심지로 남아 있었다. 그래서 에도시대엔 정치의 에도, 상업의 오사카, 문화의 교토를 삼도(三都)라고 불렀다.

그러나 교토가 문화의 중심이라는 것도 예전과 같지는 못했다. 에도시대에는 지방문화가 크게 일어났다. 15세기 중엽, 교토가 불바다가 된 오닌의 난 때 교토의 많은 명문(名門)·명사(名士)들이 각지로 떠나면서 그것이 지방문화 발전의 밑거름이 되더니 에도시대로 들어와서는 전국의 다이묘들이 아름다운 정원을 조성하면서 다이묘 정원의 전성시대를 열었다.

많은 일본의 관광안내서에서 일본의 3대 정원으로 가나자와(金澤)의 겐로쿠엔(兼六園), 오카야마(岡山)의 고라쿠엔(後樂園), 이바라키(茨城)의 가이라쿠엔(偕樂園)을 꼽는다고 쓰여 있다. 실제로 이 다이묘 정원들은 장대한 스케일을 자랑한다.

이처럼 지방문화가 활성화됨으로써 일본의 문화유산은 아주 풍성해졌다. 이것은 봉건사회를 제대로 경험해본 일본 역사의 산물로 단 한 번도 지방분권이 이루어지지 않은 우리나라와 비교된다.

가나자와의 겐로쿠엔이 겸육원(兼六園)이라는 이름을 갖고 있는 것은 명원(名園)의 여섯 가지 조건을 다 겸했다고 하는 데서 비롯된 것이다. 여섯 가지란 일찍이 송나라 이격비(李格非)가 『낙양명원기(洛陽名園記)』에서 말한 굉대(宏大), 유수(幽邃, 깊고 그윽함), 인력(人力), 창고(蒼古), 수천(水泉), 조망(眺望) 등이다.

그러나 내가 보기에 지방 다이묘의 정원은 비록 스케일은 굉대하고 나름대로 아름답기는 하지만 절대로 교토의 가쓰라 이궁이나 수학원 이궁의 품격을 따라오지 못한다. 다이묘의 정원들은 심하게 말하면 3대 정

원이 아니라 3대 공원이라고 말하는 것이 맞다는 생각이 든다.

그 차이가 어디에서 생긴 것일까. 그것은 정원 조성에 참선, 다도 같은 사상 내지 인문정신을 담겠다는 뜻보다 즐긴다는 측면이 강했기 때문이다. 다이묘의 정원 이름에 즐거울 낙(樂)자가 많이 들어 있는 것만 보아도 그렇다.

그러면 에도시대에 별궁을 지은 왕손들에게는 그런 인문정신이 있었느냐고 되물을지 모른다. 대답은 '그렇다'이다. 거기에는 그럴 만한 사정이 따로 있었다. 에도 막부가 천황가를 통제하고 심지어 사생활까지 감시하면서 정치적·사회적 행동을 제약했기 때문에 그들이 인간적 능력을 발휘할 수 있는 길은 오직 문화적인 곳으로만 열려 있었다. 심지어 막부는 그들에게 학예에만 열중하라고 강요했다.

이것이 도시히토 왕자가 가쓰라 이궁을 세우고 고미즈노오 상황이 수학원 이궁에 일생을 바친 각별한 이유이기도 했다. 얼핏 들으면 과장된 이야기 같지만 진짜 그런 사정이 있었다. 이를 설명하자면 잠시 역사 이야기로 돌아가야 한다.

아즈치, 모모야마, 에도시대

1467년부터 10년간 지속된 오닌의 난은 교토를 황폐화하였을 뿐만 아니라 율령(律令), 즉 법률과 행정력을 무너뜨리고 하극상(下克上)의 풍조를 몰고 왔다. 쇼군이 천황을 무시했듯이 무장(武將)들은 쇼군을 무시했고, 무사(武士)들은 무장을 무시하며 그 힘에 도전하기 시작했다. 민간에선 잇키(一揆)라는 이름의 도적떼가 체제 자체를 부정했다.

지방 통치의 실권을 쥐고 있던 슈고 다이묘들도 이처럼 아래로부터 도전을 받아 힘없는 슈고들은 힘있는 무장에게 다이묘의 지위를 내줄 수밖에 없었다. 온 나라가 이렇게 싸움판으로 변한 이 시기를 전국(戰國)시대(1467~1573), 일본말로 '센고쿠시대'라고 하고 이때 등장한 다이묘를 '센고쿠 다이묘'라고 한다.

100년이 넘도록 지속된 혼란은 센고쿠 다이묘 중 하나인 오다 노부나가가 천하통일을 겨냥하여 교토의 동북쪽 아즈치(安土)에 거점을 두고 무로마치 막부를 멸망시키면서 아즈치시대(1573~82)로 넘어갔다.

그러나 노부나가는 총신(寵臣)의 배반으로 인한 '본능사(本能寺)의 변'으로 자결하고 교토의 남쪽, 훗날 모모야마(桃山)라 불린 후시미(伏見)에 자리잡은 도요토미 히데요시가 천하통일의 대업을 완수하면서 모모야마시대(1582~1603)를 열었다. 일본 역사에선 이 두 시기를 합쳐 '아즈치 모모야마 시대'라고도 부른다.

히데요시의 망상으로 일어난 임진왜란이 패배로 끝나고 얼마 안 되어

그가 죽자 천하의 실권을 다투는 일대 혈전인 '세키가하라(關ヶ原) 전투'(1600)가 벌어졌고, 여기서 도쿠가와 이에야스가 승리하면서 에도에 막부를 둔 에도시대(1603~1867)가 열리게 된다.

이 격동의 시기를 무대로 한 야마오카 소하치(山岡莊八)의 대하소설 『도쿠가와 이에야스』는 일찍이 '대망(大望)'이라는 제목으로 번역되어 많이 읽혔다. 이 소설은 오다 노부나가 8세, 도요토미 히데요시 6세, 도쿠가와 이에야스 1세 무렵부터 시작되는데 세 주인공에 대한 인간적 묘사가 뛰어나 우리 독자들을 끌어당긴 것으로 보인다. 이 세 사람의 인간상에 대해서는 유명한 얘기가 있다.

만약에 세 사람에게 새를 울게 해보라고 한다면 오다는 울지 않으면 죽여버린다고 강압해서 울게 할 것이고, 도요토미는 살살 구슬려서 결국 울게 할 것이고, 도쿠가와는 새가 울 때까지 기다릴 것이라는 이야기다.

에도 막부의 공가 통제

이렇게 기다림의 처신으로 정권을 잡은 도쿠가와의 에도 막부가 250년간 큰 변란 없이 일본을 통치한 것은 뛰어난 권력 통제 조치 때문이었다. 막부는 다이묘를 배치하면서 에도 가까이 있는 토지에는 '친번(親藩) 다이묘'라고 해서 친척을 두었고, 그다음 중요한 지역에는 '보대(譜代) 다이묘'라고 해서 본래부터 가까운 다이묘를, 그다음 지역에는 '외양(外樣) 다이묘'라고 해서 세키가하라 전투 이후에 도쿠가와를 따른 다이묘를 배치했다.

그리고 적대적 관계에 있던 다이묘는 에도로부터 멀리 떨어진 곳에 두었다. 규슈에 있던 사쓰마번(薩摩藩), 혼슈(本州)의 끝에 있던 조슈번(長州藩)이 대표적인 예이다. 이 때문에 메이지 천황 때 막부 토벌 운동을 일으킨 토막(討幕) 다이묘가 일본열도 끝에서 일어난 것이기도 하다.

막부는 다이묘를 지배하기 위한 법률로 1615년 '무가 제법도(武家諸法度)'를 공표하여 모든 다이묘들이 에도에 집을 지어 처자가 살게 하고 1년마다 에도에 와서 근무하는 참근교대(參勤交代) 제도를 시행했다. 이는 다이묘의 가족을 인질로 삼는 효과도 있었고 다이묘들이 재력을 소비하게 하기 위한 조치이기도 했다.

사찰에 대해서도 '제종 제본산 제법도(諸宗諸本山諸法度)'를 공표하여 막부의 통제하에 두었다. 그리고 천황과 공가의 통솔을 위한 법도 공표하였다. '공가중 법도(公家中法度)'라는 이름으로 천황 및 공가의 행동강령을 법으로 구속하더니 1615년에는 이를 확충해서 '금중 병 공가중 제법도(禁中并公家中諸法度)'를 공표했다. 쇼군이 천황을 이렇게까지 심하게 구속한 예는 일찍이 없었다.

여기서 공가가 지켜야 할 법도의 제1조는 "공가 사람들은 밤낮으로 학문에 전념할 것"이었다. 그리고 새로 공표된 법도에서는 제1조에 "천황의 모든 예능에 관한 일 중 첫째는 학문이다"라고 못 박았다. 요는 천황과 공가는 정치는 생각 말고 학문과 예능에만 파묻히라는 것이었다.

제2조 이하에서는 3공(태정대신, 좌대신, 우대신) 이하 관리 임명권은 막부가 갖는다고 했고, 제7조에서는 공가에서 갖고 있던 관위(官位) 수여권도 박탈했다. 게다가 에도 막부는 멀리 떨어져 있는 교토의 천황가를 감독하기 위하여 쇼시다이(所司代)라는 공식 기관을 설치하였다.

에도시대에는 공가의 귀족들이 조정에 등장하지 않게 되었고 천황과 공가의 귀족들은 행동강령대로 학문과 예능에 몰입하는 것 말고는 달리 보장된 자유가 없었다. 이것이 도시히토 왕자가 가쓰라 이궁을 세우고 고미즈노오 상황이 수학원 이궁의 조영에 일생을 다 바치는 계기가 되었다.

학예의 천황, 고미즈노오 천황

고미즈노오(後水尾) 천황(1596~1680)은 1611년 부친이 상황(上皇)으로 물러나서면서 불과 16세에 천황에 올랐다. 막부에서 '공가의 행동강령'을 공표한 1615년은 즉위 4년째 되는 해여서 처음으로 이 강령을 따르는 천황이 되었다.

1617년에 상황(부친)이 죽으면서 그는 실질적 천황이 되었지만 학문과 예능 이외에 할 수 있는 일이 없었다. 사사건건 막부의 통제와 감시를 받는 것에 항시 불만이었다.

도쿠가와 이에야스는 천황가와 혈통을 맺기 위해 아들인 2대 쇼군 히데타다(秀忠)의 딸을 천황의 정실로 보내기로 약조해놓았다. 그러나 천황은 총애하는 궁녀와의 사이에서 아들과 딸을 먼저 낳았다. 막부는 이를 공가의 풍기문란죄로 다스려 궁녀와 딸을 궁중에서 추방한 다음 1620년

| 고미즈노오 천황과 그의 부인 도후쿠몬인 |

계획대로 2대 쇼군의 딸을 정실부인으로 들였다.

이때 천황은 25세, 왕비는 14세였다. 왕비에게는 도후쿠몬인(東福門院)이라는 호가 내려졌다. 결혼의 출발은 이처럼 매끄럽지 못했지만 부부 사이는 금슬이 좋아 훗날 도후쿠몬인은 천황과 막부 사이의 알력을 풀어가는 역할을 했다.

그러다 1627년, 천황이 공가의 행동강령을 무시하고 고승들에게 자의(紫衣)를 하사하자 막부가 승려의 자격을 재심사해 자의를 박탈해버리는 사건이 발생했다. 그러자 그는 천황에게 이만한 권한도 없느냐며 도후쿠몬인과의 사이에서 낳은 한 살배기 아들인 스케히토(高仁) 왕자에게 천황 자리를 넘겨주고 상황으로 물러나겠다고 막부에 통보했다.

고미즈오노 천황은 자신의 뜻이 단호함을 보여주려고 고보리 엔슈에게 지금의 어소 곁에 자신이 기거할 선동(仙洞) 어소를 지으라고 명했다. 본래 막부는 상황의 지위를 인정하지 않는 것이 방침이었지만 후임 천황이 쇼군의 외손자인데다 딸인 도후쿠몬인이 천황을 옹호하고 나서자 이를 받아들이기로 했다.

그런데 이 왕자가 갑자기 1년 만에 죽자 막부는 도후쿠몬인과의 사이에서 난 6세짜리 딸을 천황에 앉혔다. 그가 1629년에 즉위한 메이쇼(明正) 천황이다. 나라시대 고켄(孝謙) 여제 이래 859년 만에 일본에 여왕이 탄생한 것이었다. 이리하여 고미즈노오 천황은 여전히 상황의 지위를 누릴 수 있게 되었다.

고보리 엔슈의 선동 어소

상황이 고보리 엔슈에게 명한 선동 어소의 건설은 급속히 진행되어 이듬해인 1630년 12월에는 입주할 수 있게 되었다. 대지 2만 3천 평이었

| **선동 어소의 남지** | 고보리 엔슈가 조영한 선동 어소 정원의 연못인 남지와 북지는 경주의 안압지처럼 자연스러운 곡선을 자랑한다. 특히 남지에는 섬과 돌다리가 있어 연못을 서너 개 합쳐놓은 듯하다.

고 건물도 다른 상황의 예보다 두 배 이상 큰 규모였다. 바로 곁에는 아내 도후쿠몬인을 위한 대궁(大宮) 어소도 완공했다.

정원 조성은 4년 뒤에 착공하여 2년간의 공사 끝에 1636년에 완성되었다. 이때 상황의 나이는 41세였다. 이것이 오늘날 교토 어소 동남편 축지병(築地塀)이라 불리는 긴 기와 담장에 둘러싸여 있는 선동 어소이다.

그러나 선동 어소는 몇 차례의 화재를 입은데다 1854년의 대화재로 소실된 후로는 복원되지 않아 창건 당시의 모습을 볼 수 없다. 다실 두 채와 몇 개의 시설만 남았고 고보리 엔슈가 조영한 정원은 자취만 볼 수 있을 뿐이다.

나는 아직껏 선동 어소를 답사해보지 못했다. 당시 모습을 볼 수 없다고 하니 선동 어소까지는 내 성심이 미치지 않았다. 그러나 때가 되면 선동 어소도 한번 답사해보고 싶다. 사진으로만 보아도 선동 어소의 모습

| **선동 어소의 성화정** | 선동 어소는 몇 차례의 화재를 입은데다 1854년의 대화재로 소실된 후 복원되지 않아 창건 당시의 모습을 볼 수 없다. 다실 두 채와 몇 개의 시설만 남았고 고보리 엔슈가 조영한 정원은 자취만 볼 수 있을 뿐이다.

은 고보리 엔슈의 이름값을 하고도 남을 것 같다.

　남북 300미터, 동서 100미터의 높은 담장에 둘러싸인 방대한 규모인데다 남지(南池)와 북지(北池)로 나뉜 큰 연못 주위로 산책길이 나 있는 전형적인 지천회유식 정원으로 안내책자에서 말하는 "우미(優美)하고 섬세한 아름다움"이 엿보인다.

　남지와 북지는 경주 안압지처럼 모두 자연스러운 곡선을 그리고 있고 남지에는 섬과 돌다리가 놓여 있어 연못 서너 개가 합친 듯 보이며 물은 어디론가 흘러가는 듯한 개방감이 있다. 그래서 항공사진이 아닌 다음에는 그 스케일과 형태가 한눈에 잡히지 않는다.

　수목의 배치도 모두 계획된 것인 듯 혹은 단풍으로 연이어 있고, 혹은 수형이 아름다운 나무가 호숫가에서 홀로 맵시를 뽐내고 있다. 애초에 다실은 배로 건너가는 구조였는데, 과거에는 이와는 별도로 노지의 콘셉

| **선동 어소의 단풍길** | 선동 어소의 건물은 모두 사라져 옛 모습을 보여주지 않으나 수목과 길들은 그 옛날의 명성을 짐작게 한다. 특히 단풍길이 아름답다고 한다.

트를 받아들인 길도 조성되어 있었다고 한다.

연못 동쪽에 축지병을 따라 흐르는 가는 물줄기가 있는데, 양옆이 담장으로 막힌 약 40미터 길이의 이 가는 물줄기 위로 8개의 다리가 번갈아가며 놓여 있었다. (…) 손님은 이 8개의 다리를 건너며 흐르는 물을 좌우로 보면서 일상의 세계에서 벗어나 다실의 차노유의 세계로 들어간 것이었다(구마쿠라 이사오 熊倉功夫 「後水尾院とその時代」).

센노 리큐가 제시한 노지를 고보리 엔슈가 선동 어소의 정원에서 이처럼 밝고 크고 아름답게 조성한 것이었다. 그의 '아름다운 사비'가 선동 어소의 정원에서 구현되었던 것이다.

상황은 여기에서 승려, 시인, 예능인 등 예술인과 명사를 초청하여 많은 다회(茶會), 시회(詩會), 꽃꽂이 모임[立花會]을 열었다. 선동 어소는 당시 제일가는 문화 살롱과 같았다고 한다. 때는 일본 연호로 간에이(寬永)였기 때문에 일본문화사에서는 이를 '간에이 문화'라고 부른다.

풍광 수려한 별궁터를 찾아서

선동 어소의 정원은 고미즈노오 상황이 입주한 이후 2년에 걸쳐 이루어졌기 때문에 사실상 상황과 엔슈의 합작으로 생각된다. 그렇지 않더라도 상황은 정원이 되어가는 과정을 보면서 엔슈의 미학을 많이 공부했을 것이 분명하다. 상황이 그렇게 익힌 실력을 발휘하여 만든 것이 수학원 이궁이다.

고미즈노오 상황이 수학원 이궁의 자리를 확정한 것은 1655년 나이 60세 때였다. 그러나 이 별궁을 구상한 것은 훨씬 이전이어서, 그는 선동 어소에 들어간 지 얼마 안 되었을 때부터 측근으로 하여금 금각사 뒷산에 별궁터가 있는지 찾아보게 했다.

마치 거대한 정원을 경영하기 위한 습작이라도 하듯 히에이산이 보이는 낙북 지역에 작은 산장을 경영하기도 했고, 1648년엔 딸의 집이 있었고 지금은 교토국제회관이 있는 이와쿠라(岩倉)에 부인 도후쿠몬인과 함께 가 부근의 풍광을 보며 자리를 물색하기도 했다. 1651년, 56세 때는 상국사에서 머리를 깎고 중이 되었다. 중이 된 천황을 법황이라고 하는데, 그의 법호는 원정(圓淨)이었다.

법황이 된 뒤 상황은 본격적으로 별궁터 물색에 들어갔다. 그러나 상황은 막부에서 파견한 쇼시다이의 경비가 엄격해서 어소 밖에 나가 자유로이 행동할 수 없었다. 이에 상황은 막부에 직접 고충을 호소하기도 했다. 그래서인지 상황은 외출이 점점 잦아졌고, 이미 낙북에 뜻을 두었는지 그쪽으로 가는 일이 많았다.

그러다 1655년 일찍이 궁중에서 쫓겨난 첫딸이 비구니로 사는 수학원촌(修學院村)의 원조사(圓照寺)에 갔다가 절 위쪽 산마루에 있는 인운정(隣雲亭)에 올라가보니 히에이산에서 서북쪽으로 뻗어내린 산자락이 아스라이 멀어져가는 탁월한 전망이 한눈에 들어왔다. 상황은 이 풍광에 취하여 여기에 별궁을 짓기로 마음먹었다.

수학원 이궁의 창건

상황은 딸이 거처하는 원조사를 나라(奈良)에 새로 지어 옮겨주고 그 자리에 들어설 별궁을 직접 설계했다. 지세의 모형을 만들어놓고 건물의 배치, 연못의 설치, 돌의 배석을 궁리해보고 '일목일초(一木一草)'까지 신경 쓰면서 아름다운 별궁을 짓는 데 온 정성을 다했다. 아버지와 아들이 대를 이어 지은 가쓰라 이궁에 두 번을 다녀오며 이를 참조하기도 했다.

1656년 4월에 마침내 수학원 이궁의 공사가 시작되었다. 산비탈의 경사면 아래위로 두 채의 집을 배치하는 구조였다. 아래채는 스키야풍 서원조로 생활공간이었고, 위채는 넓은 인공호수 정원을 갖춘 다옥으로 휴식공간이었다. 아래위채 사이의 넓은 산비탈에는 농부가 일하는 논밭을 그대로 두어 일상적 삶의 체취가 살아 있는 차경으로 삼았다. 공사는 3년 뒤인 1659년 2월에 끝났다.

수학원 이궁이 완공된 뒤 상황은 많은 시회와 다회를 열며 이곳을 왕실 살롱 문화의 현장으로 삼았고, '수학원 8경 10경(八景十境)'을 짓고 이를 시와 와카로 노래하며 정원 곳곳에 의미와 상징성을 부여했다. 별궁이었던 만큼 항시 거주하는 것은 아니었지만 노년에는 즐겨 이곳을 찾아 공식적인 방문 기록만 31회에 달한다.

| **수학원 이궁의 욕용지** | 고미즈노오 천황이 창건한 수학원 이궁은 교토 시내 동북쪽 히가시야마의 한 산봉우리 밑에 있다. 천황은 별궁을 직접 설계하느라 지세의 모형을 만들어놓고 건물의 배치, 연못의 설치, 돌의 배석을 궁리해 아름다운 별궁을 짓는 데 온 정성을 다했다고 한다. 사진은 수학원 이궁의 하이라이트인 위 다옥의 연못인 욕용지이다.

고미즈노오 상황은 수학원 이궁이 완공된 후에도 21년을 더 살아 85세까지 장수했다. 아들이 19명, 딸이 18명이었으며 그가 상황으로 있는 동안 천황이 무려 4명이나 바뀌었다. 막부와 갈등이 있었지만 천수를 누리고 멋진 유산을 남긴 줏대 있는 풍류의 천황이었다.

수학원 이궁의 구성

수학원 이궁은 교토 시내 동북쪽 히가시야마 36봉 중 한 산봉우리 바

로 턱밑에 있다. 이궁 앞쪽은 고급 주택가이고 뒤쪽은 산 전체가 이궁이다. 마치 서울 성북동 '꿩의 바다' 주택가 끝에 유서 깊은 왕가의 별장이 있는 것과 같은 형상이다.

주택가 오르막길 막다른 곳에 이르면 길이 양 갈래로 갈라지고 앞에 대나무를 잘 다듬어 엮은 긴 담장이 나온다. 여기가 이궁 전체의 바깥 대문인 오모테(表) 총문이다. 가쓰라 이궁과 아주 비슷한데 20세기 초에 새로 정비하면서 이를 본떠 만든 것이다.

접수처에서 참관 등록을 마치고 마당에 나와 사위를 둘러보니 대나무 울타리도 그렇고 안쪽으로 비껴 보이는 나무들의 생김새까지 왕가의 별궁다운 품위가 느껴진다. 관광객들로 붐비는 청수사·금각사·은각사·용안사를 답사할 때는 느낄 수 없는 여유로움이 일어나 산장(山莊)의 호젓한 분위기를 더욱 만끽할 수 있다. 이것은 제한된 참관이 갖는 큰 강점이기도 하다.

오늘날 수학원 이궁은 상중하 세 구역으로 나뉘어 각기 가미노 오차야(上御茶屋), 나카노 오차야(中御茶屋), 시모노 오차야(下御茶屋)라고 부르고 있지만 가운데채는 나중에 생긴 것이고 상황이 처음 조영할 때는 없었다.

상황이 세운 수학원 이궁은 히에이산을 주제로 한 차경 정원을 기본 콘셉트로 삼았다. 아래위로 독립된 두 채의 다옥을 배치하면서 아래채 수월관(壽月觀)은 스키야풍 서원조 다옥으로, 위채는 상황이 처음 이곳을 점지한 동기를 부여한 인운정을 다정(茶亭)으로 삼아 정원으로 꾸몄다.

인운정 정자 아래쪽으로는 거대한 보를 쌓아 인공호수 같은 넓은 연못을 만들고 그 주위에 수목과 오솔길을 배치한 지천회유식 정원을 조성했다. 그래서 정자에 올라서면 산상의 호수와 멀리 히에이산이 한눈에 들어오는 환상적인 전망이 펼쳐진다. 여기가 수학원 이궁의 하이라이트이다.

그리고 이 못지않게 중요한 것이 아래채와 위채 사이의 약 1만 5천 평에 달하는 넓은 비탈을 계단식 전답으로 일구어 농부가 일상 그대로 농사짓고 살게 함으로써 이를 정원의 중요한 차경으로 삼은 것이다. 이것은 일본의 어느 정원에서도 볼 수 없는 수학원 이궁의 각별한 특징이자 매력이다.

| **가마 보관소** | 중문을 들어서면 돌계단 위에 올라앉은 작고 상큼한 가마 보관소를 만나게 되는데 단순한 구조에서 대단히 현대적인 미감이 느껴진다.

아래 다옥 수월관

이궁의 참관은 대기소와 맞붙어 있는 아래채부터 시작된다. 아래 다옥 수월관으로 들어가는 입구는 왕실 건물이면 어디서나 그렇듯이 상황을 위한 어행문과 일반인이 드나드는 중문으로 분리되어 있다. 어행문은 너와지붕(고케라부키柿葺)으로 듬직한 멋이 있고 중문은 대나무를 가로세로로 엮어올린 지붕의 모습이 아주 상큼하다.

중문으로 들어서면 갑자기 풍경이 일변한다. 연못이 얼비치면서 앞쪽은 넓고 환하게 열려 있는데 오른쪽에는 높은 생울타리가 직선으로 길게 뻗으면서 원근법적인 깊이감을 일으킨다. 고보리 엔슈가 과감히 도입했다는 직선의 디자인을 상기시킨다.

왼쪽으로는 넓은 돌계단 위로 아주 상큼하게 생긴 작은 건물이 대나

| **수월관** | 수학원 이궁 아래채의 메인 건물인 수월관에는 상황이 예쁘게 쓴 수월관이라는 현판이 있을 뿐 별다른 장식이 없다. 정말로 정갈하고 단아한데 이렇게 검소한 건물이 상황의 별궁이라니 놀랍다.

무 담장 모서리에 붙어 있는데 여기는 가마 보관소(오코시요세御輿寄)다. 오픈된 공간이지만 면 비례 감각이 뛰어나고 안쪽으로 통하는 밝은 문짝(아카리쇼지明障子)의 흰빛이 갈색 흙벽과 강한 콘트라스트를 이뤄 대단히 현대적인 느낌을 준다. 내가 답사를 다니면서 항시 이런 부속 건물에 눈길을 많이 주는 것은 이런 단순한 구조에서 미감이 더 잘 나타나기 때문이다.

연못을 끼고 다옥으로 가는 길을 따라가노라면 흰 자갈이 깔린 길가에는 이끼가 파랗게 덮여 있고 오른쪽으로는 단풍나무가 숲을 이루고 있다. 길은 호젓하고 멀리 보이는 돌계단에 가까워질수록 점점 더 그윽한 정취를 자아낸다. 그것이 노지의 정취이다.

돌계단을 올라서면 바로 아래채의 메인 건물인 수월관이 나타나는데, 스키야풍 기역자 건물로 상황이 예쁘게 쓴 수월관이라는 현판이 걸려 있을 뿐 아무런 장식이 없다. 정말로 정갈하고 단아하다. 이런 검소한 건물이 상황의 별궁이라니 놀라울 따름이다. 그래도 상황이 여기에 올 때면 머물던 집이기 때문에 실내는 후스마로 3칸으로 나뉘어 있다고 한다.

수월관 앞은 반듯하고 말쑥한 평정(平庭)이다. 툇마루에서 마당을 바라보니 넓게 깔린 흰 모래 위로 넓적한 자연석이 징검다리식으로 뻗어 있다. 그 돌들의 행렬이 마치 물줄기 흐르듯 대단히 경쾌하게 아래쪽으로 연이어 뻗어간다.

가운데 다옥 낙지헌

수월관에서 가운데 다옥으로 가기 위해 뒷문으로 나오면 시계가 홀연히 열리면서 뒷산 자락이 넓게 펼쳐진다. 그윽한 수월관에서 나온 참이라 그 시원함이 더한 것 같다.

대문 앞길 양쪽은 정원수로 요리조리 다듬어진 일본식 소나무가 가로수로 심겨 참로로 인도하는데 얼마 안 가서 두 갈래로 갈라진다. 위쪽으로 난 길은 위 다옥, 오른쪽으로 꺾어진 길은 가운데 다옥으로 가는 길이다.

궁내청에서 나온 안내인을 따라갈 수밖에 없지만 내 생각에는 위 다옥을 먼저 답사하고 가운데 다옥을 나중에 들르는 것이 순서에 맞는다고 본다. 가운데 다옥은 이궁 창건 9년 뒤 상황이 이 자리에 여덟째 공주가 기거할 낙지헌(樂只軒)을 지어주어 주궁(朱宮) 어소라고 불리던 별도의 공간이었다.

상황이 세상을 떠난 뒤 공주는 비구니가 되어 이 집을 임구사(林丘寺)라는 절로 바꾸며 새로 본당을 지었고, 어머니인 도후쿠몬인이 죽자 여원(女院) 어소에서 건물을 옮겨와 객전(客殿)으로 삼았다. 그래서 가운데 다옥은 아래위 다옥과 분위기가 사뭇 달라 건물 안팎이 다소 호화롭다.

| **솔밭길** | 다원들을 이어주는 소나무 가로수길은 정원의 멋과 잘 맞지 않아 유감이다. 자연스럽게 자란 솔밭이 아니라 정원수로 심하게 가지치기한 소나무 가로수는 너무 인공적이다. 메이지시대에 정비하면서 심었다고 한다.

　수학원 이궁이 돌보는 이 없어 한동안 황폐해졌을 때도 임구사는 건재했다. 그러다 수학원 이궁이 다시 복원되자 1885년 임구사에서 왕실과 관계된 낙지헌과 객전을 수학원 이궁에 반납해 오늘의 가운데 다옥이 된 것이다.

　이 때문에 처음 여기를 온 사람은 수학원 이궁의 고유 이미지를 간직하지 못하고 혼란스러운 인상을 갖고 가게 된다. 관람 동선도 뒤엉키어 가운데 다원으로 들어갔다가 왔던 길을 다시 되돌아 나와야 한다.

　제대로 관람 동선을 잡자면 아래채와 위채를 보고 수학원 이궁을 나가는 길에 여운 내지 에피소드로 가운데채를 보여주는 것이 맞다고 나는 생각한다.

| 계단식 논밭 | 내가 종종 '세상에서 가장 아름다운 정원은 논과 밭이다'라고 말하곤 했는데, 고미즈노오 상황은 진짜로 논과 밭을 이궁 전체의 정원으로 삼았다. 상황은 논밭 사이로 난 농로를 따라 위 다옥으로 걸어갔다고 한다.

솔밭 가로수길 유감

아래, 가운데, 위 다원을 이어주는 소나무 가로수길이라는 것도 본래의 수학원 이궁 정원의 멋과 잘 맞지 않는다. 자연스럽게 자란 솔밭길이라면 모를까 정원수로 심하게 가지치기를 하여 억지로 자라고 있는 소나무 가로수는 너무 인공적이다. 이 소나무들은 메이지시대에 가로수길을 정비하면서 심은 것이라고 한다.

본래는 가파른 경사면을 일구어 만든 넓은 계단식 전답에서 농부가 땅을 일구는 풍요로운 농가의 풍광이었다. 내가 답사 다니면서 지나가는 말로 일삼아 하는 소리가 '세상에서 가장 아름다운 정원은 논과 밭이다'인데, 상황은 진짜로 논과 밭을 이궁 전체의 정원으로 삼았다. 그리고 논밭 사이로 난 농로를 따라 위 다옥으로 걸어갔다고 한다. 그래야 다도의 정신에도 맞고 형식에도 맞는다.

| '오카리코미'해서 가꾼 숲의 모습 | 영산홍, 철쭉, 치자나무, 가시나무, 차나무 등 수십 가지의 나무들이 엉켜 자라게 하고 이를 전지하여 거대한 인공 숲으로 만들었다.

  수학원 이궁을 두번째 참관한 것은 지난해(2013) 가을, 교토 답사기에 이곳을 소개하기 위해 단풍이 절정을 이룬 계절에 한 번 더 찾은 것이었다. 과연 소문대로 수학원 이궁의 가을 단풍은 아름다웠다. 잡티 하나 없이 새빨갛게 물든 단풍잎이 새파란 하늘을 배경으로 더욱 홍채를 발하는 모습은 가히 환상적이었다.

  그 단풍이 교토의 어느 단풍보다 더 아름답게 다가온 것은 가을걷이가 끝난 아래위 다옥 사이로 마른 풀포기에 덮여 쓸쓸한 가을빛을 띠는 넓은 전답이 배경을 이루고 있기 때문이었다.

  위 다옥의 인운정(隣雲亭)은 정확히 말해서 다옥이 아니라 높은 산마루에 있는 정자다. 이름부터 '구름과 이웃한 정자'라고 하지 않았는가. 가파른 길을 따라 인운정을 향해 가노라면 왼편으로 산상에 인공호수를 만들기 위해 쌓은 댐의 방죽 전체를 둥글고 반듯하게 다듬어 인공적으

| **인운정 오르는 길에서 바라본 욕용지** | 소나무 가로수길이 끝나고 인운정에 가까이 다가가면 둥글게 손질한 두툼한 생울타리가 머리 위까지 올라오고 그 사이로 좁고 구불구불한 오솔길이 나 있다.

로 조성한 숲이 보인다.

　이렇게 수목들을 모아 심고 곱게 다듬어 커다란 모양으로 만든 것을 '오카리코미(大刈込)'라고 하는데 영산홍, 철쭉, 치자나무, 가시나무, 차나무 등 수십 가지의 키 작은 나무들이 엉켜 자라게 하고 이를 일일이 전지하여 이처럼 거대한 방죽을 인공 숲으로 만든 것이다. 넓은 논밭길을 곁에 두고 펼쳐져 있기 때문에 그 인공미가 더욱 강하게 드러난다.

인운정에서 욕용지를 바라보며

　소나무 가로수길이 끝나고 인운정에 가까이 다가가면 둥글게 손질한 두툼한 생울타리가 머리 위까지 올라오고 그 사이로 좁고 구불구불한 오솔길이 나 있다. 길 따라 오르다보면 왼편으로는 산상의 호수가 서서

| 인운정과 욕용지 | 용이 목욕하는 모습을 닮아 욕용지라 부르는 연못가에는 잘생긴 소나무와 흐드러지게 자란 벚나무들이 줄지어 있다.

히 드러난다. 이 연못은 용이 목욕하는 모습이라고 해서 욕용지(浴龍池)라는 이름이 붙었다.

그리하여 인운정에 다다르면 아래쪽으로 상상조차 하기 힘든 환상적인 풍경이 전개된다. 인운정 건물 자체야 스키야풍 다옥에 지나지 않지만 거기서 내려다본 경관은 사람의 눈을 황홀케 한다. 발아래로 아름답고 웅장한 연못이 펼쳐져 있고 연못가에는 잘생긴 소나무와 흐드러지게 자란 벚나무들이 점점이 줄지어 있다. 연못의 생김새도 직선과 곡선이 어우러져 있다.

나는 인운정 난간에 기대어 사위를 둘러보았다. 멀리 오른쪽을 내다보니 히에이산 북쪽 자락이 연이어 달리고, 왼쪽을 바라보니 낮은 기와지붕이 이마를 맞대고 있는 교토 시내가 아련히 들어온다. 다시 아래쪽을 내려다보니 욕용지 맑은 물에 나무가 그림자 지어 물결에 맞추어 가

| **천세교** | 연못을 따라가는 지천회유식 길을 걷다보면 쌍누각 다리를 만나는데, 이궁과 연못의 분위기에 걸맞지 않다. 이는 후대에 쇼군의 방문을 앞두고 증설한 것이라고 한다.

볍게 춤을 추고 있다. 그리고 그 아래로는 철 따라 곡식이 자라고 익어가는 계단식 논이 있다. 상황이 인운정에 올라와본 다음 여기에 이궁을 경영할 뜻을 세웠다는 그 마음에 새삼 공감이 간다.

위 다원의 참관은 연못을 맴돌아가는 지천회유의 즐거운 산보로 이어진다. 그런데 가다보면 갑자기 천세교(千歲橋)라는 참으로 어울리지 않는 쌍누각 돌다리가 나온다. 그 어색함이란 명작이 걸린 미술관을 둘러보다 갑자기 '이발소 그림' 하나를 만나게 되는 것보다도 더 생경하다.

이 다리는 1824년 복원 때 쇼군의 명을 받은 교토 쇼시다이의 책임자가 헌상한 것이라고 한다. 과연 쇼군 취미, 속된 말로 '군바리 취미'라고 할 만했다. 그러나 책임자가 수학원 이궁 전체의 구조보다는 당시 쇼군의 취향에 맞추지 않을 수 없어서 그랬겠거니 하고 넘어갔다.

이 지천회유의 산책길은 가운데 섬에 있는 궁수정(窮邃亭)에서 깊고

| 궁수정 | 지천회유식 산책길을 걷다보면 또 연못 가운데 섬에 있는 궁수정을 만난다. 단순한 스키야풍 목조 건물이지만 창가로 다다미를 한 단 높여 밖의 조망을 더욱 즐길 수 있도록 설계되어 있다.

그윽한 아름다움을 다시 맛보게 된다. 여기서는 호쾌한 전망이 아니라 잔잔한 호수를 바라보는 유현(幽玄)한 정취가 느껴진다. 곁에서 보면 심플한 스키야풍 목조 건물인데 안을 들여다보면 다다미 18장 넓이의 방에 다다미 6장의 창가 자리를 한 단 높게 만들어 그곳에서 바깥 조망을 즐길 수 있도록 되어 있다. 역시 건물은 사용자 입장에서 보아야 디자인의 깊은 뜻을 알 수 있다.

연못을 다 돌고 나면 긴 방죽길이 나온다. 엔슈가 좋아한 직선 길이다. 한쪽은 벚꽃이 줄지어 있는 연못가이고 또 한쪽은 엄청난 인공 숲을 이룬 '오카리코미'이다. 그 자연과 인공의 병존이란 일본 정원에서만 볼 수 있는 일본미의 중요한 특징이다.

나는 수학원 이궁에 와서도 일본 정원에서 인공과 자연의 관계는 조화가 아니라 병존이고 강한 콘트라스트라는 인상을 강하게 받았다. 극명한

| **수학원 이궁의 이모저모** | 수학원 이궁은 자연과 인공의 조화가 아니라 병존이라는 인상을 준다. 일본 정원 중에서도 예외적으로 자연의 개입이 많다고 하지만 우리가 보기엔 여전히 인공이 느껴지는 일본적인 정원이다.

대비로 그 둘을 모두 간직하는 것이다. 이것이 루스 베니딕트가 일본인들과 인터뷰하면 항시 들었다는 'but also'라는 정서 반응인지도 모른다.

그것은 자연과 인공이 혼연히 어울려 어디까지가 인공인지 모르는 우리 정원의 모습과 아주 다르다. 우리는 되도록 인공적인 태를 감추려고 하는데 일본은 반대로 인공의 자취를 강조하며 드러낸다. 어느 것이 좋고 나쁘다는 것이 아니라 두 민족의 취향이 그렇게 다르다는 사실을 말하는 것이다.

그 점에서 수학원 이궁은 일본 정원 중에서도 예외적으로 자연의 개입이 많다지만 내가 보기엔 여전히 참으로 일본적인 정원이었다.

| **보길도 세연정 옥소대에서 바라본 풍경** | 고산 윤선도가 말년에 경영한 보길도 원림은 참으로 큰 스케일의 정원이다. 원림이 무엇인지, 차경 정원이 무엇인지를 단적으로 보여주는 우리나라 정원의 압권이다.

우리나라 정원의 백미, 보길도 원림

수학원 이궁을 두번째 참관할 때 일행 중 일본 역사를 전공하는 박 아무개 교수가 있었다. 인운정 답사를 마치고 소나무 가로수길을 걸어 내려오는데 박교수가 나에게 은근히 물어왔다.

"참으로 아름다운 정원이네요. 솔직히 말해서 일본의 이런 정원을 보면 한편으론 한국인으로서 주눅이 들어요. 우리나라엔 이런 스케일의 정원이 없죠?"

"보길도에 가보셨어요?"

"아뇨."

"그러면 보길도의 고산 윤선도의 원림이라는 얘기는 들어보셨어요?"

"아뇨."

| 보길도의 세연정 | 세연정은 그 자체만으로도 훌륭한 정원인데, 돌다리로 보를 만들어 연못을 조성하고 거기에 정자와 동대·서대라는 무대를 세우고 거대한 바위로 장중한 아름다움을 연출해놓아 그 아름다움과 스케일에 압도된다.

"한번 가보세요."

이것이 우리 지성의 현실이다. 대부분 자기 문화, 자기 역사에 깊은 애정은 고사하고 관심조차 없었으면서 남의 문화에 경탄하고 스스로 자괴감에 빠진다. 이 질문은 교토 답사를 하노라면 함께 온 사람들에게 한 번이상은 꼭 들어온 것이기도 하다. 나는 이에 대해 한 번은 대답해야 할필요를 느낀다.

고산 윤선도가 말년에 경영한 보길도 원림은 참으로 큰 스케일의 정원이다. 원림이 무엇인지, 차경 정원이 무엇인지를 단적으로 보여주는 우리나라 정원의 압권이다.

사람들은 보길도에 가면 세연정만 정원인 줄로 안다. 그러나 그렇지가 않다. 윤선도는 여기에 은거지를 마련하면서 세 구역으로 나누었는데

| 보길도 낙서재 전경 | 낙서재에서 세연정 사이는 걸어서 10여 분 걸리는 논밭이고, 낙서재 앞산 중턱에 있는 동천
석실까지 다녀오려면 30분도 더 걸린다. 드넓은 들판을 보길도 원림의 차경으로 삼은 것이다.

생활공간은 낙서재이고, 휴식과 연희의 공간은 세연정이고, 독서와 사유
의 공간은 동천석실이다. 일본 건축에 대입하면 낙서재는 서원이고, 세
연정은 지천회유의 정원이고, 동천석실은 다실에 해당한다.

세연정은 그 자체만으로 훌륭한 정원이다. 돌다리로 보를 만들어 연
못을 조성하고 거기에 정자와 동대·서대라는 무대를 세우고 거대한 바
위로 장중한 아름다움을 연출한 세연정만 보아도 그 아름다움과 스케일
에 압도되는데 그게 다가 아니다. 세연정은 맞은편 산자락의 옥소대에
올라 멀리 바다와 세연정 연못을 내려다볼 때가 하이라이트이니 여기까
지가 윤선도의 정원이다.

그리고 낙서재에서 세연정 사이는 걸어서 10여 분 걸리는 논밭이고,
낙서재 앞산 중턱에 있는 동천석실까지 다녀오려면 30분도 더 걸린다.
드넓은 들판을 차경으로 삼은 것이다. 그리고 그 공간의 구성이 수학원

이궁과 달리 아주 유기적이다.

내가 그분에게 무안 주며 권했듯이 나의 일본 답사기 독자들도 교토로 가기 전에 보길도를 먼저 답사해보라고 강력히 권하는 바이다.

또 다른 '일본미의 해답'을 기다리며

이제 나는 교토 답사기를 여기서 일단 마무리하고자 한다. 끝마치기 전에 독자를 위하여, 그리고 나를 위하여 교토의 정원에 대해 총정리 시간을 갖기로 한다. 어느 분야든 간단하게 요약한다는 것은 아주 어려운 일로, 그것은 대가만의 특권이다. 일본 정원사의 권위자 중 한 분인 시라하타 요자부로(白幡洋三郎) 교수는 일본 정원의 역사를 큰 맥락으로 요약하면 다음과 같다고 했다.

헤이안시대는 귀족들의 침전조 양식, 가마쿠라시대는 선종 사찰의 마른 산수 정원, 무로마치시대는 무사들의 서원조 정원, (모모야마시대는 다인의 초암 노지) 에도시대는 왕가와 지방 다이묘의 지천회유식 정원이 창출되었다.

이를 그동안 우리가 답사해온 유적에 대입해보면 다음과 같다.

헤이안시대 침전조 : 우지 평등원
가마쿠라시대 마른 산수 : 서방사·용안사·대덕사 대선원
무로마치시대 서원조 : 금각사·은각사
모모야마시대 초암 노지 : 우라 센케·오모테 센케·대덕사 고봉암
에도시대 지천회유식 : 가쓰라 이궁·수학원 이궁

이러한 정원 양식의 변화는 일본문화사의 흐름을 그대로 반영한다. 일본 역사를 일별해볼 때 약 200년의 안정기 다음에는 약 100년의 혼란기가 주기적으로 반복되었다. 전란기에 변혁의 사상이 싹트고 안정기에는 새로운 문화가 창조되었다. 문화사가들이 흔히 말하는 과도기 사상과 전성기 문화의 교차이다.

헤이안시대 안정기에 마침내 불교가 뿌리내리면서 귀족들의 침전조 양식이 생겨났고, 가마쿠라 말기와 남북조시대라는 혼란기를 거치면서 선종이 새로운 사상으로 등장했으며, 무로마치시대라는 안정기에 선가에서는 마른 산수가 발달하고 무가사회에서는 서원조가 탄생했다.

그리고 다시 전국시대부터 모모야마시대까지 혼란기를 거치면서 다도(茶道)가 일어나 초암 다실과 노지라는 조촐한 정원 양식이 제시되었고, 이것이 에도시대라는 안정기에 들어와 왕가의 별궁과 지방 다이묘의 지천회유식 정원으로 나타났다.

그리고 에도시대가 끝나면서 이번에는 서양문명이라는 강풍을 맞으며 현대사회로 들어온 지 150년이 지나 오늘에 이르고 있다.

일본 정원 변천사의 흐름에는 시대적 과제를 풀어 '일본미의 해답'을 제시한 두 사람의 뛰어난 건축가가 있었다. 한 분은 선종의 정신을 마른 산수 정원에 구현한 몽창 국사이고 또 한 분은 그로부터 300년 뒤 다도 정신에 입각하여 '아름다운 사비'의 지천회유식 정원을 창출한 고보리 엔슈이다.

그리고 또 다른 300년이 지나 오늘에 이르고 있다. 이제 일본은 여기에 걸맞은 해답을 내놓을 때가 되었다. 나는 같은 동아시아의 한 사람으로서 이웃 나라 일본이 그 해답을 빨리 내놓기를 간절히 기대해 마지않는다.

제3부

그리고, 남은 이야기

본 대로, 느낀 대로, 생각나는 대로

교토국립박물관 / 책방과 번화가 / 다카세강 천변 풍경 /
타임즈 건물 / 다와라야 여관 / 고대사 / 시선당 / 기타야마 거리 /
'도판 명화의 정원'

교토를 걷는다

홀로 가든 여럿이 가든 해외 답사의 진국은 걷는 데 있다. 걸어야 도시의 어제와 오늘을 함께 느낄 수 있다. 이미 앞에서 보았듯이 낙동 히가시야마의 아랫자락 기온 지구와 낙서 아라시야마의 도월교 강변은 걷는 것 자체가 즐거운 답사이다. 더욱이 교토의 사찰과 박물관은 대개 오후 5시면 관람이 끝나기 때문에 낮이 긴 여름철이면 어디를 가든 걷고 싶어진다.

그러나 어디를 가서 무엇을 볼 것인가를 안내하기란 답사의 고수라 해도 힘들다. 교토 사람조차 구석구석을 알기 힘들 뿐만 아니라 안내서를 보아도 거리의 성격과 역사적 내력을 보는 시각이 분야마다 다르기 때문이다. 그간 내가 참고한 책만도 여러 권이다.

| **가모 강변** | 교토 관광안내서에서 다루지는 않지만 일본인들의 일상을 느낄 수 있는, 평범하지만 답사의 즐거움이 있는 곳을 찾기란 어려운 일이다. 가모 강변의 산책길도 안내서에 소개되지는 않지만 한 번쯤 거닐어볼 만하다.

『교토의 대로 소로(京都の大路小路)』(千宗室 감수, 小學館 1994)

『교토의 뒷길(京の路地裏)』(吉村公三郎, 岩波書店 1992)

『교토부의 역사 산책(京都府の歷史散策)』(山川出版社 2011)

『건축MAP교토(建築MAP京都)』(TOTO出版 1998)

　그러나 문제는 정보가 부족해서가 아니라 오히려 많아서다. 더구나 우리 같은 이방인의 입장에선 교토 역사의 체취도 중요하지만 가보면 즐겁기도 하고 우리와 연관이 있을 때 그 길이 더욱 새록하다. 이를테면 기온 지구의 야사카 신사, 아라시야마의 도월교 같은 곳은 풍광도 아름답고 내력도 깊지만 도래인 선조들의 자취가 선연히 남아 있어 그 산책의 즐거움이 배가되었던 것이다.

　그리고 우리가 진짜 걷고 싶은 곳은 교토 사람의 일상적 체취를 맛볼 수 있는 곳, 즉 유식하게 말해서 에브리바디(everybody)의 에브리데이 라이프(everyday life)를 느낄 수 있는 곳, 이를테면 4조대로의 번화가, 가모 강변의 산책길 같은 데인데 정작 관광안내서는 특별한 곳을 주로 다루기 때문에 별 도움이 안 된다. 평범한 곳, 그러나 답사의 즐거움이 있는 곳을 찾아간다는 것은 매우 어려운 과제다.

내가 교토를 수없이 드나들었지만 나의 교토행이란 고작해야 3박 4일의 일정을 쪽시간으로 다닌 것이니 이에 대한 길라잡이가 될 수 없다. 다만 나는 교토 답사기의 여적(餘滴)으로 내가 가서 의미있었던 곳, 가서 느낀 바가 많았던 곳, 그리고 한 번은 가볼 만한 곳을 서서히 둘러보는 교토 만보(漫步)를 시작하며 본 대로 느낀 대로 생각나는 대로 이야기해 독자들이 교토를 이해하고 답사객들이 유익하게 참고할 수 있게 해보고자 한다.

교토국립박물관

나는 어디를 가든 외국에 가면 우선적으로 찾는 곳의 순서가 정해져 있다. 우선 그 도시의 대표적인 유적지를 본 다음에는 첫째는 박물관, 둘째는 책방, 셋째는 번화가 뒷골목, 넷째는 앤티크숍, 다섯째는 재래시장 또는 동네 마트이다.

교토에서 나를 처음 부른 곳은 교토국립박물관이었다. 1897년에 개관한 교토국립박물관은 도쿄, 나라, 규슈 박물관과 함께 일본의 국립박물관 네 곳 중 하나다. 일본의 국립박물관은 각기 지역적 특성이 있어서 도쿄는 일본 역사 전체뿐만 아니라 아시아·서양까지 아우르는 종합박물관이고, 나라는 아스카·나라 지역의 유물과 불상이 중심이고, 규슈는 동아시아 미술관의 성격을 띤다.

| **교토국립박물관 본관** | 일본의 국립박물관 네 곳 중 하나다. 헤이안시대부터 에도시대까지 교토에서 생산된 문화재를 수집·보관·전시하고 있는데 특히 각 사찰의 소장품이 여기에 많이 기탁되어 있어 볼거리가 많다.

　이에 반해 교토국립박물관은 주로 헤이안시대부터 에도시대까지 교토에서 생산된 문화재를 수집·보관·전시하고 있는데 특히 각 사찰의 소장품이 여기에 많이 기탁되어 있기 때문에 답사와 연관한 볼거리가 엄청 많다. 소장품 중에는 국보가 27점, 중요문화재가 181점일 정도다. 내가 답사기 중간에 '이 유물은 지금 교토국립박물관에 소장되어 있다'라고 소개한 것이 아마도 꼭지마다 나왔을 것이다.

　선진국의 모든 박물관이 그렇듯이 여기도 뮤지엄숍이 아주 잘되어 있다. 기념품·복제품도 세련됐지만 무엇보다 미술사 관련 신간·구간이 거의 다 모여 있어 나는 어떤 때는 전시장보다 여길 먼저 가곤 했다.

　교토국립박물관은 구관과 신관이 기역자로 나뉘는데 신관은 상설전시장이고 구관에서는 특별전시가 열린다. 남문으로 들어가서 오른쪽에 보이는 빨간 벽돌집이 구관인데 이 건물은 1897년에 완공된 일본 근대

건축의 산 상징이다. 가타야마 도쿠마(片山東熊)라는 대표적인 일본 근대 건축가가 설계한 것으로 도쿄국립박물관, 도쿄 아카사카(赤坂)의 영빈관(迎賓館)도 그가 설계한 것이다.

이 건물은 한눈에 알 수 있듯이 유럽의 르네상스 양식에다 바로크 양식을 가미한 것으로, 당시만 해도 일본인들은 이렇게 하는 것이 신식이라고 생각했다. 서양 것을 뒤쫓아가는 것이 새로운 문명의 창조라고 믿던 사조가 꽤 오래간 지속되어 박물관 정원 분수 가

| **로댕의 「생각하는 사람」** | 교토국립박물관은 일찍이 로댕의 「생각하는 사람」 초기 복제품 중 하나를 구입하여 정원 분수 가에 전시했다. 당시로서는 국제성을 드러낸 것이었지만 오늘날 보면 잘 어울리질 않는다.

에는 로댕의 「생각하는 사람」 조각의 초기 7점의 복제품 중 하나를 전시하고 있다.

이 조각을 볼 때면 나는 이제 저 조각은 차라리 국립교토근대미술관으로 옮기는 것이 일본의 품위에 맞지 않을까 혼자 생각하곤 했다. 국립교토근대미술관도 미술사를 공부하는 내 입장에선 아주 중요한 곳이어서 여러 번 다녀왔지만 독자들에게 따로 설명드릴 필요는 없을 것 같다. 그리고 교토에는 사설미술관이 엄청 많지만 이미 본 각 사찰의 보물관들이 사실상 뛰어난 사설미술관인 셈이라는 사실을 상기시키고 나머지는 각자의 취향에 맡기겠다.

책방과 번화가

내가 자주 찾아간 교토의 책방은 신신도(駸々堂)와 준쿠도(ジュンク
堂)였다. 모두 4조대로와 가와라마치(河原町) 거리가 만나는 교토의 최
고 번화가에 있어서 시내 구경과 겸하게 된다. 그래서 답사객들을 여기
로 안내한 다음 자유시간을 준다. 그러면 제각기 상점가, 백화점, 카페,
찻집으로 뿔뿔이 흩어지지만 나는 그사이 이 책방에 들른다.

일본의 문화 중 많은 사람들이 부러워하는 것이 출판문화이다. 일본은
정말로 출판 왕국이다. 저술가들의 자체 생산력도 대단하지만 외국 양서
의 번역이 순식간에 이루어져 나도 원서조차 구하기 힘든 영어·독일어
미술사 관계 서적에 대해서는 일본어 번역본에 힘입은 바가 크다.

특히 이와자키 미술사(岩崎美術社)에서 번역하는 서양미술사 고전들
은 몇 십 명도 안 읽을 것 같은 전문서인데도 시리즈로 나오는 것을 보면
부럽기도 하고 무섭기도 하다. 내가 대학 1학년 때 일본어를 공부한 이
유가 바로 도서관에 있는 이 번역서들을 읽기 위해서였다. 한자를 알기
때문에 영어처럼 배우기가 어렵지 않았지만 독학으로 공부한 것이어서
한자를 일본어의 음독·훈독으로 읽지 못한다. 뜻만 알고 말았으니까. 그
래서 나를 만난 일본인들은 내가 어려운 전문서적은 읽으면서 소설책이
나 쉬운 만화책은 잘 못 읽는 것을 기이하게 생각한다.

교토는 학문과 교육의 도시이기 때문에 헌책방, 아니 고서점이 아주
많다. 도쿄의 간다(神田) 거리만큼은 아니지만 그래도 번화가 곳곳에 아
직도 건재하다. 고서점도 분야별 전문성이 있다. '헤이안도(平安堂)'라
는 고서점은 미술 관계 전문서점으로 여기에 가면 내가 필요한 미술사
책을 쉽게 구하고 많은 정보도 얻을 수 있어 한 번 가면 1시간 이상을 보
내곤 한다. 이 집에서 정말로 많은 책을 구입했다. 문화재 조사차 교토에

| **헤이안도 서점 앞에서** | 미술 관계 서적을 전문적으로 판매하는 고서점으로 여기에 가면 내가 필요한 미술사 책을 쉽게 구하고 많은 정보도 얻을 수 있어 한 번 가면 1시간 이상을 보내곤 한다.

함께 자주 간 윤용이 교수는 나 때문에 무거운 책을 들어주느라고 고생을 많이 했다.

이 고서점에 가면 언제나 후덕하게 생긴 영감님이 돋보기를 쓰고 책을 정리하고 계셨다. 후지즈카 지카시(藤塚隣)라는 청나라 학술 연구가가 쓴 『청조문화의 동점(東漸)과 김정희』라는 저서를 보면 조선시대 정조·순조 때 우리 실학자들이 연경(북경)에 가서 가장 많이 들른 곳이 유리창(琉璃廠)의 고서점가에 있는 '오류서점'으로, 여기가 그들에게 새로운 학문 정보를 제공하는 최적의 장소였으니 "한국인들은 모름지기 이집 주인 도정상(陶正祥)에게 고마움을 가져야 할 것이다"라고 했다.

그래서 지난번 교토 답사 때는 그런 고마운 마음을 갖고 정말로 오랜만에 헤이안도에 들렀는데 영감님은 없고 딸인지 며느리인지 가정적으로 생긴 분이 앉아 있었다. 나는 아무 말 없이 책을 열 권쯤 구입하고 나와 간판 앞에서 처음으로 기념촬영을 하고 돌아왔다. 내 추억을 위하여.

| 다카세강 천변 | 시내 쪽으로 바짝 붙어 흐르는 작은 개천인데 2조에서 시작해서 10조를 통과하여 후시미에서 우지강으로 연결된다.

그런데 일본의 독서문화도 많이 바뀌었다. 출판 경향이 그걸 말해주기도 하지만 한번은 빗속에 땅만 보고 걷다가 그만 동서남북을 헷갈려 지나가는 젊은이에게 신신도를 물었는데 모른단다. 큰 책방이 어디 있느냐고 물었는데도 모른단다. 결국 그날 나는 준쿠도로 갔는데 나중에 알고 보니 신신도는 도산하고 '북퍼스트(Book1st.)'라는 다른 서점으로 바뀌었다고 한다.

다카세강 천변 풍경

도시를 걷는 맛은 아무래도 분위기 있고 맛있는 식당·술집·카페가 있는 도심 속 뒷길이다. 더욱이 교토는 '교(京) 요리', 가이세키(懷石) 요리로 유명하니 한 번은 경험해볼 만하다. 이를 제대로 맛보자면 4조대교와

| **교토의 뒷골목** | 도시를 걷는 맛은 아무래도 분위기 있고 맛도 있는 식당·술집·카페가 있는 뒷길에서 더 느낄 수 있다. 교토의 요리를 제대로 맛보자면 4조대교와 3조대교 사이 가모 강변의 요릿집으로 가야 하는데 값이 만만치 않다.

3조대교 사이 가모 강변의 요릿집으로 가야 하는데 값이 만만치 않다.

교토는 관광 안내가 아주 친절하게 잘되어 있어 나도 책을 보고 몇 군데 찾아가보았지만 그곳을 여기서 소개할 일은 아닌 것 같고, 다만 알아두어야 할 중요한 것은 예약하지 않은 손님은 받지 않는 곳도 많고 신용카드가 안 되는 집도 있다는 점이다.

굳이 식사를 하지 않고 술집에 들어가지 않더라도 교토의 풍정을 느끼기 위해 꼭 가볼 만한 곳은 다카세강(高瀬川) 천변길이다. 교토는 안전에 관해서는 전혀 걱정하지 않아도 될 정도로 치안이 잘되어 있으니 맘껏 걸어도 된다.

다카세강은 가모강에 시내 쪽으로 바짝 붙어 흐르는 작은 개천인데 2조에서 시작해서 10조를 통과하여 후시미에서 우지강으로 연결되는 운하다. 1600년 무렵 스미노쿠라 료이(角倉了以)라는 호상(豪商)이 물자

| **폰토정의 음식점** | 다카세강과 가모강 사이에 있는 폰토정이라는 작은 길은 약 500미터의 길 양옆으로 바와 음식
점이 다닥다닥 붙어 있는 환락가이다. 집집마다 입구가 예쁘게 디자인되어 있다.

운송의 편의를 위하여 가모 강물을 끌어들여 판 것이다. 폭은 7미터 정
도이고 수심이 수십 센티미터밖에 되지 않아 바닥이 얕은 배가 다녔기
때문에 다카세가와라는 이름이 붙었고 교토에서 후시미까지 운행하였
다고 한다. 한창 때는 100여 척의 배가 쌀·술 등 화물을 싣고 오르내렸고
9곳에 선착장이 있었다고 한다.

그러던 것이 19세기 말 교통이 발달하면서 운하의 기능이 사라져 배
가 더 이상 다니지 않게 되고, 천변에 우거진 갯버들이 물에 비치는 서정
적인 풍광으로 변하면서 3조에서 5조 사이에는 물길 따라 귀여운 카페
가 많이 들어서게 되었다.

그리고 다카세강과 가모강 사이로는 폰토정(先斗町)이라는 작은 길이
있는데 여기는 말하자면 환락가이다. 3조와 4조 사이 약 500미터의 골목

| **안도 다다오가 설계한 '타임즈'** | 교토에 가면 답사객들을 다카세강과 폰토정으로 반드시 안내한다. 그럴 때면 근처에서 저녁식사를 한 다음 안도 다다오가 설계한 이 상가 건물을 기준으로 흩어지고 모이게 한다.

길 양옆으로 바와 음식점이 다닥다닥 붙어 있고 샛골목으로는 민가들도 보인다. 에도시대부터 서민적인 화가(花街)로 이름 높았다는데 지금도 그 옛날의 분위기를 잃지 않아 그 길을 걷는 것만으로도 고도 교토의 옛 정취를 느낄 수 있다.

특히 길을 가다보면 가게마다 입구가 어쩌면 그렇게 특색있고 예쁜지 사진을 찍지 않고 그냥 지나갈 수가 없다. 집 앞을 단장한 것도 깔끔하고 제각기 다른 대문의 모습이 아주 귀엽다. 간판은 요란하지 않으면서 눈에 밝게 들어온다.

나는 교토에 오면 다카세강과 폰토정을 답사객들에게 거의 반드시 안내한다. 그럴 때면 이 근처에서 저녁식사를 한 다음 3조대로와 다카세강이 만나는 모서리에 있는, 안도 다다오가 설계한 타임즈(Time's)라는 상가 건물 앞에 모아놓고 각자 여기저기 둘러보고 1시간 뒤 그 자리에서 만나기로 한다. 그리고 다시 모여 이제 숙소로 돌아가자고 하면 답사객 중에는 더 놀다가 따로 가겠다고 남는 사람이 많다.

시니세 도미빵과 다와라야 여관

교토에 이처럼 전통과 현대가 함께 숨 쉬는 거리가 살아 있는 것은 대대로 내려오는 가업(家業)을 귀중하게 생각하고 또 사회가 이를 귀하게 여기는 시니세(老鋪) 문화가 있기 때문이라고 생각한다. 오래된 점포를 말하는 '시니세'는 그냥 오래된 것이 아니라 그것을 가업으로 생각하고 그 자리에서 건물의 형태도 바꾸지 않고 대대로 이어오는 상점들이다. 음식점, 여관, 포목점, 시치미(七味) 가게, 야키모치(燒き餠) 가게 등등.

2002 한일월드컵 당시 일본 측 위원장이 오카노 슌이치로(岡野俊一郎) 일본축구협회장이었다. 당시 조직위원이었던 유병진 명지대 총장이 업무차 오카노 위원장을 만나러 도쿄 우에노(上野)에 있는 그의 사무실을 찾아갔는데 놀랍게도 우리나라 붕어빵 비슷한 다이야키(鯛燒)라는 도미빵을 파는 가게 2층에 있더라는 것이었다. 사무실로 올라가니 오카노 위원장이 맞이하면서 하는 말이 이 점포는 조상 대대로 내려오는 시니세로 현재는 자신이 당주(當主)라는 것이었다. 위원장쯤 되는 분의 사무실인데 소박하기 그지없고 한쪽엔 오래된 이 집의 영업 지침을 말하는 가훈이 걸려 있어 읽어보니 이렇게 쓰어 있더란다.

"머리부터 꼬리 끝까지 팥(頭から尾まであんこ)."

가업을 지키는 일본인의 자세를 우리는 다는 모른다. 장관을 지낸 분이 퇴직 후 집안에서 내려오는 점포를 맡는다든지, 대기업 전무를 지낸

| **다와라야 여관** | '처음 보는 손님은 사절'이라는 소문이 돌 정도로 외국의 귀빈들이 주로 묵는다는 300년 전통의 고급 여관이다. 겉은 평범해 보여도 실내는 아주 멋지고 품위있다.

분이 부친이 돌아가시자 사표를 내고 집으로 돌아갔다는 예는 수도 없이 많다.

교토의 고급 여관들이 들어서 있는 후야정(麩屋町) 거리 본능사(本能寺) 가까이에 있는 다와라야(俵屋) 여관은 300년 전통에 11대 당주가 이어가고 있다.

에도시대부터 메이지시대까지 공가와 다이묘가 교토에 오면 묵어가던 여관이었고 오늘날에도 국내외 VIP들이 즐겨 묵는 곳으로 유명하다. 스웨덴 국왕 구스타프, 지휘자 번스타인, 철학자 사르트르, 영화감독 히치콕 등이 묵어갔단다. 내가 '공간(空間)'에 근무할 때 모시고 있던 김수근(金壽根) 선생이 극찬했던 곳이기도 하다. '처음 보는 손님은 사절(一見さんお斷り)'이라는 소문을 듣긴 했지만 어떤 곳인지 궁금하기도 하고 교토 답사기를 쓰자면 한번 구경은 해야 할 것 같았다.

| **다와라야 여관 내부** | 이 여관은 전통 가옥에 현대적 편의 시설을 넣기 위한 전기 배선과 환기 시설 등을 최고의 건축가와 인테리어 디자이너에게 의뢰하여 눈에 거슬림 없이 모두 아름답다. 조선시대 서안 위에 놓인 분원 백자가 눈에 띈다.

결국 여행사를 통해 어떻게 어떻게 예약을 해서 이틀을 묵었는데 그냥 잠만 자는 곳이 아니라 마치 그 집의 주인인 것처럼 대접해주는 것이었다. 객실 이외에 초암 다실의 노지를 연상시키는 정원과 이에 딸린 응접실을 사용할 수 있고 아침과 저녁은 이 여관 특유의 '교 요리'를 제공한다.

아침저녁으로 차를 따로 올려주고, 욕실은 항상 준비되어 있고, 다다미에 침구 깔기는 거의 설치미술이었다. 방과 응접실 그리고 복도에 있는 가구와 꽃병과 재떨이까지 앤티크였다. 특히 조선시대 반닫이·탁자·서안이 많고 조선 분원 백자 병에 꽃꽂이를 한 것이 아주 반갑고 인상적이었다.

몇 시에 외출할 것이며 택시를 탈 것이냐고 꼭 묻는데 그 시각에 현관으로 나가면, 때는 한겨울인지라 신발을 따뜻하게 데워 댓돌 위에 가지런히 올려놓았고 대문 밖에는 택시를 대기시켜놓았다. 이렇게 하는 것이 이 집의 전통이라면서 옛날과 달라진 것은 마차가 자동차로 바뀐 것밖에 없단다.

본래 이 여관은 객실이 10개밖에 없었는데 1965년에 요시무라 준조(吉村順三) 설계로 신관 8실을 증축했다고 한다. 전통 가옥에 현대적 편의시설을 넣기 위한 전기 배선과 환기 시설 등을 최고의 건축가와 인테리어 디자이너에게 의뢰하여 어디 한구석 눈에 거슬리는 것이 없고 모두 아름답다. 주인의 서재도 시간대를 정해놓고 공개한다. 책이고 장식품이고 있는 그대로이고 누가 감시하지도 않는다.

모두가 손님의 품격에 맡기는 것 같았다. 그렇다고 숙박비가 호텔에 비해 터무니없이 비싼 것도 아니었다. 손님을 주인처럼 모시고 최대한 안락하고 편하게 하는 것이 이 여관의 전통이고 자랑이란다. 여관집이면서도 내용과 형식 모두가 최고와 최선을 지향하는 장인정신을 보는 듯했다.

일본인들이 오직 한 가지만 잘해도 사회적으로 인정받고 자신의 삶에 보람을 느끼며 사는 전통은 아주 오래 전부터 생겼다. 헤이안시대 최징이 천태종을

| '조천일우 차즉국보(照千一隅 此則國寶)' | 의역하면 '오직 한 가지만 잘하면 이것이 곧 국보이다'라는 뜻의 경구가 새겨진 비석으로 연력사에 세워져 있다.

일으킨 히에이산 연력사에 있는 비석에는 그가 말했다는 경구 하나가
이렇게 쓰여 있다.

　　천 가지 구석 중에 한 가지만 비추어도 이것이 곧 국보이다.
　　照千一隅 此則國寶

　이것은 한 가지 일에 충실하면서 살아가고 그런 장인정신을 높이 사
줄 줄 아는 사회를 만들자는 일종의 표어이다. 내가 일본에서 가장 배우
고 싶은 문화는 바로 이것이다.

교토의 밤벚꽃놀이

　벚꽃이 한창인 3월부터 4월, 단풍이 한창인 10월부터 11월에 교토에
가면 명소마다 '라이트 업'(light up)이라는 이름으로 야간 특별 배관이
실시된다. 이때는 그냥 호텔로 들어가기 아깝다. 특히 밤벚꽃놀이는 일
본의 문화를 경험하는 셈치고 한번 구경 갈 만하다.

　일본인들의 벚꽃에 대한 사랑은 대단하다. 18세기 학자인 모토오리
노리나가(本居宣長)는 이렇게 노래했다.

　　야마토의 마음이 무엇이냐거든 아침 햇살 빛나는 저 산의 벚꽃을
　　보라고 하라.

　일본인들이 벚꽃을 좋아하는 이유는 거기에서 기품·우아함·고결함
을 모두 느끼기 때문이지만 그들은 꽃잎을 휘날리며 미련 없이 깨끗이,
그들 말로 '앗사리(あっさり)'하게 지는 것까지 좋아한다. 그럴 때면 일

| **마루야마 공원의 벚꽃** | 교토의 벚꽃 명소는 수없이 많지만 답사객이 즐기기에는 입장료도 없고 야간에도 갈 수 있는 마루야마 공원이 제격이다.

본의 할복 문화를 연상하게 된다.

나는 벚꽃 중에서도 수양벚꽃, 일본어로 시다레자쿠라(枝垂れ櫻)를 아주 좋아한다. 교토시의 꽃이 시다레자쿠라이다. 수양벚꽃은 서울에서도 곳곳에서 볼 수 있다. 남산 산책길에도 있고, 동작동 국립묘지에도 노목이 여러 그루 있다.

교토의 벚꽃 명소는 많고도 많지만 답사객이 즐기기에는 입장료도 없고 야간에도 갈 수 있는 마루야마(圓山) 공원이 제격이다. 천연기념물로 지정된 늙은 시다레자쿠라를 중심으로 주위에 널리 퍼져 있는 벚꽃이 강한 조명을 받아 빛을 발하는 모습은 가히 환상적이다.

관광안내서에 따르면 헤이안 신궁의 시다레자쿠라가 볼만하고, 정원과 함께 밤벚꽃을 즐기려면 야사카 신사 위쪽에 있는 고대사(高臺寺)가 제격이라고 하여 모두 한 번씩 가보았다. 헤이안 신궁의 정원은 시다레

| **고대사 정원** | 고대사는 '네네'라는 애칭으로 불리는 도요토미 히데요시의 정실인 기타노 만도코로가 남편의 명복을 빌기 위하여 세운 절인데, 그 정원은 가쓰라 이궁을 설계한 고보리 엔슈의 작품이다.

자쿠라의 늘어진 가지를 대나무 지지대로 받쳐놓아 벚꽃이 터널을 이룬다. 그래서 남녀가 데이트하는 무대로 소설 속에 곧잘 등장하곤 한다.

고대사는 도요토미 히데요시의 정실인 기타노 만도코로(北政所)가 남편의 명복을 빌기 위하여 세운 절로, 당시 도쿠가와 이에야스가 정치적 제스처로 건설 자금을 아낌없이 지원하고 후시미성을 파괴할 때 안에 있던 건물들을 이축할 수 있도록 해주었기 때문에 모모야마시대 건축의 진면목을 볼 수 있는 곳으로 이름 높다. 기타노 만도코로에게는 '네네(ね ね)'라는 애칭이 있어서 일본인들은 이 절을 '네네의 절'이라고도 부르며 청수사에서 산녠 자카를 거쳐 야사카로 내려오는 절 앞길 이름도 '네네의 길'이다.

이런 내력이 있어 한국인으로서는 선뜻 발길이 닿지 않는 곳인데, 야사카 신사, 법관사(法觀寺) 오중탑(五重塔)이 고구려 도래인이 세운 것임

에서도 알 수 있듯이 이 땅은 본래 도래인의 마을이 있던 곳이다. 고대사 안에 고구려 도래인들의 옛 무덤이 있다고 해서 찾아가보았더니 무덤은 자취를 알아볼 수 없었고 이 정원의 아름다움에만 취했다.

오사카성에 갔을 때도 똑같이 느낀 감정이지만 한일 양국의 역사적 화해가 이루어져 다른 정원과 마찬가지로 부담 없이 즐길 수 있으면 얼마나 좋을까 생각해보았다. 사실 고대사가 아름답기로는 봄철보다 단풍이 곱게 물든 가을날이다.

고대사 정원은 가쓰라 이궁을 설계한 고보리 엔슈의 작품이고 후시미성에서 옮겨온 산정(傘亭)이라는 스키야 다옥은 센노 리큐의 작품으로 전하니 그것만으로도 이 절의 명성과 아름다움이 보장되는 것이 아닐까 싶다.

교토의 벚꽃이 아름답기는 하지만 만개 시기는 아주 짧다. 더욱이 요즘은 기상이변이 심해 벚꽃이 절정일 때에 맞추어 교토를 찾아가기 쉽

지 않다. 지난봄 이 책에 실을 교토의 벚꽃 사진을 찍을 겸 3월 말 벚꽃 개화에 맞춰 기업인들 모임인 KPO 회원들을 인솔해 교토로 답사를 떠났는데 아직 꽃망울이 터지지 않아 모두들 큰 아쉬움을 안고 돌아가야 했다.

그런데 지난봄 우리나라 진해 벚꽃이 4월 1일에 갑자기 만개했듯이 교토도 회원들이 떠난 다음날 벚꽃이 만개했다. 사진을 찍기 위해 이틀 더 머문 나 혼자 이를 보자니 절로 미안한 마음이 들었다.

신라명신을 모신 적산선원

10년 전 여름이었다. 처음으로 수학원 이궁 참관을 신청했을 때 2시 팀에 배정(아니면 당첨)되어 상중하 다옥을 두루 답사하고 끝난 시각이

4시 조금 못 되어서였다. 교토 답사에서 이 시각에는 어디 다른 곳을 들르기가 아주 애매하다. 교토의 유적지는 대개 4시 또는 4시 반이면 입장이 마감된다. 해는 중천에 떠 있는데도 말이다.

어디로 갈까 지도를 펴보다 이궁 바로 위쪽에 적산선원(赤山禪院, 세키잔젠인)이 있기에 나는 옳다구나 이참에 거기나 가보자고 길을 따라 올라갔다. 적산선원은 내가 히에이산 연력사 답사기에 쓴 것처럼 원인(圓仁, 엔닌) 스님이 당나라 유학 시절 신라방(新羅坊)에 머물며 신라인에게 큰 신세를 진 것을 잊지 않고 그곳 적산법화원(赤山法華院)에 모셔져 있는 적산명신(赤山明神)을 권청하여 천태종의 호법신(護法神)으로 삼은 바로 그 현장이다. 그 때문에 여기 모신 적산명신은 '신라명신'이라고도 불리니 일부러라도 한번 가볼 만한 곳이다.

주택가 비탈길을 따라 조금 올라가니 주택이 끝나면서 갑자기 음산한 숲이 나타난다. 예부터 여기는 교토에서 귀신이 출입하는 곳이라고 해서 '오모테(表) 귀문(鬼門)'이라 부르며 재액을 방지하는 기도처로 알려진 곳이라고 한다.

참로를 따라 경내로 들어서니 온통 단풍나무였다. 그래서 여기는 또 단풍으로 이름 높다고 한다. 그리고 마침내 적산선원이 나타났는데 일본의 신사라는 것이 우리 입장에선 정말로 볼거리가 없다. 겉이나 안이나 신령스러운 분위기로 가득하고 게다가 인적마저 끊겨 있으니 마치 적막강산에 홀로 떨어진 것 같아 으스스 떨린다.

귀신 나오는 곳이라는 소리가 헛말이 아니었음을 느낄 정도였다. 계절이 맞아 단풍이라도 한창이면 그거라도 즐길 만하겠지만 한여름에 갈 곳은 아니었다. 답사라는 것이 본래 이렇다. 신라명신을 모신 곳이라 해서 거길 찾은 것이었으니 그것으로 만족하고 위안을 삼아야 한다.

그래서 유적지가 답사객의 환영을 받으려면 건축이 아름답든지, 정원

| 시선당 대문 | 시인의 정원이라는 시선당은 주택가를 맴돌아 도착할 수 있는데 입구부터 그 이름에 어울리는 아주 조신한 멋이 풍겼다. 돌계단 길도 참해 보였다.

이 예쁘든지, 아니면 거기 모셔진 조각이 명품이어야 한다. 그렇지 않다면 주변의 풍광이라도 아름다워야 하는 법이니 행여 적산선원에 갈 뜻이 있는 분이라면 11월 중순 단풍철에 맞춰 가보시라 권유(내지는 충고)를 드린다.

시인의 정원, 시선당

그로부터 10년이 지나 수학원 이궁을 두번째 참관하게 되었을 때도 또 2시 팀에 배정받았다. 이번에는 미리 조사해서 이궁 아래쪽에 있는 시선당(詩仙堂, 시센도)을 가보기로 했다. 사진으로만 보아도 정원이 그럴듯해 보였고 천황·쇼군·무사·스님이 아니라 시인의 정원이라는 것이 매력적이었다.

| **시선당 정원** | 이시카와 조잔이 조영한 시선당의 정원은 백사 마당 곳곳에 둥글게 전지한 영산홍이 몽실몽실하게 배치되어 있는 것이 여간 예쁘지 않다.

　그리하여 이궁 답사 후 잰걸음으로 시선당으로 달려가 답사해보았으나 시선당은 이렇게 황급히 한 번 둘러보고 말 곳이 절대로 아니었다. 교토에 명원이 많고 많지만 대개는 근접할 수 없는 거리감이 있어 그저 구경할 만하다는 인상을 주는 데 반하여 나도 이런 곳에서 살고 싶다는 느낌을 받아본 것은 처음이었다. 과연 시인의 정원다웠다.

　그리하여 나는 다시 한번 여기를 찾아가기로 마음먹었고 작년 가을 우정 시선당을 답사했다. 공부도 많이 하고 갔다. 공부해보니 정원도 정원이지만 이 정원을 조영한 이시카와 조잔(石川丈山, 1583~1672)은 일본 역사에서는 보기 드문 무인이자 시인이고 서예가이고 학자이며 작정가였다.

무사 출신 이시카와 조잔

이시카와 조잔은 증조부 이래로 도쿠가와에게 봉사한 무인 집안 출신이었다. 어려서부터 무용(武勇)도 뛰어나고 글에도 능하여 그의 아버지는 "저 아이는 보통 애가 아니다. 앞으로 일세의 뛰어난 준재가 되든지 일본 제일의 악인(惡人)이 될 것이다"라고 했단다.

16세 때 아버지를 여의었으나 도쿠가와 이에야스가 그의 무용과 집안 내력을 생각해서 1600년에 일어난 세키가하라 전투에 데려가 침소 곁에 두었다. 그리고 이에야스가 도요토미 가를 멸망시킨 '오사카의 여름 전투' 때 명령을 어기고 총탄과 화살이 비 오듯 쏟아지는 적진에 뛰어들어 적장 셋을 죽이는 혁혁한 무공을 세웠다.

이로써 그는 이제 무인 집안의 자손으로서 명예를 다했다고 생각하고는 이 전투를 끝으로 무인 생활을 접고 은거하기로 마음먹고 1615년 머리를 깎고 묘심사(妙心寺)로 들어가버렸다. 그때 나이 33세였다.

이시카와 조잔은 본래 시를 잘 짓고 독서를 많이 했으며 서예, 특히 예서(隷書)를 잘 썼다. 그는 천황에게 예서를 바쳐 술을 하사받기도 했다. 그는 오랜 동갑내기 친구이자 당대의 유학자인 하야시 라잔(林羅山, 1583~1657)의 강력한 권유로 그의 스승인 후지와라 세이카(藤原惺窩)를 만나 많은 감화를 받고 자주 그를 찾아 주자학에 심취했다.

후지와라 세이카는 강항(姜沆)이 임진왜란 때 끌려가 3년간 일본에 머물고 있을 때 그에게 주자학을 배워 일본 주자학의 비조가 된 인물이다. 조잔은 일본 주자학의 2세대였던 셈이다.

조잔은 은거하면서 학예에 전념하며 살기를 희망했지만 그에게는 봉양할 노모가 계셔서 54세 때에야 자유의 몸이 되었다.

| '오카리코미'한 시선당 정원의 나무들 | 잔잔한 백사 마당을 둥글게 다듬어진 '오카리코미'가 감싸고 있다. 일본 정원은 나무를 전지하고 다듬는 것이 때로 너무 인공적이어서 거부감을 일으키기도 하지만 여기서는 그 정갈함과 공력 때문에 참멋을 느낄 수 있다.

시인이 되어 은거지로 지은 시선당

이리하여 1636년 이시카와 조잔은 상국사 가까이 터를 잡았는데 이때 마침 조선통신사로 온 국헌(菊軒) 권칙(權伏)이 에도를 떠나 귀국하는 길에 상국사에 머물고 있어서 두 사람은 즐겁게 필담을 하면서 시를 주고받았다. 이때 국헌은 그에게 선물을 받고는 필법(筆法)과 부채 두 자루로 답례했다고 한다. 이런 사실은 일본에 간 조선통신사들이 민간과 문화 외교를 어떻게 했는지 실감나게 보여주는 한편 이 시선당 주인이 지한파 내지 친한파 시인이었음을 말해준다.

상국사 가까이서 산 지 4년이 지난 어느날 조잔은 지금 시선당이 있는 일승사(一乘寺) 아래에 종신토록 은거할 땅을 마련하고 요철과(凹凸窠)라고 이름 지었다. '요철이 심한 곳에 있는 보금자리'라는 뜻으로 이 집

| 정원의 돌길 | 이시카와 조잔이 스스로 만든 정원에 '요철과 12경'을 노래할 정도로 정말로 표정이 많은 정원이다. 큰돈으로 만든 정원이 아니라 정성과 안목으로 이렇게 아름답게 꾸몄다는 것이 더욱 감동적이다.

터가 울퉁불퉁한 땅이라 그렇게 이름 지은 것이다.

조잔은 이곳에 서원을 지으면서 중국의 대표적 시인 36명의 초상화를 당대의 화가인 가노 단유에게 그리게 하고 초상화 위에 그들의 대표작을 골라 써넣었다. 이후 사람들은 이곳을 시선당이라고 부르게 되었다. 서원 앞 정원은 자신이 직접 작정하여 지금처럼 아름답게 꾸몄다.

그는 여기서 30여 년을 살면서 많은 사람들의 방문을 받았다. 그는 무사였던 태를 내지 않으려고 해서 누가 전쟁 얘기를 꺼내면 '나는 늙어서 기억에 없다'고 대답하곤 했는데 만년에 들어서는 외출할 때면 시동에게 긴 칼을 들게 하고 항시 앉은 자리 곁에 칼과 활을 두었다고 한다. 이렇게 옛날로 돌아간다는 것은 이제 세상을 떠날 때가 되었음을 암시한다.

그리고 1672년 2월에 눈병이 생기더니 3월에 병석에 누웠고 5월에 세상을 떠났다. 향년 90세였다.

시를 쓰듯 꾸민 정원

시선당은 입구부터 그 이름에 값한다. 낮은 돌계단 세 단 위로 대나무 울타리를 가볍게 두른 조촐한 나무문이 문짝도 없이 열려 있는데, 문 안으로 들어서면 층층이 올라가는 긴 돌계단 양옆에 성근 대나무 울타리가 나란히 뻗어 있다. 울타리 옆은 울창한 대밭이 하늘을 가리고 있어 한낮에도 어둑한데 대나무 줄기 사이사이로 밝은 빛이 아련히 새어나온다. 이 정갈하면서도 고적한 모습에 과연 시인의 서원으로 들어서는 길답다는 감탄이 나온다. 다도인의 다실 앞 노지와는 전혀 다른 시적인 정취를 자아낸다.

돌계단이 끝나면 갑자기 주위가 환하게 트이고 수북하게 자란 영산홍 더미를 곱게 전지한 거대한 '오카리코미'가 둥글게 둥글게 이어지면서 앞에 있는 허름한 지붕의 서원으로 인도한다. 여름철인데도 둥근 오카리코미에는 철 지난 줄 모르고 피어난 빨간 영산홍이 머리핀처럼 꽂혀 있다.

현관을 들어서니 서원의 다다미방과 넓은 툇마루 너머로 아름다운 시선당 정원이 펼쳐진다. 잔잔한 백사 마당을 둥글게 다듬어진 정원수들이 감싸고 있다. 참으로 평온한 정원이다. 일본 정원은 나무를 전지하고 다듬는 것이 때로는 너무 인공적이어서 거부감을 일으키기도 하지만 여기서는 그 정갈함과 공력 때문에 참멋을 느낄 수 있다. 길게 앉아 있자니 내게도 시심이 솟아날 것 같아 일어나기가 싫다.

이윽고 자리를 털고 일어나 방 안을 둘러보니 그 유명한 중국 시인 36명의 작은 초상화가 사방을 감싸고 있다. 그가 쓴 '시선당'이라는 예서 편액 역시 참으로 명필이라는 생각이 든다.

정원은 밖으로 나가 돌아볼 수 있게 되어 있어 내려가 그윽한 소로를 돌아서니 작은 폭포가 바위로 떨어져 작은 연못을 이루고 그 아래에 온

| 시선당의 시인 벽화 | 유명한 중국 시인 36명의 작은 초상화가 시선당의 사방을 감싸고 있다.

갖 꽃이 피어난 꽃밭과 '승도(僧都)'라고 부르는 대나무 물받이가 있다.

이시카와 조잔이 스스로 만든 정원에 '요철과 12경'을 노래할 정도로 정말로 표정이 많은 정원이다. 울퉁불퉁하여 요철과라고 했지만 그 고르지 못한 지형을 역으로 이용하여 중층적 변화를 준 것을 보면 과연 당대 최고의 작정가였다는 평을 받을 만하다. 큰돈으로 만든 정원이 아니라 정성과 안목으로 이렇게 아름답게 꾸몄다는 것이 더욱 감동적이다.

모름지기 일본인들이 그를 사모하는 정이 많음도 알겠고 교토가 그가 여기에 은거지를 마련한 것을 고마워할 만하다는 생각도 들었다. 앞에서 본 용안사에서는 스님이 석정에 선을 표현했다면 이시카와 조잔은 정원으로 시를 쓴 것이었다.

교토의 현대건축이 보고 싶다

몇 해 전 교토 답사 때 시선당을 둘러보고 난 다음 시간적으로 여유가
생기자 나는 오늘날의 교토 건축도 몇 곳 보고 싶어서 승효상에게 전화
를 걸었다.

"승소장, 나 일본 답사기 때문에 또 교토에 왔는데, 현대건축으로 어딜
가서 무얼 보면 좋을까?"

"어느 시기 것을 말하나요?"

"오타니(大谷幸夫)가 지은 교토국제회관(1966년 1차 준공)이나 무라노
(村野藤吾)의 교토 프린스호텔(1986년 준공)은 이미 가봤는데, 그다음 세
대 건축가가 지은 최근 것은 어디 없나?"

"그러면 기타야마 거리(北山通)로 가봐요."

"거기 가면 뭐가 있는데?"

"그 길 전체가 새롭게 단장되면서 유명한 건축가 작품들이 많이 모여
있어요."

"누구누구?"

"이소자키 아라타(磯崎新), 다카마쓰 신(高松伸), 안도 다다오(安藤忠
雄)……"

"아니, 그분들이 어떻게 거기 다 모였지? 내가 알기에 일본은 지방색
이 강해서 도쿄는 단게 겐조(丹下健三), 규슈는 이소자키 아라타, 오사카
는 안도 다다오, 교토는 다카마쓰 신, 이렇게 각기 '나와바리'를 갖고 있
지 않았나?"

"옛날얘기 하지 말고 가서 봐요. 그거 깨진 게 언젠데. 내가 건물 주소
문자로 찍어줄게요."

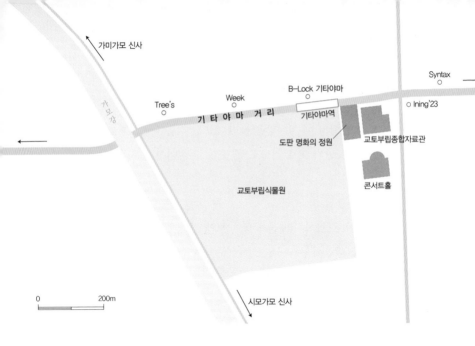

가미가모 신사

가모강

Tree's

Week

B-Lock 기타야마

Syntax

Ining'23

기 타 야 마 거 리

기타야마역

도판 명화의 정원

교토부립종합자료관

교토부립식물원

콘서트홀

0   200m

시모가모 신사

　승소장과 나는 1978년 김수근 선생의 '공간'에서 처음 만났다. 그는 설계팀에서 서울 경동교회, 마산 양덕성당 설계 실무를 맡고 있었고, 나는 종합예술잡지의 편집부원이었다. 당시 내가 김수근 선생 밑에서 일한 경험이 이후 미술사를 공부하면서도 건축에 지속적으로 관심을 갖는 계기가 되었다.

　그때의 인연으로 고인이 된 '말하는 건축가' 정기용, '바보처럼 스스로 죽음을 택한' 이종호, 이지적인 건축가 민현식, '빵빵이 건물'의 김인철, 상암 월드컵경기장의 류춘수, 이응노 생가 기념관의 조성룡 같은 건축가들과 답사도 많이 다니고 명절이면 고스톱도 치고 포커도 했으니, 이는 내 인생의 홍복이었다. 그래서 이렇게 전화로만 물어보아도 대화가 되는 사이이다.

| **기타야마 거리** | 기타야마 거리는 교토에서 딴 동네 같았다. 도로 폭도 넓고 길 양쪽으로 2층, 3층, 5층의 아담한 현대식 건물들이 멋을 뽐내며 어깨를 맞대고 있었다.

기타야마 거리의 현대건축들

그러고 나서 바로 승소장의 문자가 들어왔다. 마침 시선당에서 멀지 않은 거리였다. 전철로 연결은 안 되었지만 지도상으로 보면 전철역 네 정거장 정도 거리였다. 시선당이 주택가에 있다보니 택시 잡기도 힘들어서 걸어가기로 했다. 교토의 거리는 어디를 걸어도 불편하지 않기 때문에 만고강산 유람하듯 주위 풍광을 즐기며 걸었다. 그 길을 걷는 동안 오랜만에 교토 사람, 에브리바디의 에브리데이 라이프를 살갑게 느끼는 것 같았다.

그렇게 한 20분 걸으니 기타야마 전철역이 가까워지면서 동네 풍경이 확 변했다. 정말로 이 거리는 교토의 딴 동네 같았다. 도로 폭도 넓고 길 양쪽으로 2층, 3층, 5층의 아담한 현대식 건물들이 멋을 뽐내며 어깨를 맞대고 있었다. 일본 동네는 골목으로 속이 깊은 것이 특징인데 여기는 그렇지가 않았다.

나중에 알고 보니 본래는 야채밭이었던 지역이 1980년대 들어와 전철역이 생기면서 급속히 변화하여 아담한 규모의 상가와 오피스 건물들이 들어차기 시작했다고 한다. 그 변화의 상징은 교토 토박이 건축가인 다카마쓰 신의 'Week'(1986)라는 5층 건물로 H자형 파이프를 외관에 노출해 담뱃갑 같은 직면체 건물의 평범성을 의도적으로 파괴한 것이었다. 파이프의 색깔도 임팩트가 강한데 본래는 빨강이었다고 한다.

다카마쓰 신이 이런 파격으로 유명한 것은 알고 있었지만 실제로 보니 내가 생각했던 것보다도 조형적 난폭성이 심했다. 그의 'Syntax'(1990)라는 건물은 마치 김중업 작품인 잠실 올림픽공원의 상징문을 축소한 듯 지붕선이 양 날개를 편 모양인데 승소장이 준 주소로 가보아도 없고 주위를 둘러보아도 없었다. 혹 하도 '악명' 높아서 헐었는지도 모르겠다는 생각을 하고 더 찾지 않았다.

그런데 그런 충격요법이 효과가 있었는지 다카마쓰 신의 건물은 이 거리의 분위기를 완전히 바꾸어놓는 계기가 되었다. 2년 뒤 안도 다다오의 'B-Lock 기타야마'가 등장했는데 정면을 둥근 곡선으로 그리면서 공간을 잘게 분해한 심플한 모습이고 소재는 그의 유명한 노출 콘크리트 블록이어서 다카마쓰 신의 건물과 좋은 대비를 이룬다.

이후 두 건물이 이 거리의 기준이 되었는지 다른 건물들도 다 건설업자의 집장사 집이 아니라 건축가 작품인 것이 분명하게 느껴질 정도로 모두가 개성적이었다.

그리고 길 안쪽으로 들어가니 헤이안 천도 1200주년을 기념하여 지은 교토 콘서트홀이 보였는데 그 외형만 보아도 이소자키 아라타 작품임을 알 수 있을 정도로 점잖으면서 우아하고 유려했다. 직선·곡선·원형의 조화와 서로 다른 소재의 강렬한 대비를 보면 일본 냄새가 물씬 풍긴다.

| 기타야마 거리의 현대건축들 | 1. 교토 콘서트홀 2. Week(지금은 힐림) 3. Tree's 4. B-Lock 기타야마

그런데 이 콘서트홀 바로 옆에 관공서 건물이 하나 있는데 이건 여지
없는 '공무원표'로 건축이 개성을 잃으면 어떻게 되는가를 극명하게 보
여준다. 이 점은 우리나라와 똑같다. 이런 것을 보면 일본의 관료사회가
얼마나 경직되어 있는가를 보지 않고도 알 만하다.

안도 다다오의 '도판 명화의 정원'

기타야마 거리는 교토부립식물원이 넓게 자리를 차지하고 있어서 녹
지를 확보한 셈이고 거리 끝은 가모강 윗줄기와 맞닿아 있어서 길 북쪽
에 있는 유네스코 세계유산인 가미가모 신사(上賀茂神社)와 연계해 교토
의 새로운 명소가 될 가능성이 크다고 생각했다.

그중에서도 이 거리에 있는 '도판(陶板) 명화의 정원'(1994)이라는 아

| 도판 명화의 정원 | 기타야마 거리에 있는 이색적인 옥외 전시장으로 세계 명화의 세라믹 복제품을 전시하고 있다. 1990년 오사카에서 개최된 국제꽃박람회 때 안도 다다오가 설계한 파빌리온 '명화의 정원'을 확대하여 교토에 다시 지은 것이다.

주 이색적인 옥외 전시장은 큰 자랑이 될 만했다. 이 미술관은 1990년 오사카에서 개최된 국제꽃박람회 때 안도 다다오가 설계한 파빌리온 '명화의 정원'에 전시되었던 세계 명화의 세라믹 복제품을 옮겨오면서 작품 수를 늘리고 안도가 여기에 맞추어 새로 설계한 것이다.

다빈치의 「최후의 만찬」, 미켈란젤로의 「최후의 심판」, 모네의 「수련」, 장택단(張擇端)의 「청명상하도(淸明上河圖)」, 그리고 고산사에 있는 「조수인물희화(鳥獸人物戱畵)」 등 명작들을 실물대 크기로 도판을 이용하여 복제한 것이다.

도판이기 때문에 얼마든지 야외 전시가 가능한데, 이것을 지하 2층으로 내려가는 램프와 중간의 발코니에서 감상할 수 있게 하고 한쪽의 높은 벽에서는 폭포가 쏟아져내려 마치 정원 속에 들어와 있는 느낌을 주는 아주 신선한 공간 구성이었다.

안도 다다오는 이 특이한 미술관을 구상하면서 일본의 전통적인 지천회유식 정원을 벌떡 일으킨 모습으로 동선을 잡았다고 한다. 대단히 기발한 착상이었다. 안도는 오사카의 '가까운 아스카 박물관'(1994)도 고분 시대의 전방후원분을 일으켜 세운 구성이라고 했으니 평면을 입체로 대체해본다는 것이 그의 주특기인 것 같다.

일본에서 외래적인 것과 고유한 것

기타야마 거리의 일본 현대건축을 보니 그동안 내가 본 일본 건축사의 흐름이 떠오르면서 이런 생각이 든다. 교토는 1천 년 일본의 문화를 이끌어온 역사문화 도시이다. 그것을 가장 극명하게 증명하는 것이 건축이다.

큰 흐름에서 보면 일본은 전통적으로 밖에서 불어오는 외래 양식을 겁내지 않고 받아들였다가 어느 정도 시간이 지나면 일본 고유의 양식을 창출해온 역사가 있다. 7세기 아스카·나라시대 불교가 처음 들어올 당시 법륭사(法隆寺) 같은 절은 완전히 백제 양식이었다. 아니, 기술까지 백제에서 들여왔다.

그러다 9세기 헤이안시대에 공해와 최징이 등장하고 밀교가 일본사회에 뿌리내릴 때는 일본 귀족사회에서 침전조라는 일본 고유의 멋진 건축양식이 탄생했다.

그리고 12세기 가마쿠라시대에 선종이라는 신풍이 들어오면서 또 한 번 외래 양식이 판을 쳤다. 사찰 앞 삼문의 경우만 보더라도 대불(大佛) 양식이라는 고유한 화풍(和風) 건축양식이 있음에도 선종 양식이라는 이름의 당(唐) 양식이 들어와 더 많이 유행했다.

그러다 14세기 선종이 뿌리를 내리면서 몽창 국사의 마른 산수 정원이 등장하고 용안사 석정 같은 일본 고유의 명작이 탄생했다. 무가사회는 이를 소화하여 은각사 같은 서원조의 기념비적 유산을 남겼다.

세월이 흘러 16세기 들어 이번엔 일본 고유의 다도가 성립되는데, 그 것은 외래 사조가 아니라 민족적 문화의 창출이었기 때문에 스키야라는 일본 고유의 건축양식이 등장하고 고보리 엔슈의 가쓰라 이궁 같은 명 작이 탄생했다.

19세기 후반, 일본은 또다시 외래 사조에 휩싸인다. 이번에는 서양문화라는 이질적인 문화에 강타당했다. 이제까지 백제나 중국에서 받았던 것과는 유가 달랐다. 당황한 일본은 서양 바람에 휩싸여 느닷없이 다른 곳도 아닌 교토국립박물관을 르네상스 양식으로 세웠다.

1916년엔 프랭크 로이드 라이트를 초청하여 도쿄 제국호텔을 지으면서 서양 현대건축의 맛을 직접 보기도 했다. 이후 단게 겐조 같은 건축가가 섬세함과 간결함으로 일본적인 것, 일본의 미감을 보편화하려 노력했지만 어쩐 일인지 그후 진도가 잘 나가지 않는다. 부분적인 성과는 낳았지만 침전조·서원조·마른 산수·스키야 같은 확실한 전형이 창조되지 않았다.

일본 현대건축의 미래를 위하여

기타야마 거리의 현대건축에서도 보이듯이 일본은 건축의 본질을 파고드는 것이 아니라 외형에 화장(化粧)을 많이 하고, 기발한 구상에서 개 성을 드러내려 하며, 공간을 지나치게 과장한다. 예컨대 교토국제회관은 이세 신궁의 형태미를 원용함으로써 전통을 계승한 것처럼 보이지만 결과는 받침대를 뒤집어놓은 듯한 역대형(逆臺形)이 되고 말았다. 그런가 하면 한쪽에선 JR교토역사처럼 공간이 아니라 부피를 다루는 듯한 인상을 주기도 한다.

이렇게 무려 100년을 넘기도록 일본 현대건축은 부분적으로는 성과를 거두면서도 큰 틀에서는 방황하고 있다는 인상을 지울 수 없다. 왜 그럴까? 나는 이렇게 생각한다.

일본 건축이 역사상 뚜렷한 자기 목소리를 낸 시기는 새로운 사상을 완전히 체화·육화한 다음이었으니 일본이 아직 서양의 사상을 자기화하지 못했기 때문이 아닐까 싶다. 그 서양 사상이라는 것이 익힐 만하면 바뀌고 또 뒤쫓아 따라가면 딴 데로 도망가고 해서 구조주의에서 표현주의로, 거기에서 모더니즘으로, 또 거기에서 메타볼리즘(metabolism, 건축이나 도시가 유기적이어야 한다는 주장)으로 갔고, 이제 포스트모더니즘을 경험하고 있지만 또 어디로 튈지 모른다.

내가 일본의 현대건축을 보면서 이런 생각을 하는 이유는, 일본은 아시아에서 가장 먼저 서구를 경험한 나라이고 경제력으로도 그들에게 한 치 꿀릴 것이 없는 위치에 있기에 동아시아 문화권 전체에서 어느 나라보다 앞서 동양적인 것의 승리를 보여줄 책무가 있기 때문이다.

이것이 건축과 정원을 중심으로 일본 문화유산의 어제와 오늘을, 애정까지는 아니더라도 최소한 있는 그대로 보려고 노력해온 나의 소견이다.

내가 문화재청장을 지낼 때 얘기다. 청장 4년째 되던 해 연두 기자간담회에서 '문화재청장을 3년 넘게 지내면서 줄기차게 갖고 있는 가장 큰 고민이 무엇이냐'는 질문을 받았다. 그때 나는 이렇게 대답했다.

"내가 진짜 고민스러운 것은 100년 뒤 지정될 국보나 보물이 이 시대에 생산되고 있지 않다는 점입니다."

나는 일본도 과연 이런 고민으로부터 자유로운가 묻고 싶어진 것이다.

가모강(鴨川) 십리ㅅ벌에 해는 저물어

교토국립박물관의 석인상 / 교토대 박물관 / 교토 사찰의 고려불화들 /
고려미술관과 정조문 / 이총 / 임진왜란과『징비록』/
강항의『간양록』/ 조선통신사와 신유한의『해유록』/ 김명국 /
윤동주와 정지용의 시비

교토국립박물관의 한국 유물

교토 속의 한국을 찾아가는 나의 첫걸음은 교토국립박물관부터 시작
되었다. 한국국제교류재단이 기획한 해외 소재 한국문화재 조사 사업의
1991년도 대상 기관이 교토의 박물관들이었다. 고(故) 예용해(芮庸海)
선생을 단장으로 하여 민속학의 김광언(金光彦), 도자사의 윤용이(尹龍
二) 교수와 함께 나는 회화와 서예 담당자로 참여했다.

그런데 교토국립박물관의 유물 조사는 박물관 측의 비협조로 제대로
하지 못했다. 우리의 조사 사업이 나중에 문화재 환수운동과 연관되지나
않을까 걱정하는 눈치였다. 기본적인 실태 조사라고 하니 박물관 측은
소장 유물 리스트만 제공했다.

리스트를 보니 도자기 77점, 회화 4점, 고려사경 5점이었다. 유물의 양

| **교토국립박물관** | 교토국립박물관에 소장된 우리 문화재는 박물관 측이 제공한 리스트로 보아 도자기 77점, 회화 4점, 고려사경 5점이었다. 생각보다 적었다. 그러나 교토의 사찰에서 기탁한 작품들이 아주 많이 보관되어 있었다.

은 많은 편이 아니었고 보물급 문화재가 있는 것도 아니었다. 고려사경은 『화엄경』 『법화경』 등의 일부가 소장되었지만 크게 주목받을 명품은 아니었다. 회화 작품도 산수도 두 폭뿐이었는데 한 폭은 은재(隱齋)라는 낯선 화가의 낙관이 있고, 한 폭은 대제학을 지낸 홍섬(洪暹, 1504~85)이라는 분의 화제가 들어 있다고 했지만 모두 작자 미상의 작품이었다.

다만 윤용이 교수는 도자기만은 박물관 이름값을 할 만큼 다 똑똑해 보인다고 했다. 이 도자기들은 몇 해 전(1984)에 교토의 유명한 고미술상인 용천거(龍泉居) 주인이 기증한 것이라고 하는데 '청화백자 매조문 항아리' '철화백자 초문 병' '백자 꽃모양 잔'은 아주 귀여운 작품이고, '청자 음각 연화문 병' '분청사기 양각 연지문 편병'과 '고려백자 모란문 병'은 아주 희귀한 예이다.

교토국립박물관의 유물 조사는 이렇게 맥없이 끝났다. 사실 우리는 본격적으로 교토국립박물관을 조사하면 교토의 명찰들이 여기에 기탁

| 교토국립박물관 소장품 | 왼쪽은 '청화백자 초화문 항아리', 오른쪽은 '백자 꽃모양 잔'과 '백자 작은 주전자'. 모두 단아하고 문기(文氣) 넘치는 작품이다.

한 고려불화들을 볼 수 있을 것으로 은근히 기대했었다. 그러나 박물관의 기탁품은 원 소장자 허락 없이는 공개할 수 없다는 원칙을 고수하고 있으니 무리하게 요구할 수도 없었다.

박물관 정원의 우리 석인상들

박물관 측이 그나마 기왕에 공개된 유물들의 사진을 제공해서 우리는 그것이나마 감사히 받고 밖으로 나왔다. 온 김에 박물관 동쪽에 있는 다실에서 차나 마시려고 가는데 뜻밖에도 다실 옆 정원에 조선시대 석물들이 있었다.

능묘의 봉분 앞에 놓이는 문신석(文臣石)과 무신석(武臣石) 등 석인상(石人像) 13기, 석양(石羊) 2기, 석등(石燈) 2기, 망주석(望柱石) 4기 등 모두 30점이었다. 안내판이 있기에 읽어보니 이 석물들은 오사카에 살던

| 교토국립박물관 정원의 정자 | 지붕을 떠받치는 4개의 기둥이 봉분 앞 좌우에 세우는 망주석으로 되어 있다. 망주석의 의미를 잘 몰라 돌기둥으로 이용한 모양이다.

야마모토가(山本家)의 정원에 있던 것을 1975년에 기증받았다고 한다.

조선시대 능묘 석인상은 현대 주택에서 정원을 장식하는 석물로 큰 인기를 얻었다. 특히 일제강점기 우리나라에 살고 있던 일본인들의 적산가옥 정원에는 대개 한두 점씩 있었다. 지금도 일본의 정원에 수없이 많다. 천룡사 앞길에 있는 '탕두부 사가노' 대문 앞에 조선시대 문신석 12기가 줄지어 늘어서 있을 정도다.

교토국립박물관은 박물관답게 이 조선시대 능묘 조각품을 정원의 장식품으로 보지 않고 민속학적 가치 내지는 예술적 아름다움을 감상할 수 있게 좀 부실하기는 하지만 옥외전시장에 전시해놓았다. 똑같은 능묘 조각이라도 두붓집 앞에 있는 것과 박물관 정원에 있는 것은 확연한 차이가 있다.

그런데 이 정원에 있는 정자를 자세히 보니 4개의 기둥이 모두 봉분 앞 좌우에 세우는 망주석이었다. 망주석에 새겨진 세호(細虎)라는 다람

쥐 조각도 또렷했다. 아마도 이 망주석의 의미를 잘 몰라 그냥 돌기둥으로 이용한 모양이다. 그러나 이건 유물을 다루는 박물관의 품위와 관계되는 일이니 기둥을 교체하고 망주석도 석상들과 함께 진열했으면 좋겠다는 생각이 들었다.

교토대학 문학부 박물관

정보에 의하면 교토대학 문학부 박물관에 한국 유물이 많이 소장되어 있다고 하여 우리는 아침 일찍부터 서둘러 조사를 나갔다. 이 박물관은 1914년에 개관한 것으로 일본의 대학박물관 중에서 가장 역사가 깊고 활동도 매우 활발하여 학계에 익히 알려져 있었다. 1986년에는 신관을 증축하여 신구관 합쳐서 연면적 4천 평이니 절대로 일개 학부의 박물관이 아니었다.

특히 이 박물관은 운영 방식이 독특했다. 교토제국대학 시절부터 사학과와 미학미술사학과의 강좌와 연계하여 수집·전시·발굴 활동을 펼쳐왔고 현재도 예술사 연구실, 지리학 연구실, 일본사 연구실, 고고학 연구실 등 4개의 연구실이 각기 유물을 관리하고 있는 것이 퍽 인상적이었다.

대학박물관은 아주 친절하여 적극적으로 모든 자료를 제공해주었다. 도자기 118점, 철기 125점, 석기 285점, 김해 패총 유물 9점, 낙랑 유물 8점 등 830점이 소장되어 있는데 모두가 학술자료적 가치가 높은 것이긴 했으나 뛰어난 보물급 유물은 없었다. 「조선8도전도」를 비롯해 우리나라 고지도 5첩, 목판본 「평양성도」 「정조대왕 능행도」 19세기 모사본, 1903년도 『한국 호적 성책(成冊)』 정도가 이 박물관이 내세우는 한국 유물이었다.

그러나 모처럼 본국에서 온 전문가들의 견해를 들어보려고 연구원들

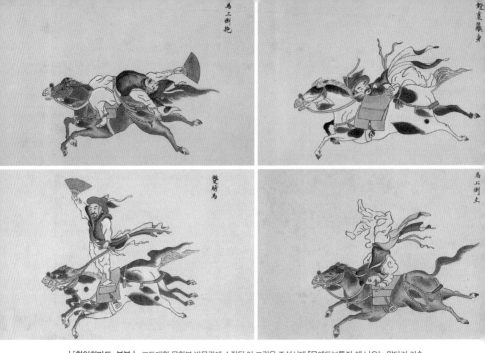

馬上倒插　鐙裏藏身　蹲腐馬　馬上倒立

| 「한인희마도」 부분 |　교토대학 문학부 박물관에 소장된 이 그림은 조선시대 『무예도보통지』에 나오는 말타기 기술을 도해해놓은 것으로 아주 흥미롭다.

이 그간 잘 공개되지 않았던 유물들을 꺼내오는데, 「한인희마도(韓人戲馬圖)」라는 그림을 보면서 김광언 교수가 이는 말타기 기술을 도해(圖解)한 것으로 박제가와 이덕무가 편찬한 『무예도보통지(武藝圖譜通志)』에 나오는 마상(馬上) 재주를 실감나게 보여줄 뿐만 아니라 마구와 말 치레, 무인의 복식까지 알 수 있다고 설명하니 연구원들이 열심히 메모를 하며 고마워했다.

　고고학 연구실 소장품 중에는 뜻밖에도 1937년 평원 원오리에서 출토된 고구려시대 소조 불상이 있어 반가웠다. 이 소조불은 석회 틀에 진흙을 찍어 만든 테라코타 불상으로 여래좌상과 보살입상 두 종류가 여러 점 한꺼번에 출토되었다고 전해지는데 국립중앙박물관에 소장된 것과 같은 틀로 찍어낸 불상이 틀림없었다.

회화 작품으로는 이봉상(李鳳祥, 1676~ 1728)과 조정만(趙正萬, 1656~1739)의 초상화가 있어서 반가웠는데 둘 다 18세기 영조 때의 단정한 초상화였다. 이봉상은 이순신 장군의 5대손으로 국내에 있는 그의 또 다른 초상화와 아주 방불하다고 알려주었고, 조정만의 초상화와 함께 구입했다는 「조정만 송수도(頌壽圖)」는 그의 팔순 축하 기념으로 학과 함께 소나무 아래 앉아 있는 백발노인을 그린 인물화로 아주 귀한 작품이라고 평가해주었다.

| **이봉상 초상** | 교토대학 문학부 박물관에 소장된 이 초상화는 이순신 장군의 5대손인 이봉상의 영정이다. 18세기 영조 때 작품으로 아주 단정한 초상화다.

우리가 배운 것도 있었다. 1607년 선조가 도쿠가와 이에야스에게 보낸 국서(國書) 한 통이 봉투까지 보관되어 있었는데, 연구원이 설명하기를 이는 임진왜란 이후 양국 관계가 단절되자 하루바삐 국교 회복을 바라면서 쓰시마 번주 소씨(宗氏)가 에도 막부에 보낸 가짜 편지로 보고 있다는 것이었다. 도장에는 조선 왕실에서 사용하던 것과 똑같이 '위정이덕(爲政以德)'이라 쓰여 있었다.

교토 사찰에 소장된 고려불화

우리는 이처럼 교토의 대표적인 국립박물관과 대학박물관에서 뚜렷한 성과를 얻지 못하여 의기소침했다. 사실 교토의 한국 유물을 제대로 조사하자면 각 사찰에 소장된 고려불화부터 해야 했다. 이미 학계에 알려진 것만도 내가 지은원 답사 때 말한 고려불화와 조선 초기 불화 6점

| **교토 사찰에 소장된 고려불화들** | 왼쪽은 옥룡원에 소장된 「아미타여래 좌상」, 오른쪽은 후지이 제성회 유린관에 소장된 「수월관음도」. 두 점 모두 고려불화를 대표하는 명작이다.

을 비롯하여 대덕사·옥룡원(玉龍院)·정법사(頂法寺)·동해암(東海庵)·송미사(松尾寺)·성택원(聖澤院)·영관당 같은 사찰, 스미토모(住友) 그룹의 '센오쿠 박고관(泉屋博古館)', 후지이 제성회 유린관(藤井齊成會有隣館) 등에 천하 명품의 고려불화들이 소장되어 있다.

여기에 소장된 고려불화가 약 20점이다. 국내 소장 고려불화가 10여 점인 것에 비하면 막대한 숫자다. 그러나 사찰의 협조를 얻는 것은 박물관보다도 더 어려웠다. 사전에 백방으로 노력해보았지만 일본 학자들조차 좀처럼 허락받기 힘들다고 한다.

나중엔 우리 유물 조사하자는데 왜 이리 까다로우냐고 항의를 하니까, 이렇게 철저히 비공개로 하는 것이 사찰의 엄격한 보관 원칙이라면서 그렇게 보관했기 때문에 700년 이상 된 불화가 지금까지 잘 보존되고 있는 것 아니냐며 양해해달라고 했다.

이런 식의 답변에는 달리 방도가 없었다. 그래서 우리 조사단은 이를 포기하고 고려미술관 소장품을 조사한다는 일념으로 교토에 왔다. 일본의 천년 고도 교토에 한 재일동포가 한국미술의 당당함을 보여주는 사설미술관을 세웠다는 것은 우리에게 큰 위안이다.

고려미술관의 설립자 정조문

고려미술관을 설립한 정조문(鄭詔文, 1918~89)은 경상북도 예천군 우망리에서 태어났다. 할아버지가 구한말에 과거에 급제한 관리여서 가정 형편이 그리 나쁜 편은 아니었다. 그러나 그가 태어나던 해 아버지가 상해로 가서 독립운동에 뛰어드는 바람에 가세가 기울기 시작했다. 아버지는 6년 뒤인 1924년 상해에서 돌아와 어머니와 아내 그리고 귀문(貴文, 당시 8세), 조문(당시 6세) 두 아들을 이끌고 교토로 건너와 정착했다.

아버지는 옷감 짜는 일에 종사했으나 하루가 멀다고 찾아와 못살게 구는 형사들 등쌀에 삶을 부지하기 어려웠고 설상가상으로 1936년에는 어머니마저 세상을 뜨고 말았다. 그리고 이듬해에는 전쟁 준비에 광분한 일제가 전통염직물을 사치품으로 몰아 생산을 금지하는 바람에 식구들은 뿔뿔이 흩어져 제각기 먹고살 길을 찾아야 했다.

아버지는 후처와 그 사이에서 태어난 세 아들을 데리고 고국으로 돌아가고 정조문은 할머니를 따라 동생들과 함께 오사카로 가서 부두 노동자가 되었다. 그러다 8·15해방을 맞이했다.

8·15해방으로 인해 일본에 있던 한국인들은 모두 외국인이 되어서 다

| **고려미술관 입구의 석인상** | 고려미술관을 세운 정조문은 박물관 부지를 얻기 위해 애썼지만 적당한 장소를 찾지 못하여 자신이 살던 집을 헐고 대지 120평에 지하 1층, 지상 3층의 137평 철근 콘크리트 건물을 지었다.

시 국적을 취득해야 했다. 그동안은 그냥 '조선' 국적이었다. 그러나 조국이 분단되면서 남한의 민단과 북한의 조총련이 대립하자 둘 중 하나를 선택해야 했다. 이때 정조문은 자신에게 조국은 하나라며 어느 쪽 국적도 취득하지 않았다. 이런 분을 '조선 국적'이라고 하는데, 소설가 이회성도 그중 한 분이었다. 재일교포 프로권투 챔피언인 홍창수가 팬티에 'One Korea'라는 글자를 새긴 것도 조국은 하나라는 아버지의 가르침을 따른 것이라고 했으니 그 집안도 조선 국적일 수 있겠다.

민족을 사랑하는 애국충정의 이 조선 국적 인사들을 북한에선 민단계로 보았고 남한에선 조총련계로 보았다. 이로 인해 이들은 남북한 어느 쪽 비자도 받을 수 없어 정조문은 끝내 고향 땅을 밟지 못하고 세상을 떠났다.

오사카에서 약간의 돈을 모은 정조문은 교토로 가서 그때 막 유행하던 '파친코' 가게를 열었다. 50대의 기계를 들여놓고 영업을 시작하여 남

| **고려미술관 내부** | 고려미술관으로 들어가면 아래층에는 도자기와 회화, 위층에는 민속품이 전시되어 있다.

다른 수완으로 사업에 성공했다.

그러던 어느 날 정조문은 교토 게이한(京阪) 3조 전철역 남쪽에 있는 고미술상가를 지나다가 운명적으로 '야나기(柳)'라는 고미술상 쇼윈도에 놓인 백자 항아리를 보게 되었다. 그는 그 순간 왠지 가슴이 뭉클했다고 한다.

상상외로 값이 엄청나 주인에게 왜 이렇게 비싸냐고 물으니 조선 도자기의 가치에 비하면 싼 것이라고 대답하는 것이었다. 그때 그는 우리 문화재의 가치가 그렇게 높다는 것을 처음 알았다고 했다. 그는 거금을 들여 이 항아리를 구입한 뒤 일본에 있는 조국의 미술품을 모아 미술관을 세워 동포들에게 자긍심을 갖게 하려는 뜻을 품었다고 한다. 학교라고는 초등학교밖에 다녀보지 못한 한 '파친코 업자'가 우리 겨레에게 '고려미술관'을 선사하게 된 것이다.

조선문화사와 고려미술관

정조문은 미술품 수집을 시작하면서 동시에 우리 것을 찾는 학술문화운동을 벌여 1969년 조선문화사(朝鮮文化社)를 창립하고 『일본 속의 조선문화』라는 계간지부터 발간하기 시작했다. 이 잡지는 1981년 6월의 50호를 마지막으로 휴간에 들어갔지만, 이것이 일본 속의 한국을 발굴하는 데 끼친 영향은 실로 엄청나다. 내가 일본 답사기를 쓸 수 있었던 것도 이 성과에 힘입은 것이다.

이 계간지의 실질적인 편집 책임자는 재일 역사학자 김달수(金達壽) 선생이었다. 그의 기념비적인 저서인 『일본 속의 조선문화』는 이 잡지에 연재한 글을 바탕으로 펴낸 책이었다.

많은 일본인 교수·문필가들이 여기에 동참했다. 그의 강력한 학술적 후원자는 당시 교토대학 교수였던 우에다 마사아키(上田正昭)를 비롯해 저명한 작가인 시바 료타로(司馬遼太郎)와 이노우에 야스시(井上靖), 고고학자 아리미쓰 교이치(有光敎一), 도자사가인 하야시야 다쓰사부로(林屋辰三郎), 사상가인 우메하라 다케시(梅原猛), 역사학자로 아스카시대 연구의 권위자인 가도와키 데이지(門脇禎二) 등이었다. 내가 일본 답사기를 쓰면서 한 번 이상 인용한 분들이 여기에 다 망라되어 있다.

어떻게 이런 명사들의 후원을 얻었는지 그의 역량과 인품이 신비로울 따름이다. 특히 이들의 노력으로 종래 일본의 역사학계가 한국에서 온 이주민을 '귀화인'으로 불러오던 것을 '도래인'으로 고쳐놓았으니, 그 영향력이 일본사회에서도 이처럼 컸던 것이다.

정조문과 김달수 등은 1972년부터 일본 각지에 흩어져 있는 한국 관련 유적을 돌아보는 답사단을 조직했는데 첫 회부터 500명이 넘는 신청자가 몰려드는 성황을 이루었고 이후 30회까지 이어졌다.

| **달항아리** | 파친코 사업으로 성공한 정조문이 고미술상가에서 최초로 구입한 백자 항아리이다. 거금을 들여 이 항아리를 구입한 뒤 일본에 있는 조국의 미술품을 모아 미술관을 세워 동포들에게 자긍심을 갖게 하려는 뜻을 품게 되었다고 한다. 17세기 후반 금사리 백자로 높이 약 28센티미터이다.

    정조문이 처음으로 백자 항아리를 구입한 1955년부터 1988년까지 30여 년간 일본 내에서 구입한 한국 문화재는 모두 1680여 점에 이른다.
    그의 나이 70세에 정조문은 마침내 재단법인을 설립하고 그의 수집품을 바탕으로 박물관 건립에 나섰다. 박물관 부지를 얻기 위해 여러 곳을 찾아다녔지만 적당한 장소를 찾지 못하여 자신이 살던 집을 헐고 대지 120평에 지하 1층, 지상 3층의 137평 철근 콘크리트 건물로 박물관을 지었다. 그리고 1988년 10월 25일, 드디어 미술관을 개관하고 이름을 '고려미술관'이라 했다. 남한도 북한도 아닌 통일 조국을 그리며 '고려'라 이름 지은 것이다. 그리고 이듬해 정조문은 향년 71세로 세상을 떠났다.

| 고려미술관에 소장된 자기 | 왼쪽은 '백자 장호', 오른쪽은 '백자 동화 포도문 각병'. 조선 백자의 멋을 한껏 풍기는 명품들이다.

고려미술관의 명품 순례

고려미술관은 낙북의 조용한 주택가 안쪽에 자리잡고 있다. 대덕사 답사 뒤에 가자면 약간 북쪽으로 올라가면 되고, 가미가모 신사에서 가자면 남쪽으로 강 건너 내려오면 된다. 미술관 입구에는 듬직한 문신석과 무신석 한 쌍이 관람객을 기쁘게 맞아준다. 대문 안 마당 옥외전시장에는 우리에게 낯익은 석물과 장독대가 진열되어 있다.

미술관으로 들어가면 아래층에는 도자기와 회화, 위층에는 민속품이 전시되어 있다. 여기에 들어온 관객들이 먼저 보고 싶은 것은 정조문이 아무것도 모르는 상태에서 조국의 혼을 느껴 구입했다는 그의 첫 소장품인 백자 항아리이다.

전형적인 18세기 금사리 중(中)항아리인데 그 빛깔과 형태가 정말로 소박하여 친근감을 느끼게 한다. 백자 항아리는 확실히 한국문화의 아이

| 고려미술관에 소장된 민속품 | 왼쪽은 '나전 장생문 바둑판', 오른쪽은 '연화조각 촛대'. 조선 목공예품의 정교하고 사랑스러운 분위기를 유감없이 보여준다.

콘이라는 생각을 지울 수 없다. 또 이 미술관에는 아랫도리가 긴 백자 장호(長壺)가 있는데 이 또한 세월의 때를 그대로 간직하고 있는 명품으로 일본인들이 찾는 와비사비조차 느끼게 한다.

박물관의 전시 유물은 주기적으로 교체되지만 청자·분청사기·순백자·청화백자 모두가 사랑스럽다. 이국땅에서 만났기에 더 정감이 가는 면도 있지만 어디 내놓아도 한 치 꿀릴 것 없는 명품이 많다.

그림으로는 단원(檀園) 김홍도(金弘道)의 「출산석가도(出山釋迦圖)」가 잘 알려진 명작인데 이동주 선생은 『일본 속의 한화(韓畵)』를 쓰면서 '단원이 정신을 차려 그렸구나'라는 생각이 번뜩 들었다고 했다.

그리고 조선통신사를 수행해 왔던 한시각(韓時覺)이 그린 「포대화상도(布袋和尙圖)」는 일본인의 취향에 맞추어 감필법의 빠른 필치로 그린 태가 역력한데 작품에 선미가 은연히 감돈다.

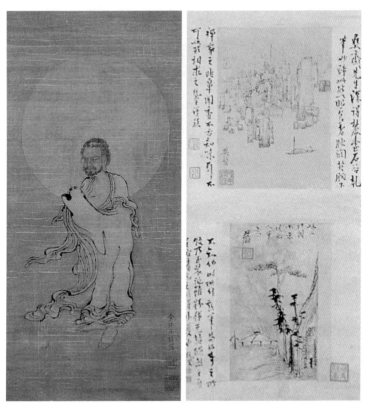

| 고려미술관에 소장된 회화 | 왼쪽은 김홍도의 「출산석가도」, 오른쪽은 이재 권돈인의 산수화와 추사 김정희의 산수화가 함께 표구된 족자로 옆과 위쪽에 추사가 쓴 제시가 있다.

겸재(謙齋) 정선(鄭敾), 현재(玄齋) 심사정(沈師正), 호생관(毫生館) 최북(崔北), 오원(吾園) 장승업(張承業) 등 조선 후기 대가들의 작품이 거의 다 한두 점씩 소장되어 있다. 내가 유물 조사를 나가 처음으로 세상에 소개한 추사 김정희와 이재(彛齋) 권돈인(權敦仁)의 산수화 두 폭이 함께 들어 있는 족자는 참으로 귀중한 작품이다. 추사는 자기가 존경하는 선배인 이재와 함께 그림을 그리려고 하니 "진땀이 흘렀다"고 기술했다.

2층으로 올라가 민화·불화·무속화·판화와 함께 각종 목기와 민속품을 보면 정조문 선생이 재일동포들에게 민족적 긍지와 사랑을 키우게 하기 위해 이 미술관을 세웠다는 뜻이 절로 느껴진다.

정조문 선생이 세상을 떠난 뒤에도 재단은 변함없이 고려미술관을 운영하고 있지만 파친코 사업도 사양길에 들었고 후원금 지원도 점점 줄어들면서 많은 어려움을 겪고 있다고 들었다.

관장인 우에다 마사아키 교토대 명예교수는 인사를 나눈 정도이지만 정조문의 외손녀인 이수혜 씨가 변함없이 학예연구원으로 일하고 있어 나는 그와 연락을 취하며 동정을 듣고 있다.

고려미술관에서는 해마다 특별전을 열면서 주제에 따라 자체 소장품뿐만 아니라 다른 미술관과 개인 컬렉션까지 선보여 일반인뿐 아니라 한국미술사학계도 많은 관심을 갖고 있다. 지난해(2013) 가을 고려미술관에서는 「조선통신사와 교토」라는 아주 뜻깊은 전시회를 열었다.

귀무덤이라는 이총

교토에서 유물이 아니라 유적으로 한국의 자취를 찾자면 아라시야마 가쓰라 강변의 대언천을 비롯하여 마쓰오 신사, 광륭사, 하타씨의 후시미 이나리 신사, 기온의 야사카 신사, 그리고 고구려 도래인의 법관사 오중탑 등 그 발자취가 역력하다.

도래인뿐 아니라 그 후손들의 활약은 더욱 눈부셨다. 동대사 대불 조성의 권진(勸進)이었던 행기 스님을 비롯하여 에조족(蝦夷族) 정벌의 명장으로 최초의 쇼군이었던 청수사의 사카노우에노 다무라마로, 『속일본기』 편찬에 참여한 대학자인 스가노노 마미치(管野眞道)는 백제계 도래인의 자손이었다.

| **이총** | 귀무덤이라고도 불리는 이총은 임진왜란·정유재란 때 도요토미 히데요시가 저지른 야만적인 행태를 증언하는 유적이다.

이 정도가 다가 아니다. 무라이 야스히코(村井康彦)가 책임 편집한 『교토학으로의 초대(京都學への招待)』(角川書店 2002)는 도래인의 눈부신 활약을 전하면서 그 말미에 다음과 같이 덧붙이고 있다.

전교대사 최징, 홍법대사 공해, 그들도 또한 한반도에서 도래한 씨족의 후예였다는 사실은 기억해둘 만한 일이다.

그런데 조선시대로 내려오면 자랑스러운 도래인의 역사는 다 세월 속에 묻혀버리고 임진왜란의 아픈 역사를 상기시키는 유적만 남아 있다. 그 대표적인 것이 애처롭고 분한 마음이 치솟게 하는 '이총(耳塚)'이다.

'귀무덤'이라고도 불리는 이총은 임진왜란·정유재란 때 도요토미 히데요시가 저지른 야만적인 행태를 증언하는 유적인데 이를 내 입으로 얘기하는 것보다는 거기에 적혀 있는 안내문을 옮기는 것이 속이 편할 것 같다.

이 무덤은 16세기 말 천하를 통일한 도요토미 히데요시가 나아가 대륙에까지 지배의 손길을 뻗으려 하여 조선반도를 침공한 이른바 '분로쿠 게이초의 역(文祿慶長の役)'(조선사에서는 임진·정유의 왜란, 1592~98)과 관련된 유적이다.

히데요시 휘하의 무장(武將)은 예부터 일반적으로 전공(戰功)의 증표이던 수급(首級) 대신 조선 군민(軍民) 남녀의 코나 귀를 잘라 소금에 절여 일본으로 가지고 돌아왔다. 그것이 히데요시의 명에 의해 이곳에 묻혀 공양(供養) 의식이 치러졌다고 한다. 이것이 전해지는 '이총'의 시작이다.

'이총'은 사적 '오도이(御土居)' 등과 함께 교토에 현존하는 도요토미 히데요시의 유적 가운데 하나로, 무덤 위에 세운 오륜석탑은 그 모습이 이미 1643년의 그림에 나타나 있어 무덤이 완성되고 얼마 지나지 않아 세워진 것으로 보인다.

히데요시가 일으킨 이 전쟁은 조선반도에서 사람들의 완강한 저항에 의해 패퇴로 끝났지만, 전쟁이 남긴 이 '이총'은 전란으로 인한 조선 민중의 수난을 역사의 교훈으로 오늘에 전하고 있다.

이총의 어제, 오늘, 내일

서애(西厓) 유성룡(柳成龍)은 임진왜란·정유재란이 끝난 뒤 다시는 후세인들이 이런 일을 당하지 않게 하기 위하여 책을 쓰면서 그 이름을 '징비록(懲毖錄)'이라고 했다. 혼날 징(懲), 삼갈 비(毖)의 '징비'라는 말은

| 도요쿠니 신사(왼쪽)와 도요토미 히데요시의 동상(오른쪽) | 이총 곁에는 도요토미 히데요시를 모신 도요쿠니 신사가 있고, 한때는 그의 동상이 이총 곁에 세워져 있었으나 지금은 찾아볼 수 없다.

『시경』에 나오는 "지난 일을 경계하여 후환을 삼간다"라는 구절에서 딴 것이다. 이『징비록』에는 귀무덤과 관계된 일이 이렇게 기록되어 있다.

　　적병이 퇴각했다. 그때 적들은 삼도(경상·충청·전라도)를 유린했다. 통과하는 곳마다 가옥을 불사르고 인민을 살육하고 심지어는 백성을 붙잡아 모조리 코를 베며 위세를 부렸다.

　　당시 무장들이 전공을 인정받기 위하여 코·귀와 함께 제출한 문서인 「비청취장(鼻請就狀)」이라는 것이 많이 남아 있는데, 요시카와가(吉川家)에 전하는 가전문서를 보면 1597년 9월 1일부터 10월 9일까지 약 40일간 바친 것이 3만 1427건이었다(琴秉洞『耳塚』, 二月社 1978). 그렇게 피해를 입은 사람의 수는 약 20만 내지 30만 정도로 추정된다.

　　임진·정유란 전체의 사상자 숫자에 대해서는 아직 명확한 통계가 없다. 그 대신 학자들이 추산하는 방법이 따로 있다.

| **이총아동공원 푯말** | 이총 주위의 공터에 만든 공원을 '이총아동공원'이라 이름 지을 정도로 이총이라는 말이 냉랭한 단어가 되었나보다.

    일본에서 조선에 침략한 병력이 약 30만 명으로 이 중 65퍼센트에 해당하는 약 20만의 사상자가 발생했는데 이럴 경우 피해국의 사상자는 약 10배로 보는 것이 보통이니 약 200만 명이라는 계산이 나온다. 당시 조선 인구를 약 1천만 명으로 보면 전 국민의 5분의 1이 죽거나 크게 다쳤다는 결론이 나온다. 그리고 포로로 일본에 끌려간 사람은 약 10만 명 정도로 추정된다(손승철 『조선통신사, 일본과 통하다』, 동아시아 2006).

    30년 전, 교토국립박물관을 폐관시간까지 열심히 관람하고 시내로 가기 위해 큰길을 건너 걸어가는데 바로 앞에 동상이 하나 있었다. 도요토미 히데요시의 동상이었다. 그리고 그 앞에는 높은 봉분 위에 외롭게 서 있는 이총의 오륜탑이 저녁놀에 붉게 물들고 있었다.

    씁쓸하고 처량한 마음에 고개를 돌리니 저 건너편에는 그를 신으로 모신 도요쿠니 신사(豊國神社)가 있었다. 이 일대가 그와 관련된 사적지인 것이다. 그리고 이총 바로 곁 공터엔 '이총아동공원(耳塚兒童公園)'이라는 푯말이 붙어 있었다. 일본인들은 어른들도, 여기에 놀러 오는 어린

아이들도 이총이라는 말을 아무렇지도 않게 부를 정도로 냉랭한 이름이 된 것이었다.

이총 앞 도요토미 히데요시의 동상은 언젠가 철거되었다. 그리고 지난해 가보니 사적(史蹟) 정비사업을 벌여 새로 가꿀 계획이라는 안내문이 붙어 있었다. 이번엔 과연 어떤 모습의 이총이 될 것인가.

혹자는 이를 파서 고국으로 가져와야 한다고 주장한다. 그런가 하면 혹자는 영원히 거기에 남겨 일본인들로 하여금 부끄러운 과거를 반성하는 계기로 삼게 해야 한다고 주장한다. 지금 내가 일본인에게 할 수 있는 얘기는, 이총은 일본의 역사유적인 동시에 한국의 아픈 역사를 담은 유적이니 한국인이 이곳에 갔을 때를 염두에 두고 유적을 정비해야 한다는 것이다. 그것이 과거사를 풀어가는 성의있는 노력의 징표가 될 것이다.

임진왜란 이후의 일본

일본인 중에는 임진왜란을 '실패한 세계 제패'로 생각하는 경향이 있다. 도요토미 히데요시가 조선을 거쳐 중국으로 쳐들어가 북경에서 천황을 맞이하고 자신은 인도에 일본 깃발을 꽂겠다고 말한 것을 일본인들이 사나이다운 기상으로 부각시켜 이를 역사 교과서의 모모야마시대 앞머리에 '대서특서(大書特書)'해놓은 것을 보면 이들이 도대체 역사를 어떻게 인식하는지 그저 안타까울 때가 많다.

오히려 그가 죽으면서 남긴 절명시(絶命詩) "몸이여, 이슬로 와서 이슬로 가노니, 오사카의 영화여, 꿈속의 꿈이로다"라는 구절을 인용하지는 못할망정 그것이 몽상(夢想)이었다는 사실을 강조하는 것이 역사를 바로 보는 태도가 아닐까.

임진왜란 이후 일본은 전쟁의 여파로 정권이 교체되는 사회적 혼란을 겪었지만 그 와중에도 약탈해간 유물과 일본에 끌려간 피로인(被擄人) 덕에 새로운 문명을 맞이한 경우가 많았다.

돌이켜보건대 나는 일본 답사기를 쓰면서 있는 사실을 그대로 밝혀 되도록이면 역사적으로 한일 관계의 아름다웠던 시절을 보려고 노력했다. 그러나 그렇게 하면 곧 딜레마에 빠지는 것이, 한국이 일본에 베풀어준 문화적 혜택과 영향을 강조하는 것이 자칫 '일본의 고대문화는 우리가 죄다 해준 것이다'라는 민족적 우월주의로 빠지기 십상이기 때문이다.

내가 일본에 끌려간 도공이 힘겨운 노역만 한 것이 아니라 한 사람의 장인으로서 자기를 실천해간 과정을 상세히 이야기한 것도 독자들이 일방적인 국수주의에 빠지지 않기를 바라는 마음에서였다.

수만 권의 책과 함께 금속활자 20만 개를 약탈해감으로써 일본에서도 비로소 활판인쇄가 시작되었다. 피로인 중에 도공을 비롯한 기술자가 많아 일본에서 도자기와 금속공예가 비약적으로 발전했다는 사실은 익히 알려졌지만 이와 동시에 문인 학자들에 의해 새로운 인문학이 꽃피었다는 사실은 일반인들이 잘 모르고 있다.

강항과 일본 근세 유학의 탄생

피로인 중에는 강항(姜沆, 1567~1618)이라는 문인이 있었다. 그로 인하여 일본에 본격적으로 주자학이 전파되었고 뒤이어 퇴계학이 깊이 뿌리내리는 결정적인 계기가 되었으며 이것이 일본 근세 유학으로 이어졌다.

이에 대해서도 내 이야기보다 이 분야 전문가의 글을 옮기는 것이 신빙성을 높일 것 같다. 기누가사 야스키(衣笠安喜)는 「조선통신사와 일본 유학」이라는 글에서 그 첫머리를 다음과 같이 시작한다.

일본 근세의 유학에는 조선의 유학이 매우 큰 영향을 미쳤습니다. 늘 언급되는 것이 강항이라는 분입니다. 이분은 도요토미 히데요시의 조선 출병 당시의 포로였는데, 주자학자입니다. 마침 그 무렵 교토의 후지와라 세이카(藤原惺窩)라는 스님은 에도시대라는 새로운 사회의 움직임에 맞는 새로운 학문과 사상을 모색하고 있었습니다. 세이카는 한때 새로운 학문을 찾아 중국에 건너가려고 했습니다. 중국에 가기 위해 규슈의 남쪽 끝까지 가서 배를 탔지만 난파해서 돌아온 이력이 있는 사람입니다.

그 세이카가 강항과 만나서 교유한 것은 매우 짧은 기간입니다만, 큰 자극을 받습니다. 조선의 주자학, 또는 유학자의 자세에 대해 배웁니다. 그 영향으로 세이카는 승적을 이탈해 세속의 유학자로서 불교와 떨어져 독립하게 됩니다. 그리고 세이카와 그 제자인 하야시 라잔(林羅山)으로부터 일본 근세의 유학이 시작됩니다. 독립적인 학문·사상으로서 유학의 역사가 시작한 것입니다.

강항은 진주 강씨라는 명문 출신이었다. 세종 때 좌찬성을 지낸 강희맹(姜希孟)의 5대손으로 전라도 영광에서 태어나 우계 성혼(成渾)의 문인으로 임진왜란 이듬해인 1593년 과거에 급제하여 형조좌랑을 지냈다. 그러다 1597년 정유재란이 일어나자 남원에서 이광정(李光庭)의 종사관으로 군량 보급에 힘썼으나 남원이 함락되자 고향인 영광에서 김상준(金尙寯)과 함께 의병 수백 명을 모집하여 싸웠다. 그러나 영광도 함락되면서 가족과 함께 포로가 되어 일본 오쓰성(大津城)에 유폐되었다.

강항의 『간양록』

강항은 이곳에서 요시히토(好仁)라는 승려와 친교를 맺고 그를 통해 일본의 역사·지리·관제 등을 알아내어 고국으로 보냈다. 1598년에는 오사카를 거쳐 교토의 후시미성으로 이송되었는데 여기서는 일본 지도와 함께 지세의 강약을 기술하여 사람을 사서 선조에게 보냈다.

그리고 후시미성에서 그는 후지와라 세이카를 만났던 것이다. 강항이 그에게 주자학뿐 아니라 조선의 과거제도, 성균관에서 봄가을로 지내는 공자의 제사 절차, 임금에게 유학 경전을 강의하는 경연(經筵) 등에 대해 가르쳐줌으로써 후지와라는 일본 주자학의 비조가 되었다.

강항은 적국의 포로로 살면서도 나라와 임금을 생각하여 일본의 실태를 탐문하여 보고하고, 자기와 같은 처지에 있는 포로들에게 맞서 싸울 것을 독려했다. 늘 나라의 방비를 걱정하면서 조국에 대한 애틋한 사랑과 그리움을 절절하게 토로하는 글을 썼다. 어느 날은 일본군이 베어온 조선 사람의 코를 한데 모아 묻었는데 그것이 산을 이루었다는 소식을 듣고 괴로워하기도 했다.

도요토미 히데요시가 죽고 상황이 다소 호전되자 강항은 후지와라를 비롯한 문인들의 도움으로 1600년 일본을 떠나 가족들과 함께 고국에 돌아오게 되었다. 그후 그는 고향에 칩거해 오직 학문에만 열중하며 윤순거(尹舜擧) 등 많은 제자를 길러냈다. 정부에서는 그에게 여러 관직을 내렸지만 자신은 나라를 지키지 못한 죄인이라며 번번이 출사하지 않았다.

강항이 세상을 떠나자 제자들은 그가 일본에서 겪은 일에 대해 쓴 글을 모아 『간양록(看羊錄)』이라는 책을 펴냈다. '외로운 양치기가 되어 충절을 보였다'는 고사에서 따온 제목이다.

강항의 귀국 후에도 일본 유학자들은 조선의 성리학에 깊은 관심을 갖게 되었고, 일본 유학자들이 퇴계의 저서를 접하면서 마침내 퇴계학이 일본 유학계를 지배하게 된다. 기누가사 야스키는 이어서 이렇게 말한다.

그리고 조선의 아주 뛰어난 주자학자 이퇴계라는 분의 저서가 일본에 많이 들어옵니다. 일본에서도 이퇴계의 저서가 간행됩니다. 그리고 세이카는 이퇴계의 학문을 접하고 그것이 그가 분발하는 하나의 계기가 됩니다.

이퇴계의 학문과 인물에 대한 존경은 후지와라 세이카, 하야시 라잔에서 시작하여 교토의 야마자키 학파(山崎學派)로 퍼졌습니다. (…)

따라서 조선의 유학 중에서도 특히 이퇴계의 학문은 막부 말기와 메이지 초기에 이르기까지 일본의 주자학자들이 배워야 할 범본으로서 그 저서가 널리 읽히고 그 인물도 계속 존경받았던 것입니다.

그래서 조선에서 주자가 유명하듯 일본에서는 이퇴계가 그렇게 유명해진 것이다. 그리고 이렇게 전개된 일본 유학은 메이지 사회에까지 영향을 남겨서 근대사회에 들어오면서 한학(漢學)이라는 형태로 이어졌다. 그럼에도 이런 사실을 한국인들이 잘 모르고 있다는 것은 우리가 그동안 일본뿐만 아니라 일본 속의 한국문화에도 큰 관심이 없었음을 말해준다. 그것이 안타까워 이렇게 일본 답사기 말미에 '대서특서' 해두는 바이다.

조선통신사가 떠나기까지

착한 이웃 국가, 선린(善隣)으로서 한일 간에 신뢰가 통한 것은 조선통신사가 일본을 왕래한 200년간이었다. 선린 외교의 상징인 조선통신

| **조선통신사 행렬** | 조선통신사 일행은 400명 내지 500명이기 때문에 그 행렬이 장대했다. 체재 비용은 모두 일본이 부담했다. 착한 이웃 국가, 선린으로서 한일 간에 신뢰가 통한 것은 조선통신사가 일본을 왕래한 200년만 한 때가 없다.

사의 길을 나는 진작부터 답사해보고 싶었다. 부산을 떠나 쓰시마에 상륙한 때부터 오사카, 교토, 도쿄에 이르는 그 여정을 배와 자동차로 한번 따라가보는 것이다.

나는 한국사가 '한반도에서 일어난 사건 사고의 역사'로 인식되어서는 안 된다고 생각한다. 국경이란 우리의 삶을 보호해주는 울타리인 동시에 세계로 나가는 출입문이기도 하다. 조선시대 한반도 밖으로 나가는 문은 두 곳에 있었다. 하나는 북쪽 압록강 건너 중국으로 가는 길이고, 또 하나는 현해탄 건너 일본으로 가는 길이었다.

10년 전, 나는 신의주 압록강 건너 단동(丹東)에서 요동 벌판을 가로지르는 대릉하(大凌河)를 건너 만리장성 동쪽 끝 산해관(山海關) 관문을

| 「조선통신사도」(고려미술관 소장) 부분 | 1636년부터 1811년까지 조선통신사는 모두 12차례 파견되었다. 10개월에 걸친 여로에서 가장 중요한 갈림목이 교토였다. 여기까지는 배로 오고 교토에서 며칠 묵은 뒤에는 도쿄까지 육로로 갔다

통과한 뒤 북경에 이르는 연행(燕行) 사신의 길을 답사한 적이 있다. 그러나 조선통신사의 길은 아직 미완의 답사 여로이다.

조선통신사가 가게 되는 과정은 이렇다. 도쿠가와 막부는 강력한 쇄국정책을 펴면서도 조선과의 교류만큼은 열어두기를 원하여 임진왜란이 끝나고 몇 년 지나지 않아 국교 재개를 계속 요청하였다. 이에 조선은 1604년 일본 정세와 국교 재개의 진심을 파악하는 탐적사(探賊使)로 사명대사를 파견하였다. 이때 사명당은 약 3천 명의 피로인(被虜人)을 고국으로 데려왔다.

그리고 1606년 조선은 국교 재개의 전제조건으로 이에야스의 국서를 보낼 것과 성종의 선릉과 중종의 정릉을 파헤친 범릉적(犯陵賊)을 체포하여 보낼 것을 요구하였다. 이에 일본국왕이 보낸 사신이 국서와 함께 범릉적 2명을 데리고 왔다. 조선은 둘 다 가짜라는 것을 알았으나 과거의 잘못을 인정하는 성의를 보인 것으로 보고 처형하였다.

이리하여 1607년에 국교가 재개되어 '회답(回答) 겸 쇄환사(刷還使)'

가 파견되었다. 회답이란 국서를 보낸 것에 대한 답례이고, 쇄환이란 비로 쓸듯이 피로인을 모두 송환한다는 뜻이다. 이때 쇄환사는 1418명을 고국으로 데려왔다. 1617년에도 쇄환사가 가서 321명을 데려왔고, 1624년에는 146명을 송환하였다.

조선왕조가 전쟁이 끝나고 20년이 넘도록 피로인 송환 문제에 적극적이었던 것은 국가가 국민을 끝까지 보호하는 모습을 보여준 것이었다. 이런 과거사의 치유가 이루어진 뒤 조선과 에도 막부 사이에는 비로소 친선 외교의 길이 열렸다.

1636년 일본으로 떠나는 사신은 이제 쇄환사라는 이름을 버리고 '신뢰가 통한다'는 뜻으로 통신사(通信使)라 하였다. 과거사 잘못에 대한 일본의 솔직한 인정과 피로인 소환이라는 당면과제를 해결한 다음에 이루어진 선린외교였다. 이후 조선통신사는 1811년까지 모두 12차례 파견되었다.

교토에 온 조선통신사

조선통신사의 일행은 정사(正使) 이하 약 500명이었고 일본 체재 비용은 모두 일본이 부담했다. 10개월에 걸친 조선통신사의 여로에서 가장 중요한 갈림목이 교토였다. 여기까지는 배로 가고 교토에서 며칠 묵은 뒤에는 도쿄까지 육로로 갔다.

조선통신사는 오사카에서 요도강(淀川)을 따라 거슬러올라와 가쓰라강과 우지강이 합류하는 곳에 있는 당인안목(唐人雁木, 도진간기)이라는 나루터에 도착했다고 한다. '당인'은 외국인이라는 뜻으로 조선인을 말하며 '안목'은 기러기떼가 날아가듯 나무가 줄지어 있다는 뜻인데 나무 교각이 줄지어 있는 살꽂이다리를 그렇게 부른 것이다. 이 당인안목은 교토 남쪽 강변에 있었다는데 지금은 거리에 푯말만 있을 뿐 옛 자취는 볼 수 없다고 한다.

통신사 일행은 그 수효가 적게는 400명에서 많게는 500명에 이르렀기 때문에 교토부터는 숙박이 큰 문제였다. 그래서 탑두 사원이 많은 대덕사나 본능사 같은 대찰에서 묵어가는 것이 보통이었다.

이렇게 그 당시 문화의 중심지였던 교토에 머물면서 이곳 학자와 시인·묵객들과 필담을 나누는 문화예술 교류가 이루어졌는데 대개는 통신사 수행원들이 베푸는 일방적인 문화활동이었다. 민간인들도 이들에게 그림과 글씨를 얻고 지어온 시를 평가받기를 원하여 이들이 머무는 곳 대문 앞은 그야말로 문전성시를 이루었다고 한다.

신유한의 『해유록』

조선통신사로 다녀온 분 중에는 기행문을 남긴 이가 적지 않아 역대 일본 기행문을 모은 『해행총재(海行摠載)』는 한국고전번역원에서 12권으로 펴낼 정도나 된다. 이 중 신유한(申維翰, 1681~1752)이 1719년 조선통신사의 제술관(製述官)으로 일본에 다녀온 후 쓴 『해유록(海遊錄)』은 『해행총재』 중 가장 문학성이 높은 것으로 정평이 나 있어 박지원의 중국 기행문인 『열하일기』의 일본편으로 비유되기도 한다.

『해유록』을 보면 그때 떠난 총인원이 475명, 소요 일수가 261일로, 수로 5210리, 육로 1350리의 험난한 길이었다고 한다. 신유한은 수행원이었기 때문에 정사(正使)나 서장관(書狀官)과는 달리 글쓰기에 자유로울 수 있었다. 마치 연암 박지원이 외교관이 아니라 자제군관 자격이었기 때문에 자유를 얻은 것과 비슷했다.

이런 입장이었기 때문에 그가 일본 여행길에서 얻어들은 일본의 관직제도·세법·군사제도·경제 상황·관혼상제·생활풍습 그리고 그가 직접 보고 체험한 일본의 풍광, 문인들과의 교류 경험 등이 아주 생생하게 기록되어 있다. 한마디로 신유한이 보고 느낀 문화적 경험을 자세하게 쓴 그 나름의 답사기이다.

신유한은 오사카에 당도해서는 강성한 일본 국력과 번화한 시가의 모습을 보고 그 발전상에 거듭 감탄했다.

(오사카로 가는) 양쪽 언덕에는 돌을 쌓아 둑을 만들었는데 (…) 무지개 같은 다리를 놓고 그림 난간을 붙였다. 다리 기둥이 수십 척이나 되는 것도 있고 다리 아래로 배들의 왕래가 끊이지 않았다. 다리의 높이가 이러하니 그 길이를 짐작할 수 있었다. (…)

그 아래 강기슭 수문에는 나무 말뚝을 세우고 황금으로 장식한 배를 매어두었는데 사신 일행이 탄 배와 같은 것이 헤아릴 수 없이 많았다. 이는 부호와 귀족들이 노는 곳이었다. 또 강을 끼고 떠 있는 어선들과 상선들이 꼬리를 물고 잇달아 있었다.

　구경하는 남녀들이 양쪽 언덕에 담을 이루어 늘어섰는데 모두 비단
옷과 무늬를 수놓은 화려한 옷을 입었다.

　그는 일본의 자연과 생활문화에 대해서도 말했다. 비와호를 지나면서
그 풍광에 취해 "어떤 오랑캐가 이렇게 좋은 강산을 차지했을까" 하고 탄
식했으며 일본 사람들의 깔끔한 생활문화에 대해서도 언급했다.

　언덕 위 산기슭은 구불구불 뻗어나가 높았다 낮았다 하는데 그곳에
지은 층층의 집과 날개를 편 듯한 누대가 높이 구름 속에 빛났으며 수
많은 인가의 담장과 벽들도 다 깨끗했다. 작은 땅이라도 묵혀둔 데가
없다. 낮고 습해서 사람이 살 수 없는 곳에는 푸른 잔디로 언덕을 만들
어 깨끗하게 해놓아 어지러운 데라고는 없다. (…) 비단 휘장을 치고
오색등을 달아놓은 것은 다 각 주 태수들의 별장이다.

　일본의 음식 차림을 보면 밥은 두 홉에 지나지 않고 반찬도 두어 가
지를 넘지 않아 매우 간소하다. 다 먹으면 또 덜어서 먹기 때문에 남
기는 일이 없다. 밥을 먹은 뒤에 청주를 마시고, 다음에 과일을 먹으며
또 차를 마시고 나야 식사가 끝난다.

　신유한은 우리와 다른 제도를 보면 상세히 물어 기록했다. 이를테면
천황과 왕족은 권력이 없는 허수아비 같은 존재여서 왕자와 공주가 머
리 깎고 중이 되는 일이 많았다고 했다.

　또 낯선 풍습을 보면 눈이 절로 그쪽으로 쏠려 술자리에서 본 얘기도
적었다. 일본 여인들이 반듯이 무릎을 꿇는 것은 옷에 섶이 없고 바지나

잠방이가 없어서 꿇어앉지 않으면 은밀한 곳을 가릴 수 없으므로 부득이하게 생긴 법도라고 했고, 남창(男娼)이 여자 기생보다 예쁘고 음탕한 짓이 심하다고도 했다.

통신사 일행의 문예 교류

신유한은 문예 교류에 대해 증언하면서 일본은 무인이 지배하는 문화이기 때문에 문장이 볼품없고 졸렬하다고 여러 번 말했다. 그는 『해유록』의 서문에서부터 조선 사신의 글을 구하는 일본인들의 모습을 자세하게 기술하고 있다.

왜인들의 글에 대한 열의가 근래에 더욱 왕성하여 우리나라 사행이 들어가면 그 문예를 흠모하여 모여드는 사람들이 무리를 이루고, '학사 대인'이라 부르면서 시를 구하고 글을 청하느라 거리가 꽉 차고 문이 막히곤 한다.

통신사의 정사, 부사, 서장관은 당당한 문인이었고 이를 수행하는 제술관, 사자관(寫字官), 화원 등은 문장·글씨·그림에 능한 사람이어서 자연히 학술과 문예의 교류가 이루어졌다. 이들이 공식적인 업무 이외에 일본인들의 요청에 시서화로 응해준 것은 민간 문화외교 활동으로 일종의 '한류'였다.

남선사 아래 살고 있던 당대 최고의 시인 이시카와 조잔(石川丈山)이 조선통신사와 시를 주고받으며 화답한 것은 시선당 답사기에서 자세히 본 바 있지만 그런 예는 아주 드물고 대개는 통신사 일행의 일방적 문예 지도였다.

| 묘희암 | 조선통신사 김의신이 기온의 건인사 탑두 사원인 묘희암에 써준 현판 글씨이다.

　글씨도 마찬가지였다. 지난해(2013) 가을 고려미술관 특별전에 출품된 작품 중 김의신(金義信)이 기온의 건인사에 써준 「묘희암(妙喜庵)」, 박덕원(朴德源)의 「기원(淇園)」 등은 모두 이때의 사정을 잘 보여주는 명작이다.

　그림의 경우는 더 심했다. 역대 통신사행 중 그림에서 최고의 스타는 개성적인 화풍의 소지자인 연담(蓮潭) 김명국(金明國)이었다. 1636년 그가 일본에 갔을 때의 상황을 부사 김세렴(金世濂)은 『동명해사록(東溟海槎錄)』에서 다음과 같이 증언하고 있다.

　글씨와 그림을 청하는 왜인이 밤낮으로 모여들어 박지영, 조정현, 김명국이 괴로움을 견디기 힘들었다. 김명국은 울려고까지 했다.

일본에서 전설이 된 연담 김명국

김명국이 유독 인기가 있었던 것은 일필휘지로 휘두르는 그의 수묵인물화에 당시 일본인들이 좋아하던 선풍(禪風)이 넘쳤기 때문이다. 그의 취필(醉筆)은 가히 신필의 경지에 이른 것으로 유명했다.

그리하여 7년 뒤인 1643년에 통신사가 떠나게 될 때에도 막부에서 공식적으로 이번 행차에 화원은 '김명국 같은 분'으로 보내달라는 외교 문서를 보내기에 이르렀다. 그래서 김명국은 다시 일본에 가게 되었는데 이번에는 화원 이기룡(李起龍)과 함께한 것을 보면 아예 민간 외교를 담당하게 한 것이 아닌가 생각된다. 김명국의 2차 일본행에서도 그림 주문은 여전했다. 그때의 이야기가 남태응(南泰膺)의 『청죽화사(廳竹畵史)』에 다음과 같이 전한다.

김명국이 통신사를 따라 일본에 갔더니 온 나라가 물결 일듯 떠들썩하여 김명국의 그림이라면 조그만 조각이라도 큰 구슬을 얻은 것처럼 귀하게 여겼다. 한 왜인(倭人)이 잘 지은 세 칸 별채(閣)의 사방 벽을 좋은 비단으로 바르고 사례비로 천금을 주며 연담을 맞아 벽화를 그려달라고 부탁했다.

그러자 김명국은 먼저 술부터 찾았다. 양껏 마신 다음 취기에 의지하여 비로소 붓을 찾으니 왜인은 금가루(泥金) 즙이 담긴 주발을 받들어 올렸다. 그러자 김명국은 그것을 받아 한입 가득 들이켠 다음 벽의 네 모퉁이에 뿜어서 그릇을 다 비워버렸다. 왜인은 깜짝 놀라고 또 크게 화가 나서 칼을 뽑아 꼭 죽일 듯했다.

그러나 김명국은 크게 웃으면서 붓을 잡고 벽에 뿌려진 금물 가루를 쓸듯이 그려가니 혹은 산수가 되고 혹은 인물이 되며, 깊고 얕음과

| **김명국의 그림** | 김명국의 그림이 일본인에게 유독 인기가 있었던 것은 일필휘지로 휘두르는 그의 수묵인물화에 당시 일본인들이 좋아했던 선풍이 넘쳤기 때문이다. 왼쪽은 「달마도」, 오른쪽은 「수노인」.

짙고 옅음의 설색(設色)이 손놀림에 따라 천연스럽게 이루어져 채색이 더욱 뛰어나고 더욱 기발했으며, 필세(筆勢)가 힘차고 살아 움직이는 것이 잠시도 머무는 데가 없는 것 같았다.

작업이 끝나고 나니 아까 뿜어졌던 금물 가루의 흔적은 한 점도 남아 있지 않고 울창한 가운데 약동하는 모습이 마치 귀신의 도움인 것 같았다. 김명국 평생의 득의작이었다.

왜인은 놀랍고 기뻐서 머리를 조아려 몇 번이고 사례를 할 따름이었다. 왜인은 이 별채를 잘 보호하여 나라의 볼만한 구경거리로 삼으니, 멀고 가까운 데서 소문을 듣고 다투어 모였다. 이것을 돈을 내고 보도록 하니 몇 년 안 되어 공사비가 다 빠졌단다.

그 왜인의 자손들은 지금도 그림을 잘 보존하고 있으며, 혹 다치기라도 할까봐 기름〔油幕〕으로 덮어두고 있다고 한다. 또 우리 사신이 가면 반드시 먼저 열어 보이면서 이것을 자랑스럽게 생각한다고 한다.

고려미술관의 특별전에 출품된 김명국의 작품 중에는 그의 이런 모습을 연상케 하는 작품이 여럿이었다. 이는 연담 김명국뿐이 아니었다. 설탄(雪灘) 한시각(韓時覺), 호생관(毫生館) 최북(崔北), 서암(西巖) 김유성(金有聲) 같은 화가의 작품이 일본에 많이 남아 오늘날까지 전하고 그것이 다시 국내로 속속 들어오고 있으니 그분들의 수고로움이 헛된 것은 아니었다.

그리고 통신사들이 일본으로 갈 때 미리 우리 화가들의 작품을 받아 간 경우도 많았다. 이런 그림들에는 이름 앞에 '조선국(朝鮮國) 아무개'라고 낙관한 것이 많다.

나카이 지쿠잔의 『초모위언』

그러나 18세기 후반이 되자 일본에 국수주의가 태동하면서 문예를 통한 이런 민간 교류를 못마땅해하는 경향이 나타났다. 나카이 지쿠잔(中井竹山, 1730~1804) 은 『초모위언(草茅危言)』이라는 저서에서 조선통신사가 올 때 거리를 청소하고 연도에 환영 인파가 동원되는 처사를 비판하고, 조선통신사에게 글을 배우는 민간의 태도를 매우 못마땅하게 여겨 이렇게 툴툴거리며 말했다.

조선 사신은 글재주가 뛰어난 이들을 뽑아 보내는 것으로 보인다. 따라서 연도의 객관에서 아국(我國)의 유신(儒臣)과 시와 글을 주고받는 필담을 하는 일이 많다. 이쪽의 많은 사람 중에는 문재(文才)에 능하지 않은 이도 있어서 아국의 뛰어나지 못함을 그대로 드러내니 유감스럽다.

그것은 차치하고도, 또 삼도(三都)의 평민까지 수단 방법을 가리지 않고 숙소에 들어가 시를 주고받는데 관에서 금하지 않을뿐더러, 부화(浮華)한 무리가 앞을 다투어 나오니 숙소가 혼잡하여 시장과 같고, 덜 된 문장과 거친 시를 조선 사신에게 대담하게 들고 가는 미련한 무리들도 많다.

100일도 전부터 7언 율시 한 수를 겨우 지어 들고 와서 품속에 넣고 무릎걸음을 하고 고개를 숙이며 꺼내고, 한 편의 화운(和韻)을 얻으면 종신토록 영광으로 여겨 사람들에게 뽐내는 것이 가소롭기만 하다.

이렇게 되니 조선 사신들은 모든 사람을 멸시하여, 십수 편의 시를 앞에 쌓아두고 붓에 맡겨서 이것을 평하며 바로잡아주는데, 그중에 성률(聲律)이 틀리고 운(韻)이 잘못된 시가 있으면 먹을 찍어 내던지고, 또 그것을 많은 사람이 앉아 있는 자리에서 기어나와 주워들고 품속에 넣어 돌아가는 등 볼썽사나운 일이 일어난다.

또 조선 사신은 평을 쓰면서 문진(文鎭) 대신에 다리를 아무렇게나 뻗어 발꿈치로 종이를 누르고 쓰는 등 어지럽기가 더할 수 없는데 이를 감사해하며 받기도 한다. 모두 아국의 커다란 망신이고 실로 불쾌한 일이다.

통신사의 중단과 멀어진 한일 친선

이런 분위기 때문에 조선통신사의 일본행은 거의 10년에 한 번꼴로 이루어지던 것이 1764년 제11회 이후엔 무려 47년간 중단되었다. 경비의 문제, 일본 정국의 불안, 연이은 흉작 등도 큰 이유이긴 했지만 여기에는 이때 서서히 일어난 '무국론(武國論)' '국체론(國體論)'이 급기야 '조선멸시관'을 낳는 등 사상적 배경이 깔려 있기도 했다.

국수주의자들은 『일본서기』에서 신공황후가 삼한을 정벌했다는 것을 믿고 강조하면서 일본이 조선의 사신을 그렇게 예우할 이유가 없다는 주장을 폈다. 그 중심에 있던 인물 중 하나가 나카이 지쿠잔이었다. 그리고 1811년, 47년 만에 간신히 재개된 제12회 사행은 쓰시마를 왕복하는 데 그치고 도쿄에는 가지 않았으며 이후 조선통신사의 일본행은 이루어지지 않았다. 통신사로 상징되던 신뢰가 통하지 않았던 것이다.

최근 일본에서 한류 열풍이 불자 한쪽에서 혐한론(嫌韓論)이나 오한론(惡韓論)이 일어나는 것을 보면서 나는 자꾸 그때를 연상하게 된다. 이럴 때면 생각나는 인물이 평생 '성신(誠信)의 교류'를 주장하며 이를 실천했던 아메노모리 호슈(雨森芳洲, 1668~1755)이다.

그는 가업인 의사의 길을 팽개치고 조선어와 중국어를 익혀 외교의 길로 나선 뒤 25세 때인 1692년, 쓰시마번의 한문 번역 일을 맡으면서 그곳에 머물렀다. 그리고 1711년, 1719년 조선통신사가 왔을 때 두 차례 호행원(護行員) 자격으로 수행하여 쓰시마에서 에도까지 왕복했다

1719년 제9차 통신사를 호행했을 당시에는 신유한과 깊은 교분을 맺어 『해유록』에도 아메노모리 호슈의 얘기가 자주 나온다. 그는 선린 우호만이 양국의 발전을 가져올 수 있다는 믿음을 지켰으며, 서로 속이지 않고 다투지 않고 진심으로 교제할 것을 역설했다. 지금 쓰시마에 있는 그의 묘소 입구에 세워진 현창비(顯彰碑)에 쓰인 이 다섯 글자가 새삼 떠오른다.

誠信之交隣(성실한 믿음으로 이웃과 교류하라)

| **도시샤대학 전경** | 상국사 아주 가까이에 있는 이 대학은 100년 이상 된 붉은 벽돌집 건물이 아직도 건재하여 근대적 고풍이 완연하다. 대학의 교회당 한쪽에 윤동주와 정지용의 시비가 있다.

도시샤대학 교정의 윤동주 시비

　나의 교토 답사기는 여기에서 끝날 수도 있다. 그러나 나의 교토 답사에서 들러야 할 곳이 하나 더 있다. 도시샤(同志社)대학 교정 한쪽에 있는 윤동주와 정지용의 시비(詩碑)이다.

　세월이 흘러 20세기로 들어서면 문화의 흐름이 역류해 이번에는 서양을 먼저 경험한 일본으로 우리 유학생들이 근대를 배우러 간다. 그 유학생들이 귀국해서는 우리 사회의 엘리트 역할을 수행하는데 그것을 가장 명확히 보여주는 것이 도시샤대학 출신 두 시인의 자취이다.

　도시샤대학은 상국사 아주 가까이에 있다. 이 대학이 본래 상국사터에 지어진 것이다. 100년 이상 된 붉은 벽돌집 건물이 아직도 건재하여 근대적 고풍이 완연한 이 대학 교회당 한쪽에 두 분의 시비가 있다. 먼저 세워진 윤동주의 시비에는 그의 유명한 「서시(序詩)」가 새겨져 있다.

| 윤동주 시비 | 윤동주의 유명한 「서시」가 새겨져 있다.

죽는 날까지 하늘을 우르러
한 점 부끄럼이 없기를,
잎새에 이는 바람에도
나는 괴로워했다.
별을 노래하는 마음으로
모든 죽어가는 것을 사랑해야지
그리고 나안테 주어진 길을
거러가야겠다.

오늘 밤에도 별이 바람에 스치운다.

윤동주(尹東柱, 1917~45)는 만주 북간도 명동촌에서 교회 장로이자 소학교 교사인 아버지의 7남매 중 맏아들로 태어났다. 1925년 9세 때 소학교에 입학해 1931년에 졸업하고 이듬해 가족이 모두 북간도 용정 마을로 이사하자 그곳 은진중학교에 입학했는데, 이때 고종사촌 송몽규와 문익환 목사도 이 학교에 입학했다.

1935년 19세 때 평양에 있는 숭실중학교에 편입하고 교내 문예부에서 펴내는 잡지에「공상」이라는 시를 발표하며 시인의 길을 지망했다. 그러나 이듬해에 숭실중학교가 신사참배 거부로 폐교당하자 다시 용정으로 돌아가 광명학원 중학부 4학년에 편입하여 졸업했으며, 1938년 연희전문학교(오늘날의 연세대) 문과에 입학했다. 여기서는 2년 후배인 국문학자 정병욱과 남다른 친교를 맺었다.

1941년 연희전문학교를 졸업할 때 그는 졸업 기념으로 19편의 자작시를 모아『하늘과 바람과 별과 시』를 출판하려 했으나 뜻을 이루지 못하고 자필시집 3부를 만들어 은사인 수필가 이양하와 후배 정병욱에게 1부씩 주고 자신이 1부를 가졌다.

1942년 도쿄에 있는 릿쿄(立敎)대학 영문과에 입학했다가 1학기를 마치고는 교토의 도시샤대학 영문과에 편입했다. 그러나 1943년 7월 독립운동 혐의로 송몽규와 함께 일본 경찰에 검거되어 각각 2, 3년 형을 선고받고 후쿠오카(福岡) 형무소에 수감되었다. 그리고 윤동주는 1945년 2월 16일, 송몽규는 3월 10일에 모두 29세의 젊은 나이로 옥사했다. 일본의 소금물 생체실험으로 인한 사망이라는 설이 계속 증언되고 있으며 그의 유해는 그해 3월에 용정의 동산교회 묘지에 묻혔다.

그가 육필로 쓴『하늘과 바람과 별과 시』는 정병욱 소장본을 바탕으로 1948년 31편의 시를 모아 유고시집으로 발간되었는데 이 시집의 서문은 정지용이 썼다.

| **정지용 시비** | 정지용이 가모강을 두고 노래한 「압천」이라는 시가 새겨져 있다.

이런 안타깝고도 애처로운 삶 때문에 도시샤대학 교정의 그의 시비에 새겨진 「서시」를 읽어내리자면 이 시의 마지막 구절 "오늘 밤에도 별이 바람에 스치운다"에 이르러서는 코끝이 시려지면서 고개를 떨구게 된다.

정지용의 「압천」

정지용(鄭芝溶, 1902~50)은 충청북도 옥천에서 한의사의 맏아들로 태어났다. 아버지의 영향으로 천주교 신자로 영세를 받았고 무슨 사연인지 12세 때 동갑내기와 결혼했다고 한다. 옥천공립보통학교를 마치고 17세에 휘문고등보통학교에 입학해서 그때 박종화·홍사용 등과 사귀기도 했다.

22세 때인 1923년에 도시샤대학 영문과에 입학하며 시인의 길을 걸었다. 대학 2학년 때부터 시를 쓰기 시작하여 유학생 잡지인 『학조(學

潮)』에「카페 프란스」등을 발표했고, 1929년 졸업과 함께 귀국하여 이후 8·15해방 때까지 휘문고등보통학교에서 영어교사로 재직했다.

1930년 김영랑·박용철 등이 창간한『시문학』의 동인으로 참가했으며, 1933년 김기림·이효석·이태준 등과 함께 '구인회(九人會)'에 가담하여 문학활동을 벌였다. 1939년에는『문장』의 시 추천위원으로 있으면서 박목월·조지훈·박두진 등의 청록파 시인을 등단시켰다.

1945년 해방이 되자 이화여자대학교 교수가 되었고, 1946년에는 조선문학가동맹의 중앙집행위원 및 경향신문 주간으로 활동했다.

1948년 대한민국 정부수립 후에는 조선문학가동맹에 가입했다는 이유로 보도연맹에 들어가 전향강연에 나서야 했다. 1950년 한국전쟁이 터질 때 피난길에 오르지 못한 채 서울에 남아 있었는데 수복한 서울에서 그의 모습은 보이지 않았다고 한다. 납북되어 북한에서 사망한 것으로 추정되고 있으나 정확한 사망일자나 원인은 여전히 확인되지 않고 있다.

나는 정지용의 시를 무척 좋아한다. 지금은 그의「향수」가 유명하지만 정지용의 시에 채동선이 곡을 붙인「그리워」는 한동안 나의 애창곡이기도 했다. 그가 월북시인이라고 해서 금지곡이 되었을 때 그의 가사를 이은상이 개사한 것으로 부른 적도 있다.

내가 정지용을 좋아한 것은 무엇보다 짙은 서정성 때문인데 그것이 절대로 촌스럽지 않고, 언제나 리듬이 있고, 모더니즘적 세련미를 갖추었기 때문이다. 그리고 그의 시 근저에는 민족주의적인 분위기도 있고 조선시대 문인들의 문기(文氣)도 서려 있다.

나는 정지용만 좋아한 것이 아니라『문장』지 문인들의 세계를 동경했다. 김기림, 이태준, 그리고 근원 김용준과 수화 김환기는 나의 미술사 연구와 미술비평에서 멘토나 다름없었다.『문장』지 전체 영인본을 구입해

| **해질녘의 가모 강변 풍경** | 저녁나절 가모강의 모습을 보면 정지용의 「압천」이라는 시가 절로 떠오른다.

서 이를 뒤적이며 홀로 문학수업을 했던 시절도 있어 이 영인본은 아직
도 내 서재 한쪽에 꽂혀 있다.

　그런 정지용인데 내가 교토에 와서 그의 시비를 보지 않고 어떻게 떠
날 수 있겠는가. 그의 시비에는 가모강을 읊은 「압천(鴨川)」이라는 시가
새겨져 있다.

　　압천(鴨川) 십리(十里)ㅅ벌에
　　해는 저물어…… 저물어……

　　날이 날마다 님 보내기
　　목이 자졌다…… 여울 물소리……

찬 모래알 쥐여 짜는 찬 사람의 마음,
쥐여 짜라. 바시여라. 시언치도 않어라.

역구풀 욱어진 보금자리
뜸북이 홀어멈 울음 울고,

제비 한쌍 떠ㅅ다,
비마지 춤을 추어.

수박 냄새 품어오는 저녁 물바람.
오랑쥬 껍질 씹는 젊은 나그네의 시름.

압천(鴨川) 십리(十里)ㅅ벌에
해가 저믈어…… 저믈어……

　거진 100년 전 정지용은 교토의 가모 강변에 저무는 해를 보며 향수를
실어 이렇게 노래했고, 100년 뒤에 온 나는 지금 그의 시를 읊으며 긴 교
토 답사기의 마지막을 장식하고 있다.

동아시아 문화 창조의 동반자이길 바라며

일본 답사기를 쓴 내 마음

『나의 문화유산답사기』 일본편은 교토 편을 끝으로 하여 전5권으로 마무리되었다. 더 이어가자면 도쿄 편, 오사카 편, 쓰시마 편, 조선통신사의 길 등등 아직도 남은 곳이 많다. 그러나 이 모든 것은 다음 사람의 몫으로 돌리고 나는 여기서 끝내고자 한다.

돌이켜보건대 내가 국내편을 마무리하지 않은 채 지난 2013년 봄 일본으로 훌쩍 건너간 것은 우리 고등학생들까지 일본으로 수학여행을 가고 있는데 이들에게 길라잡이가 될 마땅한 안내서가 없다는 사실에서 시작한 일이었다.

그러나 내가 일본 답사기를 구상한 것은 꽤 오래전이다. 20여 년 전, 답사기를 쓰기 시작할 때부터였다. 나는 한국사가 '한반도에서 일어난 사건 사고의 역사'로 인식되어서는 안 된다고 믿고 있다. 동아시아 역사 전체 속에서 한국사를 보아야 하고 그러기 위해서는 항시 우리의 시야를 국경선 너머로 넓혀야 한다고 생각한다.

국경선이란 우리의 삶을 보호해주는 울타리이면서 동시에 세계로 나아가는 문이기도 하다. 내남이 모두 알고 있듯이 역사적으로 한반도에서 밖으로 나가는 문은 두 곳으로 열려 있었다. 하나는 북쪽 압록강 건너 중국으로 가는 길이고, 또 하나는 현해탄 건너 일본으로 가는 길이었다. 그래서 진작부터 중국 답사기와 일본 답사기를 염두에 두고 있었던 것이다.

그때 생각엔 국내 답사기가 다 끝나갈 무렵이면 한일 관계가 정상화되어 서로가 서로를 알려고 노력할 것이니 그때 가서 일본 답사기를 쓸 계획이었다. 실제로 한일 관계가 점차 개선되어가는 기류가 형성되기도 했다.

1990년 아키히토 천황의 '통석(痛惜)의 염(念)을 금할 수 없다'는 사과성 발언, 1993년 위안부 강제동원을 인정한 고노 관방장관의 담화, 1995년 무라야마 총리가 전후 50주년 종전기념일을 맞아 '일본의 침략과 식민지 지배'에 대해 공식적으로 사죄한 담화, 1998년 김대중·오부치의 '21세기의 새로운 한일 파트너십을 위한 공동선언' 등이 이어지면서 내가 기대하던 분위기가 형성되는 줄 알았다.

그러다 최근에 갑자기 일본이 우경화되고 한국은 이에 적절히 대응하지 못하면서 기왕에 이어가던 화해의 기류가 역풍을 맞고 있다. 듣자 하면 못마땅하고 안타까운 일이다. 하지만 한편으로는 기성세대와 달리 한국과 일본의 신세대들에게서 변함없는 희망을 읽을 수 있다. 이들은 언제 무슨 일이 있었더냐 싶게 활발하게 교류하여, 아무로 나미에가 한국에 많은 팬이 있고 우리나라 영화배우와 K-POP 아이돌 가수들의 한류가 일본 깊숙이 퍼져가고 있다. 이런 현상을 보면서 우리 신세대들에게 일본을 좀더 자세히 알려줄 때가 되었다는 생각이 들었다. 그것이 일본 답사기를 서둘러 펴내게 된 이유였다.

일본 답사기가 다섯 권이 된 이유

애당초 내가 계획한 일본 답사기는 '일본 속에 남은 한국문화'를 소개하는 한두 권의 책이었다. 그러다 마음을 바꾸어 다섯 권으로 쓰게 된 것은 차제에 우리 독자들이 일본의 역사와 문화에 대한 기본적인 지식을 갖는 계기를 마련하는 것이 좋겠다는 생각에서였다.

솔직히 말해서 우리는 일본을 잘 알고 있는 것 같으면서도 실제로는 일본의 역사·문화에 대해 막연한 느낌만 갖고 있는 것이 사실이다. 별도로 공부하지 않는 한 일본을 이해하는 데 필수적으로 알아야 할 역사적 사건과 인물조차 생소한 경우가 많다.

역사는 문화유산과 함께 기억할 때 구체적인 이미지를 갖는다. 이것이 문화사적 시각의 강점이다. 나의 일본 답사기를 처음부터 읽으신 분이라면 2300년 전 한반도 도래인들이 일본으로 건너가면서 시작된 야요이시대부터 메이지유신 이전까지의 역사를 답사기 곳곳에 삽입했다는 것을 알아챘을 것이다. 일본 역사를 일군 인물들이 등장할 때면 그 일대기를 소개한 것도 이런 마음에서였다.

내가 감히 이 책이 일본학 입문서가 되기를 희망한 것은 아니지만 최소한 일본문화사의 기본 상식을 담으려고 한 것은 사실이다. 내 나라건 남의 나라건 역사를 익히는 데는 문화유산 답사기가 유리하다는 강점을 살린 것이다. 또 그러지 않고는 일본 답사기를 쓸 방법도 없었다. 역사는 유물을 낳고, 유물은 역사를 증언하기 때문이다.

그리고 내가 '일본 속의 한국문화'에 머물지 않고 더 나아가 '일본문화' 자체까지 답사기에 다룬 것에는 또 다른 충정이 있다.

도래문화와 일본문화

한일 교류사에서 우리가 일본에 끼친 문화적 영향은 실로 크다. 일본의 고대 문화사와 미술사는 한반도의 영향에 대한 언급 없이는 풀어갈 수 없다. 내가 일본 답사기를 쓰면서 첫째 권에서 '빛은 한반도로부터', 둘째 권에서 '아스카 들판에 백제꽃이 피었습니다', 셋째 권에서 '오늘의 교토는 이렇게 만들어졌다'라고 한 것을 보고 한국인의 일방적 시각에서 본 과장된 발언으로 생각했을 분도 있을 법하다. 그러나 무엇보다 도래인이 남긴 유물과 유적이 이 사실을 명확히 말해주고 있는 것이 아닌가.

만약 나의 일본 답사기가 여기에서 그쳤다면 그것은 일본의 고대문화는 '죄다 우리가 해준 것'으로 인식하는 또 하나의 증언에 머물렀을 것이다. 이렇게 되면 나의 답사기는 자칫 국수주의 내지 문화적 우월주의로 받아들여질 가능성이 크다. 나는 그것을 우려했던 것이다.

아무리 한반도의 영향이 컸다 하더라도 일본이 영향만 받고 자기 노력을 하지 않은 것은 아니다. 한반도의 영향을 받아 일본문화로 만든 것은 엄연한 그들의 문화임을 우리는 인정해주어야 한다. 그것은 우리 문화가 중국의 영향을 받았지만 그것이 절대로 중국이 베푼 것이 아니라 우리가 창조한 한국문화인 것과 같은 맥락이다.

도래인 3세, 5세, 7세 후손의 삶은 더 이상 한국인이 아니라 일본인으로서의 삶이었다. 미국 대통령 존 F. 케네디는 아일랜드 출신이었지 아일랜드 사람으로 산 것이 아니었다. 이 점을 우리는 오해해서는 안 된다.

2013년 말, 일본 와세다(早稻田)대학에서 한국학연구소 개소를 기념하여 '동아시아의 변동과 한일 관계의 미래'라는 주제의 심포지엄이 열렸다. 연구소 측에서는 나에게 패널로 참석해달라고 요청해왔다. 일본 답사기를 쓴 마당에 이제 와서 내가 일본 전공이 아니라고 발을 뺄 수도 없어서 참석하여 나의 이러한 입장을 명확히 발표했다.

일본인들은 한일 고대사의 긴밀한 교류를 통해 한반도로부터 많은 영향을 받았음을 있는 그대로 인정해야 합니다. 그리고 한국인들은 중세 이후 일본이 자기 고유의 문화적 성취를 이루었음을 인정해주어야 합니다. 그렇게 해서 이룩한 한국과 일본의 문화는 중국문화와 함께 동아시아 역사 속에서 제각기 당당한 지분율을 갖는 문화적 주주국가의 위상을 갖고 있는 것입니다.

나는 비근한 예로 16세기 유럽의 르네상스시대에 이탈리아, 독일, 네덜란드가 갖고 있던 각 나라의 위상을 상기시키며 한중일 3국을 여기에 비교했다. 그것이 내가 동아시아 속에서 한국과 일본을 인식하는 입장이며, 우리가 일본의 문화유산을 보는 시각이 되어야 한다고 생각한다. 내가 일본답사기 제5권을 '일본미의 해답'이라는 주제로 쓴 것은 이런 생각에서였다.

다시 생각하는 한일 관계

나는 일본 답사기 첫째 권을 시작하면서 엉킨 한일 관계의 뿌리는 양국의 콤플렉스에 있다고 진단했다.

일본인들은 고대사 콤플렉스 때문에 역사를 왜곡하고, 한국인은 근대사 콤플렉스 때문에 일본문화를 무시한다(『나의 문화유산답사기』 일본 편 1권 5면).

그러나 냉정하게 한국과 일본의 긴 역사를 보면 한일 두 나라 사이는 그렇게 나빴다고만 말할 수는 없다. 사람이든 국가든 둘이 한세상을 살아가자면 갈등이 생기게 마련이다. 형제간에도 다툼이 일어난다. 그러나 2300년 동안의 한일 관계에서 행복한 공존이 무너진 것은 임진왜란·정유재란 7년과 근대의 100년간밖에 없다.

독일과 프랑스 사이엔 보불전쟁 30년, 프랑스 나폴레옹의 독일 침략, 제1차, 제2차 세계대전 당시 독일의 프랑스 침략이 있었다. 영국과 프랑스는 백년전쟁을 치렀다. 유럽의 다른 나라들과 비교할 때 한일 관계는 오히려 갈등이 적었다고 할 수도 있다. 다만 오늘의 한일 갈등은 먼 옛날이 아니라 아주 가까운 시기에 있었던 불행한 과거의 문제가 청산되지도 치유되지도 않았기 때문이다.

그러면 500년 전 양국의 조상들은 이런 문제를 어떻게 풀었던가. 임진왜란 뒤 조선과 일본의 관계가 다시 정상화의 길로 나아가게 된 것은 과거사 문제를 청산하는 작업이 이루어지면서부터였다.

크게는 두 가지였다. 하나는 왕릉(성종의 선릉과 중종의 정릉)을 파괴한 범릉적(犯陵賊)을 체포하여 처벌하는 문제였고, 또 하나는 일본에 끌려간 피로인(被虜人)의 송환 문제였다.

에도 막부는 이 요구에 응해 범릉적 2명을 조선에 데려왔다. 조선은 이들이 어차피 죽을 사형수를 보낸 가짜인 줄 알면서도 일본이 잘못을 인정하는 성의를 보인 것으로 보고 이들을 처형하고 이 문제를 끝냈다.

그리고 사명대사가 탐적사(探賊使)로 일본에 가서 3천여 명의 피로인을 송환하였고, 이후 세 차례에 걸쳐 쇄환사(刷還使)가 파견되어 약 2천명을 고국으로 데려왔다. 쇄환이란 비로 쓸듯이 피로인을 모두 송환한다는 뜻이다. 피로인 쇄환으로 조선왕조는 국민을 끝까지 보호하는 모습을 보여주었다.

30년간에 걸친 그런 치유의 과정을 거친 다음 조선과 에도 막부 사이에 비로소 친선 외교의 길이 열렸다. 이제 쇄환사라는 이름 대신 '신뢰가 통한다'는 뜻의 통신사(通信使)라는 이름으로 바꾸어 10년에 한 번꼴로 조선통신사가 일본을 방문하는 형식으로 선린외교가 이루어졌다. 통신사로 인하여 생기는 막대한 경제적 부담은 전적으로 일본이 부담하였다. 그것은 당연히 원인제공자가 감당해야 할 몫이었다.

오늘날 위안부 문제를 중심으로 한일 갈등이 풀리지 않는 것을 보면 이때의 교훈이 떠오른다. 과거사의 잘못에 대한 솔직한 인정과 그 피해에 대한 청산이 이루어진 다음에 신뢰를 바탕으로 친선관계가 이루어져야 마땅하다.

조선통신사 시절 쓰시마번의 외교관이자 지한파(知韓派) 학자였던 아메노모리 호슈(雨森芳洲)가 평생 주장하며 몸소 실천했던 '성신(誠信)의 교린(交隣)'이 새삼 생각난다. 그것이 한일 관계가 정상화되어 다시 공생과 공존으로 가는 길이라고 생각한다.

2015년은 한일수교 50주년이 되는 해였다. 이제 그만한 시간이 경과했다면 서로가 서로를 이해하며 엉킨 문제를 현명히 해결하고 두 나라가 동아시아 문화 창조의 친밀한 동반자로 나아갈 때가 되었다. 내가 일본 답사기 마지막 책의 마지막 장을 조선통신사 이야기로 끝낸 것은 이런 마음에서였다.

답사객과 독자에게 감사드리며

내가 일본 답사기를 쓰는 데는 꼬박 2년이 걸렸다. 이제 모든 것을 끝내고 마지막 책 서문을 쓰고 있자니 그동안의 고생과 신세진 일들이 떠오른다.

내가 일본 답사기를 일찍부터 틈틈이 준비해왔다고는 하지만 막상 집필에 들어가니 역시 내 전공은 미술사이지 일본사가 아니었다. 그 때문에 내가 몰라도 그만인 것 같아 지나쳐버렸던 일본의 역사적 사건과 주요 역사 인물들의 행적을 새로 공부해야만 했다.

옛날에 읽은 책들을 다시 읽어야 했고, 미루어두었던 책들도 다 꺼내서 들춰라도 보아야 했고, 최신 자료들도 일일이 검색해야 했다. 학교 도서관에서는 '도서 반납 기간이 끝났습니다'라는 이메일을 수시로 보내왔다. 그사이 현장 확인을 위해 3박 4일로 일본을 다시 답사한 것도 열두 번이다.

나는 글쓰기 전에 둘 중 한 가지 과정을 거친다. 확신이 덜 선 경우엔 그 분야 전문가를 '스파링 파트너'로 해서 내 소견을 검증받아보고, 맥락이 잡혔을 경우엔 제자들을 상대로 '리허설'을 먼저 해본다. 다행히도 나에겐 그럴 수 있는 선생님, 동학, 친구, 제자가 있다.

선생님은 내가 알지 못했던 정보를 일러주셨고, 동학과 친구들은 일본을 보는 우리의 시각을 같이 생각해주었으며, 제자들은 나의 이야기를 경청해주었다. 내가 이렇게 신세를 졌다면 마땅히 그분들의 이름을 여기에 일일이 명기하며 감사의 마음을 전하는 것이 도리인 줄 알지만, 넓은 마음으로 이해해주실 것으로 믿으며 이렇게 줄여 인사드린다.

"그동안 나의 일본 답사기와 함께해주신 선생님, 동학, 친구, 제자, 그리고 답사객과 독자 여러분께 마음 깊이 감사드립니다. 정말 감사합니다."

2020년 9월
유홍준

부록 1

답사기 독자를 위한
일본의 풍토와 고대사 이야기

1. 일본의 풍토

일본의 자연

일본은 전형적인 섬나라로 혼슈(本州), 홋카이도(北海道), 규슈(九州), 시코쿠(四國) 등 4개의 큰 섬과 약 7천개의 작은 섬으로 이루어져 있다. 전체 면적은 약 38만 평방킬로미터로 한반도의 1.7배이며 인구는 1억 3천만명으로 남한의 약 2배이다.

일본의 면적이 얼마나 큰가에 대해 한국인들은 별로 실감하지 못하는 것 같다. 독일보다도 넓다. 일본 열도의 길이는 아주 길어서 도쿄에서 오사카까지만 해도 부산에서 신의주까지보다 더 멀다.

일본 열도는 긴 대신 폭이 좁아 넓은 평야가 없다. 산은 높고 가팔라서 하천은 대부분 짧고 유속이 빠르다. 우리나라처럼 비산비야(非山非野)의 들판이 아니라 산 아니면 들판인 형상이다. 3,776미터의 후지산(富士山)을 비롯해 2,000미터가 넘는 높은 산이 무려 500개가 넘는다. 우리는 일본이라고 하면 화산이 많고 지진과 쓰나미가 잘 일어나기 때문에 자연 여건이 나쁘다는 인상을 갖고 있지만 그 대신 자연 물산이 아주 풍부하다.

남쪽은 아열대성, 북쪽은 한대성 기후를 보이지만 대체로 고온다습하고 강우량이 많아 농사가 잘된다. 열도의 반 이상이 2모작도 가능하다. 산에는 나무들이 아주 잘 자라 산림자원은 무진장하다. 고대 불교미술에서 우리나라는 석탑과 석불이 발전한 데 비해 일본은 목탑과 목조 불상이 많이 제작된 것은 이 때문이다.

또 해안선이 발달하여 풍부한 수산자원을 확보하고 있고 바다와 가까운 들판은 아주 반듯하여 농업생산력도 높다. 그래서 조선통신사가 일본에 가면 한결같이 이 풍부한 자연 물산에 놀랐다.

섬나라 일본의 풍토성

일본의 자연이 우리와 비슷하면서도 크게 다른 것은 섬나라라는 점이다. 해양 왕래가 자유롭지 못하던 고대와 중세를 거치면서 이들은 섬나라 습성과 섬나라 문화의 특성을 자연히 지니게 되었다.

많은 인류학자, 민속학자, 문화사가 들이 이 점에 입각해서 일본과 일본인을 이해하려고 노력하여 여러가지 특성을 제시하고 있는데 그중 문화와 관련해 공통적으로 말하는 것은 문화적 충격을 아주 서서히 받았다는 점이다. 바다는 외적의 침입을 막는 좋은 울타리였지만 발달된 문화를 받아들이는 데는 더없이 큰 장애물이었다.

이로 인해 일본문화는 전통의 지속성이 아주 강하다. 그리고 외래문화가 들어올 때도 급속히 밀려오지 않고 이질적인 것을 소화할 수 있는 시간적 여유가 있었기 때문에 아주 서서히 녹아들었다.

한 예로 불교를 받아들인 것은 고대국가로 가기 위한 이데올로기의 선택이었지만 신앙으로서 불교는 전통신앙인 신도(神道)와 구별되지 않을 정도로 섞여 있다. 이를 그들은 복합, 혼합, 융합이 아니라 습합(褶合)이라고 한다.

이런 습합 현상은 그들의 신앙 문화 전반에 나타났다. 신불 습합은 현세적 인간도 신으로 승격되고 숭배받는 것을 자연스럽게 했다. 쇼토쿠(聖德) 태자를 신으로 모시는 성덕종(聖德宗), 스가와라노 미치자네(菅原道眞)라는 학자를 천신(天神)으로 모시는 덴만궁(天滿宮)은 물론이고, 각 고을마다 고을의 신을 모실 수 있어 무려 8만에 가까운 신사가 있다. 도래인 신사도 있고, 백제 왕 신사가 있는 것은 이런 까닭이다.

이런 신불 습합은 천황을 신으로 모시는 현상을 아주 자연스럽게 받아들이게 되었다. 이로 인해 일본의 정치체제는 대륙에서는 볼 수 없는 형태가 되어 정권은 바뀌어도 천황은 만세일계(萬世一系)로 이어졌다. 이것이 근대에 와서는 군국주의로 가는 배경이 되기도 했다.

2. 일본 고대사 개요

조몬(繩文)시대: 기원전 1만 4천년 ~ 기원전 300년

일본 열도가 대륙에서 분리된 것은 약 1만 4천년 전으로 이때 열도에 남아 있던 구석기인들이 신석기문명을 이루며 살아갔다. 이들은 수렵·채취를 하며 열도 안에서 계속 이동하며 살았고 채집한 열매와 물고기를 담을 용기로 토기를 만들어 사용했다. 이 토기들은 새끼줄〔繩〕 무늬가 있어 조몬(繩文) 토기라 불리며 조몬시대는 기원전 300년까지 이어졌다. 이 조몬인은 홋카이도에 남아 있는 아이누족의 원조상으로 생각되고 있다.

야요이(彌生)시대: 기원전 300년 ~ 기원후 300년

기원전 300년 무렵이 되면 북부 규슈 지방에 한반도에서 벼농사와 청동기문화가 전래되어 역사의 새로운 단계에 들어서게 된다. 이들이 사용한 토기는 조몬 토기와는 전혀 다른 것으로 이를 야요이 토기라고 부르며 기원후 300년까지를 야요이시대라고 한다.

이때 벼농사를 가져온 것은 한반도에서 집단으로 이주해간 도래인들이었다고 생각된다. 이들은 한편으로는 조몬인과 섞여서, 한편으로는 조몬인을 북쪽으로 몰아내고 새로운 일본 열도의 주인이 되었다. 당시 한반도의 계속되는 정세변화로 삶의 터전을 잃은 한반도인들이 일본으로 건너간 것으로 보고 있다.

이들이 정착생활을 하면서 마을이 형성됐고 이내 초보적인 부족국가로 발전하여 기원전 100년 무렵에 일본 열도에는 100여개 소국(小國)이 있었다. 서기 57년에는 왜의 노국(奴國) 왕이 후한(後漢)에 조공하고 '한위노국왕인(漢委奴國王印)'이라는 금인(金印)을 받아오기도 했다.

그리고 239년이 되면 왜는 30여 소국으로 개편되면서 야마타이국(邪馬臺國)의 여왕 히미코(卑彌呼)가 통치했다. 히미코 여왕은 국제사회에 자신의 존재를 알리기 위하여 중국의 위(魏)나라에 사신을 보내 '친위왜왕(親魏倭王)'이라는 칭호와 함께 금인(金印)을 하사받았다.

야요이시대 연표

기원전 300년 무렵   야요이시대의 개막, 벼농사의 시작

      194년   고조선 멸망, 위만조선 건국

      108년   위만조선의 멸망, 한나라 한반도에 현도군과 낙랑군 설치

  100년 무렵   일본 열도가 100여 소국으로 나뉘어 있었음

       57년   신라 건국

       37년   고구려 건국

<pre>
    18년   백제 건국
기원후 57년 왜의 노국, 후한에 조공하고 '한위노국왕인'이라는 금
           인을 받아옴
    239년 야마타이국의 여왕 히미코, 위나라에 조공하고 '친위
           왜왕'이라는 금인을 받아옴
    300년 야요이시대 끝나고 전방후원분의 고분시대로 들어감
</pre>

고분(古墳)시대: 기원후 300년~600년

기원후 300년 무렵이 되면 야요이시대 청동기문화는 끝나고 일본 열도는 비로소 철기시대로 들어선다. 한반도 가야와 교류하면서 철을 수입하여 사용하게 되었다.

이 무렵 긴키(近畿) 지방을 중심으로 전방후원분(前方後圓墳)이 나타나고 이내 규슈와 관동지방까지 전국적으로 퍼지게 된다. 이 전방후원분은 경쟁적으로 거대한 규모로 조성되고 거기에 하니와라는 조형토기들이 배치되는 장대한 장례문화를 보여준다.

400년이 지나면 금관가야의 쇠퇴로 많은 가야인들이 도래하면서 철기문화가 본격적으로 전개된다. 이때 말(馬)도 들어오고 가야 도기 기법을 전수받은 스에키(須惠器)가 등장한다. 고분 출토 유물을 보면 지배층의 상징이 초기에는 청동거울이었으나 후기에는 마구와 철갑옷 등으로 변했다.

그러나 5세기 100년간 일본 열도의 사정이 어떠했는지에 대해서는 어떤 기록에도 없어서 '수수께끼의 5세기'라는 말도 생겼다. 전방후원분이라는 똑같은 무덤 형식이 전국적으로 존재했다는 것은 아직 통일국가를 이루지 못하고 지역마다 강력한 지배층이 형성되었음을 말해준다. 그

중 일본 열도를 이끌어간 정치집단은 왜의 야마토 정권이었고 그 근거지는 아스카와 오사카였다.

한편 야마토의 왜왕은 중국 남조와 교류를 시도하기도 한다. 이 시기 한반도의 정세변화를 연표로 제시하면 다음과 같다.

고분시대 연표

313년   고구려 미천왕의 낙랑군 점령

346년   부여, 전연(前燕)의 공격으로 사실상 멸망

371년   고구려 고국원왕, 백제 근초고왕에게 살해됨

391년   고구려, 백제 공격. 왜병이 백제 지원하여 고구려와 싸움

400년   고구려 광개토왕, 신라 침공한 가야와 왜를 낙동강까지 격퇴

421년   왜 5왕, 중국 남조의 송(宋)나라에 조공

427년   고구려 장수왕, 평양으로 천도

475년   고구려 장수왕, 백제 한성 점령. 개로왕 전사, 공주로 천도

478년   왜왕 송나라에 조공

532년   금관가야 멸망

아스카(飛鳥)시대: 550년 무렵～710년

일본 역사에서 아스카시대란 미술사에서 사용하던 시대 개념을 역사학에서도 받아들인 것으로 6세기 중엽부터 나라로 천도하는 710년까지를 말한다. 아스카시대는 대개 552년(혹은 538년) 백제에서 불교가 공식적으로 전래된 때에 시작했다고 본다.

일본 열도는 불교의 수용을 두고 숭불파와 배불파가 일대 결전을 벌이게 되었는데 결국 숭불파의 소가(蘇我)씨가 승리함으로써 고대국가로

가는 이데올로기를 확보하게 되었다. 왜의 야마토 정권은 593년 스이코 여왕이 즉위함과 동시에 시작된 쇼토쿠 태자의 섭정 때 본격적으로 율령국가로 가는 토대를 갖추게 되었다.

쇼토쿠 태자 시절 정치적 실세는 소가씨였다. 일본 최초의 사찰인 아스카사는 소가씨의 씨사(氏寺)였다. 소가씨는 왕가(천황가)와 혼인으로 인척을 맺으면서 4대에 걸쳐 100년간 권세를 누렸다.

그러나 645년 나카노오에(中大兄) 왕자와 귀족 나카토미노 가마타리(中臣鎌足)가 합심하여 소가노 이루카를 살해하는 '을사의 변'을 일으킴으로써 소가씨의 시대는 끝나고, 646년 다이카개신(大化改新)을 선포함으로써 천황체제의 중앙집권 국가로 나아가는 길을 열었다. 나카노오에 왕자는 훗날 덴지(天智) 천황으로 등극했고, 귀족 나카토미는 후지와라(藤原)라는 성을 하사받아 막강한 가문으로 성장해 결국 나라시대의 실세로 부상했다.

왜의 야마토 정권은 663년 백제 부흥군을 지원하기 위하여 2만 7천 명의 병사를 파견했으나 백촌강 전투에서 나당연합군에게 완패당하자 크게 당황하여 규슈에 수성(水城), 대야성(大野城)을 쌓고 나당연합군의 침략에 대비했다. 그러나 나당연합군은 고구려로 향했고 또 신라가 당나라 군대를 축출하는 전쟁을 벌임으로써 일본은 전쟁을 피해갈 수 있었다.

백촌강 전투는 왜의 야마토 정권으로 하여금 강성한 고대국가로 나아갈 필요성을 절감하게 했다. 672년 '임신의 난'이라는 쿠데타로 즉위한 덴무(天武) 천황은 아스카에 일본 역사상 최초의 도성인 후지와라쿄(藤原京)를 착공했다. 법령도 정비하고 문화를 창달하여 이때부터 나라 천도까지가 '하쿠호(白鳳)시대'라는 미칭(美稱)으로 불리기도 한다.

701년에 완성하여 702년에 전국에 반포된 다이호 율령(大寶律令)은 사실상 고대국가가 완성되었음을 의미하며 이때 비로소 일본이라는 국

명이 나타난다. 여전히 아스카에 남아 있는 호족들의 힘을 약화시키기 위하여 710년 나라의 헤이조쿄(平城京)로 천도하면서 천황을 중심으로 한 중앙집권체제를 강화했다.

아스카시대 연표

552년   백제에서 불교 전래

562년   대가야, 신라에 멸망

587년   숭불파 소가씨, 배불파 모노노베씨를 물리침

593년   쇼토쿠 태자 섭정 시작

596년   아스카사 건립

601년   쇼토쿠 태자, 이카루가로 궁궐을 옮김

603년   쇼토쿠 태자, '관위(官位) 12계(階)' 제정

607년   수나라에 사신 파견

622년   쇼토쿠 태자 사망

623년   도리(止利) 불사(佛師), 법륭사 석가삼존상 제작

630년   제1차 견당사 파견

645년   '을사의 변,' 나카노오에(훗날의 덴지 천황), 소가노 이루카 살해. 수도를 오사카 나니와(難波)로 옮김

646년   다이카개신 반포

660년   백제 사비성 함락

663년   백촌강 전투, 백제 부흥군과 일본 지원군 패배

664년   쓰쿠시(筑紫, 후쿠오카 다자이후)에 수성(水城) 축조

668년   고구려 멸망

667년   수도를 오미(近江)으로 옮김

670년   법륭사 화재로 소실

672년 임신의 난

673년 덴무(天武) 천황 즉위, 수도를 다시 아스카로 천도

675년 신라, 당나라 군대 축출. 통일전쟁 완수

689년 '아스카 기요미하라령(飛鳥淨御原令)' 시행

694년 후지와라쿄(藤原京)로 천도

698년 발해 건국

701년 다이호(大寶) 율령 완성

710년 헤이조쿄(平城京) 천도

나라(奈良)시대: 710년~794년

나라시대는 일본 고대국가의 문화가 활짝 꽃피운 시기다. 일본 역사에서 천황이 천황다운 실권을 갖고 통치한 것은 나라시대 약 80년밖에 없었다. 『고사기』『일본서기』를 편찬하면서 천황을 신격화하고 그 권위를 한껏 강조했다. 『만엽집(萬葉集)』도 이때부터 편찬하기 시작했다.

일본은 당나라문화를 더욱 적극 받아들이기 위해 백방으로 노력했다. 나라의 헤이조쿄 자체가 당나라 장안을 본뜬 것이었고 당나라로 가는 견당사와 함께 유학승과 유학생을 계속 파견했다.

귀족인 후지와라씨는 씨사로 흥복사(興福寺)를 창건했고, 쇼무(聖武) 천황은 전국에 국분사(國分寺)과 국분니사(國分尼寺)를 건립케 하고 사상 최대 규모의 동대사(東大寺) 대불을 조성하고 장대한 대불 개안식을 가짐으로써 나라 안팎으로 일본이 불교국가이고 대국임을 과시했다. 당나라에서 건너온 감진(鑑眞, 간진) 화상은 일본 불교에 율종을 확립시켜 주고 당초제사(唐招提寺)를 창건했다.

지금 나라에 남아 있는 사찰과 불상은 나라시대의 문예부흥을 여실히

말해주는데 일본 역사에서는 이 시기를 덴표(天平)시대(729~749)라는 별칭으로 부르기도 한다.

나라시대 연표

710년   헤이조쿄 천도

710년   흥복사 창건 착수

712년   『고사기』 편찬

718년   약사사, 후지와라쿄에서 나라로 이전

720년   『일본서기』 편찬

724년   쇼무 천황 즉위

727년   발해에서 처음 사신이 옴

741년   전국에 국분사와 국분니사 건립을 명함

752년   동대사 대불 완성, 대불 개안식 개최

753년   감진 화상 일본에 옮

756년   고묘 황후, 동대사에 쇼무 천황의 유품 헌납(정창원의 시작)

759년   『만엽집』, 759년까지의 시가가 수록되어 있음

759년   당초제사 건립 착공

763년   감진 화상 입적

784년   헤이조쿄에서 나가오카(長岡, 교토 남쪽 교외)로 천도

794년   교토의 헤이안쿄(平安京, 현재의 교토)로 천도

헤이안(平安)시대: 794년~1185년

헤이안시대는 지금의 교토인 헤이안쿄(平安京)로 수도를 옮긴 794년부터 가마쿠라(鎌倉) 막부가 개설된 1185년까지 약 400년간을 말한다.

천황은 중앙집권을 강화하기 위하여 천도했지만 농지 개발에 의한 개인 소유의 영지가 권문세가의 장원(莊園)으로 흡수됨에 따라 공지공민(公地公民)의 개념이 무너지고 귀족의 권한이 더욱 커졌다.

10세기로 들어서면 유력한 귀족들과 사원은 자신들의 장원에서는 조세를 내지 않아도 되는 불수조권(不輸租權)을 인정받고, 정부에서 파견한 고쿠시(國司)가 장원에 들어가는 것을 거부하는 불입권(不入權)까지 얻어냈다.

969년 이후 천황은 모두 후지와라(藤原)씨 딸이 낳은 아들이 즉위했고 정치적 실권은 후지와라씨가 쥐고 있었다. 거대 귀족인 후지와라씨는 천황이 어릴 때는 셋쇼(攝政), 성장한 뒤에는 간바쿠(關白)로 군림했다. 이를 셋칸(攝關) 정치라 하는데 이후 약 100년은 후지와라씨의 셋칸 정치시대였다.

사상적으로는 여전히 불교가 이끌어갔다. 804년에 입당(入唐)했던 사이초(最澄)와 구카이(空海)가 각기 천태종(天台宗)과 진언종(眞言宗)을 들여와 새로운 흐름을 형성하면서 결과적으로 밀교(密敎)가 성행하게 되었고, 12세기 말에는 호넨(法然)이 정토종(淨土宗)을 개창하면서 전란으로 시달린 민중들은 정토사상에 많이 귀의했다.

후지와라의 씨사인 평등원(平等院, 보도인)의 봉황당(鳳凰堂, 호오도), 천태종의 본사인 연력사(延曆寺, 엔랴쿠지), 진언종의 본사였던 교왕호국사(敎王護國寺), 즉 오늘날의 동사(東寺, 도지) 건축과 불상 조각들이 이 시대를 대표하는 불교 유산이다.

헤이안시대는 견당사가 폐지되었던 894년을 기점으로 전기와 후기로 나누기도 한다. 후기로 들어오면 대륙과의 문화 교류가 단절됨으로써 일본 고유의 미술문화가 형성되는 계기가 되었다. 귀족계급은 정치에서 벗어나 우아하고 화려한 문화에 탐닉했고 일본적 성격이 짙은 질 높은 문화를 창출했다.

일본 가나(假名) 표기법이 창안되면서 문학이 크게 발달하여 일본적인 정취와 사랑을 주제로 가나로 쓴 시집 『고금화가집(古今和歌集)』, 장편소설 『겐지모노가타리(源氏物語)』 같은 일본 고전문학이 탄생했다.

귀족들의 저택은 화려한 건물과 정원을 갖춘 침전조(寢殿造)가 유행했다. 바닥에는 다다미를 깔고 칸막이에는 일본의 풍경이나 풍속을 사실적으로 묘사한 야마토에(大和繪)가 그려져 일본화의 독자적인 영역이 확립되었다. 그리고 두루마리 그림인 에마키(繪卷)라는 일본 양식이 유행하여 『겐지모노가타리』 『조수희화(鳥獸戲畵)』 같은 에마키의 명작을 낳았다.

헤이안시대 말기로 가면 지방의 유력자들은 자신의 생명과 토지를 지키기 위해 스스로 무장할 수밖에 없었다. 여기서 일본 역사상 주종관계로 결속된 무사(武士) 집단이 등장하게 되었다. 그중 다이라씨(平家, 헤이케)와 미나모토씨(源氏, 겐지)가 가장 강력했다.

한편 후지와라씨는 150년간 권세를 누렸지만, 이 집안의 딸을 후비로 만들어도 황태자가 태어나지 않으면서 셋칸 정치에 제동이 걸렸다. 1068년 후지와라씨와 외척 관계가 전혀 없는 천황이 즉위했고 그뒤를 이은 시라카와(白河) 천황은 황위를 재빨리 아들에게 이양하고 자신은 상황(上皇)이 되어 원청(院廳)을 설치하고 정치를 실시했다. 이것을 인세이(院政)라 한다. 인세이는 이후 100년간 계속되었다.

본래 인세이는 왕의 아버지 또는 할아버지 같은 직계존속이 상황이 되어 정권을 잡는 정치체제였는데 때론 집안의 내분으로 2명의 상황이 있게 되었고 이 싸움은 결국 무사들의 무력으로 해결되면서 이때부터 무가(武家) 정치가 싹트기 시작하였다. 처음엔 다이라씨가 실권을 잡고 무가 정치를 행했으나 20년도 못 되어 끝나고, 결국 1185년 미나모토씨(源氏)가 다이라씨 일족을 멸망시키고 정이대장군(征夷大將軍)에 임명돼 막부를 개설함으로써 헤이안시대는 막을 내렸다.

794년   헤이안쿄로 천도

804년   사이초와 구카이 입당(入唐)

858년   후지와라노 요시후사(藤原良房), 최초로 셋쇼(攝政)가 됨(셋
         칸 정치 시작)

894년   견당사 폐지

901년   스가와라노 미치자네(菅原道眞), 다자이후로 좌천

905년   『고금화가집(古今和歌集)』편찬

996년   후지와라노 미치나가(藤原道長), 좌대신(左大臣)이 되어 이
         후 30년간 통치(후지와라씨의 전성기)

1001년 무렵 『겐지모노가타리(源氏物語)』성립

1068년   셋칸 정치의 폐막

1086년   시라카와 상황, 인세이(院政) 개시

1167년   다이라노 기요모리(平清盛), 태정대신(太政大臣)에 취임(헤
         이케 정권)

1185년   다이라씨 멸망

1189년   오슈(奧州)의 후지와라씨 멸망

1192년   미나모토노 요리토모, 정이대장군에 임명돼 가마쿠라(鎌倉)
         에 막부 개설. 초대 쇼군이 됨.

3. 일본과 국제관계

한반도 문화의 영향

일본은 좁은 섬나라에서 벗어나고자 발달된 대륙문화를 동경했고 나

아가서는 대륙으로 진출하고 싶은 욕망과 충동을 품었다. 처음에는 한반도와 교류하면서 대륙의 문명과 문화를 접했다.

당시 일본은 중국과 교류할 수 있는 항해술이 없었다. 그들의 배로는 구로시오(黑潮) 해류가 지나가는 험난한 동중국해를 건너갈 수 없었다. 바닷길은 한반도 남해와 서해에 자연스럽게 연결되었다. 한반도의 정세 변화 속에서 일본으로 건너간 가야인·백제인들은 왜의 문명개화에 큰 힘이 되었다. 이들을 도래인(渡來人)이라 부르며 이들이 가져간 문화를 도래문화라 한다.

한반도로부터 철기문화·불교문화 등 문명의 세례를 받고 율령국가로 성장한 뒤에 왜는 일본이라는 국호와 천황이라는 칭호를 가진 고대국가를 탄생시켰다. 이때부터는 견당사를 보내며 중국과 직접 교류하기 시작했다. 그리하여 일본은 한반도 영향을 벗어나 더 국제적인 문화를 받아들이게 되고 8세기 중엽에는 덴표문화라는 문화적 전성기를 맞는다.

8세기 이후 일본과 통일신라는 다소 소원한 관계에 있었고 일본은 통일신라에 대해 라이벌 의식까지 갖고 있었다. 『일본서기』는 이런 분위기에서 찬술되었기 때문에 많은 왜곡이 일어난 것이다.

고려시대에는 긴밀한 교류가 없었다. 당시 일본은 센고쿠(戰國)시대로 내란이 일어나 외교에 신경쓸 틈이 없었다. 그러다 여몽연합군의 일본 침공 이후는 교류가 끊긴 상태로 되었다.

14세기 후반 고려는 왜구의 창궐로 많은 피해를 입었고 결국 고려는 멸망하고 조선 왕조가 개국했다. 왜구는 일본정부도 골치를 앓던 해적떼였다. 조선 세종 때 이종무(李從茂)가 왜구의 본거지인 쓰시마를 정벌하여 이후 왜구는 한반도가 아니라 중국 쪽에서 해적질을 했다. 신숙주는 『해동제국기(海東諸國記)』에서 일본과의 관계는 그들을 교화(敎化)시키는 방향으로 나아가야 한다고 했다. 그것이 조선 왕조의 대일본 외교 방향이었다.

이리하여 조선 왕조는 무로마치(室町)시대 일본과 긴밀히 교류했다. 처음에는 일본 사신이 서울까지 올라왔다. 일본은 조선과의 외교를 대개 교토 5산(五山)의 승려들이 맡았고, 이들은 이제 조선에선 필요없게 된 대장경, 사경, 불상 등을 요구했다. 각 다이묘(大名)들도 따로 사신과 상인을 조선에 파견해 필요한 물품을 구입해갔다. 때문에 무로마치시대 일본문화에는 조선문화의 영향이 여러가지로 나타난다.

일본의 조선 침략

16세기 말, 일본 열도의 천하통일을 완수한 도요토미 히데요시(豊臣秀吉)는 1592년 대륙 진출의 야망을 품고 한반도를 발판으로 중국, 나아가서는 인도까지 점령하겠다는 원정을 감행했다. 본래 군국주의는 전쟁이 아니면 유지할 수 없는 체제이기 때문에 마지막에는 일종의 '자살 충동'이 일어나 전쟁 자체가 목적이 된다.

이렇게 일어난 임진왜란은 7년간의 전쟁 끝에 히데요시의 죽음과 함께 막을 내리고 일본은 도쿠가와 막부 시대로 넘어갔다.

도쿠가와 막부는 대륙문명의 젖줄은 여전히 한반도일 수밖에 없음을 깨닫고 문화외교를 통한 교류를 조선에 요청했다. 조선정부는 동래에 왜관(倭館)을 설치하고 일본의 무역을 허가했다. 도쿠가와 막부의 요청을 받아들여 한편으로는 달래고, 한편으로는 동태를 살피기 위하여 조선통신사를 200년 간 12번에 걸쳐 파견했다.

통신(通信)은 신뢰가 통한다는 뜻이었다. 조선통신사가 500명 규모로 직접 일본을 방문하게 된 것은 지난날(조선 전기)에 일본 사신이 부산에서 상경했던 세 갈래의 길이 임진왜란 때 일본군의 진격 루트가 되었기 때문에, 이번(조선 후기)에는 일본인의 상경을 금지하고 조선에서 직접 통신사가 에도(江戶, 도쿄)를 방문하는 형식을 취했던 것이다. 경비는 일본 측에서 부담했다.

그리고 세월이 흘러 서세동점(西勢東占)이 일어나는 19세기 초가 되면 일본은 더이상 조선에 의지할 바가 없다는 생각을 했다. 일본은 조선통신사의 방일(訪日)을 중단시켰다. 서양문물과 제국주의 침략을 경험하면서 막부시대를 청산하고 천황을 중심으로 힘을 뭉쳐 서양과 대결하자는 존왕양이(尊王攘夷) 사상이 일어났다.

메이지유신으로 천황 중심의 왕정복고를 이루는 과정에서 일본은 신도(神道)를 불교와 분리하기 위해 폐불훼석(廢佛毀釋)이라는 불교 탄압과 문화 파괴를 자행했고, 폐번치현(廢藩治縣) 조치로 중앙집권체제를 갖추었다. 서양 제국주의자들과 불평등조약을 맺으면서 개항했고, 서양 학습을 위해 이와쿠라(岩倉) 사절단이 서구를 유람하고 돌아오기도 했다. 이때 일본에서는 조선을 침략하자는 정한론(征韓論)이 대두된다.

메이지유신 이후 군국주의로 무장한 일본은 서양에 당한 불평등조약을 조선에 강요했고, 제국주의의 길을 걸어 마침내는 조선을 식민지로 만들었다. 더 나아가 만주에 괴뢰 정부를 세웠으며 중일전쟁 때 남경(南京) 학살까지 자행했다. 그리고 일본 제국주의는 결국 또 한번의 '자살 충동'으로 태평양전쟁을 일으켰고 그것은 일본의 패망으로 끝났다.

2차대전 이후 세계는 일본이 군국주의로 나아가지 못하게 헌법에 제동장치를 걸어 국군이 아니라 자위대를 편성하도록 했다. 그러나 일본은 역사적·풍토적 성격으로 또다시 군국주의로 갈 가능성이 있기 때문에 오늘날 세계가 이를 경계하고 있다.

한일 관계가 다시 정상화된 것은 1965년 한일협정 이후이고, 대중문화가 개방된 것은 1998년의 일이다.

일본 천황의 유래

일본의 천황(天皇)은 『일본서기』에서 "기원전 660년에 1대 진무(神武) 천황이 즉위했다"라고 한 데에서 유래하여 오늘날까지 125대가 '만세일계'로 이어져온다고 말하고 있다.

그러나 이는 후대에 만들어진 전설에 불과하고, 그들이 말하는 천황 계보 중 확실한 역사적 실재성을 갖는 것은 6세기 말 스이코(推古)부터라는 것이 대다수 역사학자들의 견해다.

스이코 이전 천황가(家)는 당시의 많은 우지(氏) 중 하나인 천손족(天孫族)이었다. 모든 우지의 정치적 수장을 오키미(大王)라고 했는데 이것이 발전해 천황이 되었다.

천황과 일본이라는 용어가 처음 나타난 것은 607년, 쇼토쿠 태자가 중국 수나라에 보낸 국서(國書)에서 "해 뜨는 나라의 천자가 해 지는 나라의 천자에게 안부를 전한다. 별고 없는지"라고 한 것에서 유래한다고들 말한다. 그러나 중국 측 기록에는 607년에 왜왕이 다시 조공해 왔는데 호를 아배계미(阿輩鷄彌)라고 했다고 쓰여 있다. 이는 대왕(大王)의 일본 발음 오키미를 한자로 표기한 것이다. 이때까지는 '일본의 천황'이 아니라 '왜의 야마토 정권 대왕'이었던 것이다.

야마토 정권의 대왕이 확실히 우위를 갖게 되는 것은 646년 다이카개신 이후이며, 일본이라는 국호가 등장하는 것도 672년 임신의 난에서 승리한 덴무(天武) 연간이고 대왕(오키미)이 천황(덴노)이라고 호칭이 바뀐 것도 이 무렵이다. 689년에 시행된 '아스카 기요미하라령' 이후 공식적으로 확정됐다는 것이 정설이다.

천황은 나라시대에는 최고권력자였다. 그러나 헤이안시대로 들어오면 형식적 지위만 갖고 있었고, 가마쿠라시대로 들어가면 쇼군(將軍)이 다스리는 막부가 정치적 실권을 쥐고 있었다.

그러다 1868년 메이지유신 이후 다시 왕정이 복고되었다. 이때 군부와 우익세력에 의해 천황은 신격화되고 2차대전에서 패한 뒤 1946년 1월 1일, 쇼와 천황은 '인간선언(人間宣言)'을 함으로써 신성이 부정되었다.

일본의 신헌법에서는 "국가와 국민통합의 상징이며, 헌법에 정해진 일정한 국사행위(國事行爲) 이외 국정에 관한 권리의 주장과 행사는 불가하다"라고 명기하여 정치적으로 엄정 중립을 지키며, 어떠한 정치문제에도 관여하지 않음을 밝혔다.

일본의 연호는 7세기 중반 '다이카(大化)'가 최초이며 천황이 바뀔 때뿐만 아니라 천재지변이 일어날 때에도 바뀌었다. 또 연호를 이어받기도 했기 때문에 천황과 연호가 일치하지 않는다. 메이지 이후에야 한 명의 천황은 하나의 연호를 쓰고 있다. 제125대 아키히토(明仁)는 1989년부터 '헤이세이(平成)'란 연호를 사용하고 있다.

동아시아의 국제 질서와 조공

일본인들은 일찍부터 천황의 나라임을 자처했다는 데 대해 대단한 민족적 자부심을 갖고 있다. 이에 반해 중국에 조공(朝貢)했다는 사실을 들어 한국을 얕잡아보는 경향이 있었다. 통일신라는 중국에 조공하는 나라이기 때문에 자신들의 국격이 더 높다고 주장했다. 이로 인해 통일신라와 일본은 외교적 마찰이 일어나고 소원해졌다. 그리고 1천년이 지난 뒤 메이지유신 때 조선에 보낸 외교문서에서 천황이라고 자처한 것을 조선이 받아들이지 않자 정한론(征韓論)이 일어났다.

한일 교류사에서 문제의 발단은 조공이 갖는 의미를 잘못 이해한 데서 일어난 면이 있다. 조공은 중국이 동아시아 사회를 이끌어가면서 만들어낸 외교적 형식이었다. 조공을 한다고 해서 속국을 의미하는 것이 아니었다.

266

오늘날 중국은 55개 소수민족을 포괄하는 거대한 나라다. 그러나 정통적인 한족의 나라였던 한(漢)·당(唐)·송(宋)·명(明)의 영토는 지금의 반 정도였고 사방은 소수민족으로 둘러싸여 있었다. 지금의 중국은 만주족인 청(淸)나라가 중국을 지배하면서 한족(漢族)의 힘을 약화시키고 한족도 여러 민족 중의 하나임을 강조하면서 주변 민족을 흡수한 결과물이다.

중국은 언제나 주변부 국가들과의 국방·외교문제를 국정의 최우선에 두지 않을 수 없었다. 그것은 동아시아의 평화 유지와 직결되어 있었다.

이에 중국은 주변부 국가로 하여금 중국이 군사적·문화적 주도권을 갖고 있음을 인정하면 나머지는 각국의 자율적이고 독자적인 정치·사회 체제를 보장하는 방침을 취했다. 이것을 외교 형식으로 만들어낸 것이 조공이었다.

조공의 형식에는 여러가지가 있었다. 예를 들어 중국에서 황제가 즉위할 때 각국에서 보내는 축하 사절단인 진하사(進賀使), 반대로 각국에서 새로 왕이 즉위한다든지 할 때 이를 보고하고 승인받게 하는 주청사(奏請使)가 있었다. 그리고 나중에는 매년 정기적으로 동지사(冬至使)를 중국으로 들어오게 했다. 동지사는 동짓날 가는 외교 사절로 이때 달력을 받아가게 했다. 달력은 천자가 천단(天壇)에서 하늘과 교감하여 만드는 천자의 고유 권한이라고 규정했다(조선이 대한제국으로 천자의 나라가 되었을 때 우리도 달력을 만들기 위하여 세운 것이 원구단이다). 이런 외교적 왕래를 통해 중국은 동아시아의 평화를 유지했고, 여기에 발달된 문화가 주변부에 전파되는 문명의 가교 역할도 동반되었다.

중국이 조공만으로 안심하지 못한 곳은 조선과 베트남이었다. 그래서 한때 한나라는 한반도와의 경계에 한사군(漢四郡)을 설치했고, 광둥성과 베트남 지역에 한구군(漢九郡)을 설치했었다. 668년 고구려 멸망 직후 당나라는 평양에 안동도호부(安東都護府)를 설치했고, 비슷한 시기인 679년에 하노이에는 안남도호부(安南都護府)를 두었다. 동쪽과 남쪽만 안정시키면 나머지는 큰 문제가 없었던 것이다.

결국 조선과 베트남은 중국의 조공이라는 외교적 형식에 응하면서 독립국가로 나아갔다. 그 결과 오늘날 중국의 소수민족 중 모국을 갖고 있는 나라는 한국의 조선족과 베트남의 안남족밖에 없다.

조선과 베트남이 동아시아의 리더가 되지 못했음은 지정학적 조건을 반영하는 것일 뿐 하등 부끄러운 것으로 받아들일 이유가 없다. 오늘날 미국이 세계를 이끌어가는 주도적 역할을 하고 있지만 프랑스·독일·영국이 자존심을 잃지 않고 세계문화에 이바지하고 있는 것과 똑같은 것이다. 조선, 베트남, 그리고 일본 모두가 동아시아 문화권에서 당당한 지분을 갖고 있는 문화적 주주 국가였던 것이다. 라이샤워(E. O. Reischauer)가 『동아시아』(East Asia)에서 거론한 나라도 중국·한국·일본·베트남 네 나라이다.

동아시아의 문화적 융성을 위하여

조공이란 측면에서 일본은 뚝 떨어져 있는 섬나라이기 때문에 사정이 달랐다. 동중국해라는 험난한 바다가 가로놓여 있어 피차 국방상 크게 신경쓸 것이 없었다. 수나라 황제는 쇼토쿠 태자의 편지를 보고 진노했다면서도 이에 대한 답사(答使)를 보내준 것은 일본이 중국의 안전에 문제되지 않았기 때문이다. 중국의 입장에서 보면 마치 원숭이가 나무 위에 올라앉아 땅 아래 사자를 바라보며 '나무 위 밀림의 왕자가 대지의 왕자에게 고하노라, 잘 지내는가'라고 한 것 정도로 받아들였을 것이다.

그러나 중국이 천자임을 내세운 것과 일본이 천황임을 자처한 것에는 차이가 많다. 중국은 제(諸) 민족을 통어하면서 중심부 국가로서 동아시아의 평화를 유지한다는 외교적 방책에서 나온 것임에 비해 일본은 일본 열도 안에서 천황임을 말하고 있었다.

결국 일본은 동아시아 문화권의 평화체제 밖에서 독립적 위치를 누리고 있었다. 일본인들이 일본 열도 안에서 천황이라고 자부한 것은 그네들의 마음이지만 섬 밖으로 나와 세계의 일원으로 될 때는 사정이 다르다.

한 조직의 리더는 힘만 있다고 되는 것이 아니다. 세상사 모두가 그렇듯이 높은 위치에 있는 자는 힘과 아울러 조직의 안정과 조화를 갖출 수 있어야 한다. 일본이 아시아의 리더로 나서겠다는 두 차례의 시도, 즉 도요토미 히데요시가 중국을 거쳐 인도까지 쳐들어가 동아시아 제국을 건설하겠다고 조선에 길을 비켜달라며 임진왜란을 일으킨 것과 대동아공영이라는 이름 아래 태평양전쟁까지 일으킨 것의 실패는 이 점을 잘 말해준다. 자국 내에서는 힘으로 군림할 수 있지만 세계를 이끌어가는 리더에게는 또다른 자질이 요구된다.

내가 일본의 문화유산과 역사를 보면서 그들에게 우정 어린 마음으로 해줄 수 있는 이야기는 세계를 혼자만의 일방적 생각으로 살아가면 또다시 재앙을 불러일으킬 뿐이라는 점이다. 지금 일본이 보이고 있는 모습을 보면 누가 보아도 그것은 대국(大國)의 모습이 아니다. 일본에게 지금 필요한 것은 대인(大人)다운 덕(德)이다.

나라를 답사하면서 동대사·흥복사·당초제사에 있는 아름다운 불상과 건축물들을 볼 때 내가 생각하는 것은 8세기, 찬란했던 동아시아의 문화적 융성을 다시 한번 꿈꾸는 것이다. 서양은 중세의 암흑시대를 빠져나오려고 몸부림칠 때 동아시아에서는 한국·일본·중국이 다 함께 평화와 공존을 유지하면서 문화의 꽃을 피웠듯이 21세기에 다시 한번 그 영광을 구현하면 얼마나 좋을까라는 희망이다.

*일본 역사의 시대 구분

선사시대

조몬(繩文)시대

- 기원전 1만 4천년~기원전 300년
- 신석기시대, 조몬토기

야요이(彌生)시대

- 기원전 300년~기원후 300년
- 청동기시대, 야요이 토기와 벼농사

고분(古墳)시대

- 기원후 300년~600년
- 철기시대, 전방후원분 시대

고대

아스카(飛鳥)시대

- 550년~710년
- 불교의 공전(公傳)과 율령국가로의 발전

  (645년 이후 후기 아스카시대를 하쿠호시대라고도 함)

나라(奈良)시대

- 710년~794년
- 고대국가의 완성, 천황 중심의 중앙집권제

헤이안(平安)시대

- 794년~1185년
- 후지와라씨의 셋칸 정치, 무인세력의 등장

중세

가마쿠라(鎌倉)시대

- 1185년~1333년
- 미나모토씨(源氏), 막부 정치 시작, 난보쿠초(南北朝)시대로 혼란

무로마치(室町)시대

- 1333년~1573년
- 아시카가씨(足利)씨, 무로마치(室町) 막부 수립, 다이묘 등장, 센고쿠(戰國)시대로 혼란

아즈치 모모야마(安土桃山)시대

- 1573년~1603년
- 오다 노부나가와 도요토미 히데요시에 의해 센고쿠시대 마감

에도(江戶)시대

- 1603년~1867년
- 도쿠가와 이에야스, 도쿠가와 막부 수립

근현대

메이지(明治)시대 1868년~1912년

다이쇼(大正)시대 1912년~1926년

쇼와(昭和)시대 1926년~1989년

헤이세이(平成)시대 1989년~현재

* 연표 참고문헌

『한국민족문화대백과사전』 26, 연표·편람, 한국학중앙연구원 1993.

『한국사』 25, 연표, 한길사 1995.

국사편찬위원회 한국사데이터베이스, 통사, 한국사연표.

『대외관계사종합연표』, 吉川弘文館 2000.

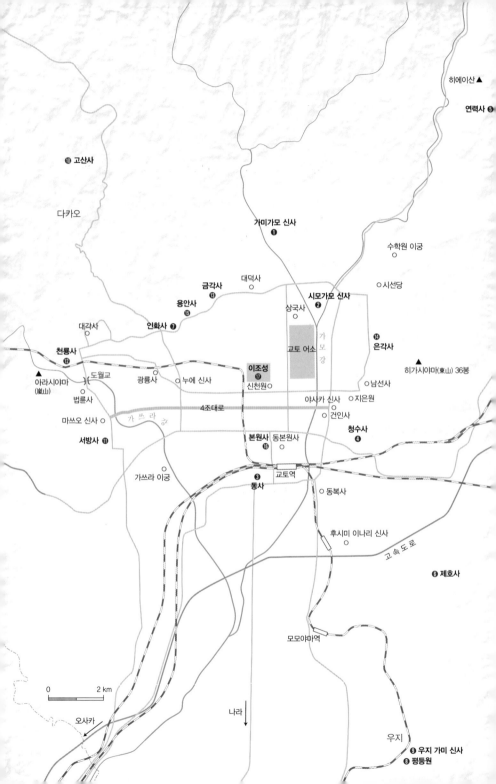

히에이산 ▲

연력사 ❺

⑩ 고산사

수학원 이궁
○

다카오

가미가모 신사
❶

○시선당

금각사 대덕사
⑬

용안사
⑮

시모가모 신사
❷

상국사
○

인화사 ❼

대각사

천룡사
⑫

교토 어소

가
모
강

은각사
⑭

히가시야마(東山) 36봉
▲

아라시야마
(嵐山) ▲

도월교

광륭사
○

누에 신사
○

이조성
⑰

신천원 ○

남선사
○

법륜사

4조대로

야사카 신사
○

지은원 ○

건인사 ○

마쓰오 신사 ○

가
쓰
라
강

청수사
❹

서방사 ⑪

본원사
⑯

동본원사
○

가쓰라 이궁

교토역

동사
❸

○ 동복사

후시미 이나리 신사
○

고
속
도
로

❻ 제호사

0   2 km

모모야마역

나라
↓

오사카

우지

❾ 우지 가미 신사

❽ 평등원

부록 2

교토의 유네스코 세계유산

1. 가미가모 신사(上賀茂神社)

헤이안시대 이전부터 이 지역을 차지하고 있던 호족 가모씨(賀茂氏)의 신사로 알려진, 교토에서 가장 오래된 신사. 정식 명칭은 '가모 별뢰 신사(賀茂別雷神社)'이다. 시모가모 신사(下鴨神社)와 함께 가모 신사(賀茂神社)라고도 불린다. 경내에는 개천이 흐르고 고목들이 얽혀 있으며, 신이 내려오는 곳이라는 세전(細殿) 앞 2개의 모래더미가 신비하고 청정한 분위기를 풍긴다(『나의 문화유산답사기』 일본편 3권 104~108면. 이후로는 권과 면수만 표시).

2. 시모가모 신사(下鴨神社)

고대 원시림이 남아 있는 '다다스노 모리(糾の森)'에 있으며, 정식 명칭은 '가모 어조(御祖) 신사'이다. 두 채의 사전(社殿)으로 이루어진 본전은 가모씨의 두 조상신을 헤이안쿄(平安京)의 수호신으로 모시고 있다. 가미가모 신사와 함께 전국에 퍼져 있는 유조(流造, 나가레즈쿠리) 양식 본전 건축의 전형을 보여준다(3권 104~108면).

3. 동사(東寺, 도지)

헤이안쿄 천도 당시 국가 수호를 위해 서사(西寺)와 함께 건설된 국가 수호 사찰로 공해(空海) 스님이 진언종의 밀교를 펼친 곳이다. 강당에는 '입체 만다라'라 불리는 일본에서 가장 오래된 밀교 조각상들이 배치되어 있으며, 오중탑은 교토의 상징이자 일본에서 가장 높은 목조탑이다(3권 153~86면).

4. 청수사(淸水寺, 기요미즈데라)

'청수의 무대'로 이름 높은 곳으로, 헤이안 천도 무렵 백제계 도
래인 후손이자 최초의 쇼군인 사카노우에노 다무라마로(坂上
田村麻呂)가 창건하였다. 벼랑 위에 세워진 '청수의 무대'와 본
당에서 보이는 시가지의 조망이 훌륭하며, 봄의 벚꽃, 여름의
신록, 가을의 단풍 등 사계절의 아름다움을 간직하고 있어 관
광객이 가장 많이 찾는 곳이다(3권 223~54면).

5. 연력사(延曆寺, 엔랴쿠지)

최징(最澄) 스님이 천태종을 개창한 이래 1200여 년에 걸쳐 일
본 불교의 핵심을 이루어온 곳이다. 헤이안시대 이후 법연(法
然)·영서(榮西)·도원(道元)·일연(日蓮) 등 많은 고승들을 배출
했으며, 오늘날에도 여전히 수행 도량으로서 엄숙한 분위기를
지키고 있다. 근본중당(根本中堂)이 핵심 건물이며 히에이산
(比叡山) 정상에 동탑, 서탑, 요카와(橫川) 등 세 영역으로 넓게
퍼져 있다(3권 187~222면).

6. 제호사(醍醐寺, 다이고지)

도요토미 히데요시가 죽던 해 장대한 벚꽃놀이를 연 곳으로 잘
알려져 있다. 차분하고 묵직한 모습의 오중탑은 951년에 건립
된, 교토에서 가장 오래된 목조 건축이다. 경내는 하(下)제호,
상(上)제호로 나뉘어 100여 개의 불당·탑·승방 등이 산재해
있다. 삼보원(三寶院) 표서원(表書院) 앞의 지천회유식 정원은
명석(名石)을 곳곳에 배치해 호화롭고 웅대한 모습을 자랑한다.

7. 인화사(仁和寺, 닌나지)

우다(宇多) 천황이 888년에 창건한 이래 법친왕(法親王, 스님이
된 왕자)이 기거하는 승방으로 어실어소(御室御所)라 불렸다.
삼문(三門)은 교토의 3대문 중 하나이다. 경내에는 금당(金堂)
과 오중탑이 있으며, 별도의 영역인 어전(御殿)은 어소(御所)풍
건축으로 헤이안 왕조문화의 향취를 전한다(3권 369~81면).

8. 평등원(平等院, 뵤도인)

후지와라씨(藤原氏) 가문의 영화를 보여주는 곳으로 우지강
(宇治川)의 서쪽 강변에 있다. 관백(關白) 후지와라노 미치나
가(藤原道長)의 별장을 그의 아들 요리미치(賴通)가 절로 바
꾼 곳이다. 헤이안시대 정원의 자취를 전하는 아자못(阿字池)
에 떠 있는 봉황당(鳳凰堂)은 극락정토를 꿈꾼 헤이안 귀족을
떠올리게 한다. 10엔짜리 동전에 그려진 건물이기도 하다(3권
255~96면).

9. 우지 가미 신사(宇治上神社)

본래는 아래쪽 우지 신사와 함께 평등원의 수호신사였다고 한
다. 일본의 신사 건물 중 가장 오래된 본전은 헤이안시대에 지
어진 것으로 3전(殿)으로 이루어져 있는데 좌우의 사전(社殿)
은 크고 가운데 사전이 작다. 배전(拜殿)은 우지 이궁(離宮)의
유구(遺構)로 알려진 침전조 양식 건물이다.

10. 고산사(高山寺, 고잔지)

고산사라는 이름은 높은 산중에 있어서 '일출선조 고산지사
(日出先照高山之寺)'라고 한 데서 유래했으며, 오래된 삼나무와
단풍이 무성해 경내 전체가 사적으로 지정되어 있다. 건인사
의 영서(榮西) 스님이 중국에서 가져온 차 씨앗을 이 절의 개조
(開祖)인 명혜(明惠) 스님이 심어 재배에 성공했다고 전해지는
일본에서 가장 오래된 차밭이 남아 있다. 원효와 의상의 일대
기를 그린「화엄종조사회전」과「조수인물희화」를 소장하고 있
는 곳으로 유명하다(3권 381~400면).

11. 서방사(西芳寺, 사이호지)

1339년 몽창 국사(夢窓國師)가 재건하면서 최초로 선종 사찰
의 마른 산수 정원을 만든 곳이다. 아래위 2단으로 구성된 정
원은 위쪽은 정원, 아래쪽은 심(心)자 모양의 황금지(黃金池)
를 중심으로 한 지천회유식 정원으로 일본 정원에 큰 영향을

미쳤다. 100여 종의 이끼가 경내를 뒤덮어 녹색 융단을 깐 듯한 아름다움을 자아내어 태사(苔寺, 고케데라)라고 불린다(4권 98~100면).

12. 천룡사(天龍寺, 덴류지)

고사가(後嵯峨) 천황의 가메야마(龜山) 이궁(離宮)이 있던 곳에 1339년 아시카가 다카우지(足利尊氏)가 고다이고(後醍醐) 천황의 명복을 빌기 위해 몽창 국사를 개산으로 하여 창건한 선종 사찰. 방장 정원은 아라시야마(嵐山)와 가메야마를 차경으로 한 지천회유식 정원으로, 귀족문화의 전통과 선종풍의 기법이 어우러져 사계절의 아름다움을 보여준다(4권 91~123면).

13. 금각사(金閣寺, 킨카쿠지)

무로마치시대 3대 쇼군인 아시카가 요시미쓰(足利義滿)가 1397년에 세운 북산전(北山殿)을 그의 사후 녹원사(鹿苑寺)라는 이름의 사찰로 바꾼 곳이 오늘날의 금각사이다. 금박의 3층 누각으로 지어진 사리전인 금각이 경호지(鏡湖池)에 비치는 환상적인 경관으로 유명하다. 여기서 이루어진 문화를 북산문화라고 하며, 1987년의 대수리로 한층 광채를 더하고 있다(4권 127~64면).

14. 은각사(銀閣寺, 긴카쿠지)

무로마치시대 8대 쇼군인 아시카가 요시마사(足利義政)가 1482년에 산장으로 지은 동산전(東山殿)을 그의 사후에 사찰로 바꾼 곳이다. 정식 명칭은 '자조사(慈照寺)'. 관음전(觀音殿)인 은각은 검소하면서도 고고한 모습이며, 동구당(東求堂)은 초기 서원조 양식의 건축이다. 백사(白砂)를 계단처럼 쌓은 은사탄(銀沙灘)과 향월대(向月臺)가 달빛을 반사해 은각을 아름답게 비춘다. 여기서 이루어진 문화를 동산문화라고 한다(4권 197~218면).

15. 용안사(龍安寺, 료안지)

호소카와 가쓰모토(細川勝元)가 1450년에 건립한 선종 사찰로, 방장의 마른 산수 석정(石庭)으로 유명하다. 삼면을 흙담으로 둘러싸고 동서 25미터, 남북 10미터가량의 장방형 백사 정원에 15개의 돌을 곳곳에 배치했다. 작자(作者)와 그 의도에는 여러 가지 설이 있으나 선(禪)을 정원에 나타낸 추상 조형의 극치로 평가받는 명원(名園)이다(4권 165~96면).

16. 본원사(本願寺, 혼간지)

교토 시내 중심지 한길 가에 있는 정토진종(淨土眞宗) 사찰로 규모가 장대하며 경내의 어영당과 아미타당의 위용이 압도적이다. 후시미성(伏見城)에서 옮겨온 당문(唐門), 일본에서 가장 오래된 북능무대(北能舞臺), 백서원(白書院), 흑서원(黑書院), 비운각(飛雲閣) 등의 건축물이 화려한 모모야마시대 건축의 정수를 전한다. 비둘기들이 노니는 광장은 시민의 휴식처이기도 하다.

17. 이조성(二條城, 니조조)

1603년 도쿠가와 이에야스(德川家康)가 에도 막부의 교토 거점으로 지은 평성(平城)이다. 왕실풍의 혼마루(本丸)와 무가풍의 니노마루(二の丸) 어전으로 이루어져 있다. 호화찬란한 모모야마시대의 건축과 내부 장식을 여실히 보여준다. 1867년, 도쿠가와 막부가 메이지 천황에게 정권을 넘기는 대정봉환(大政奉還)이 이곳에서 이루어졌다.

부록 3

아스카·나라·교토
3박 4일 답사 일정표

첫째날

09:00 인천 또는 김포 국제공항 출발
11:00 간사이(關西) 공항 도착
12:00 중식
13:00 출발
15:00 법륭사(法隆寺)
16:30 출발
17:00 아스카사(飛鳥寺)
　　　 아마카시 언덕(甘樫丘)
19:00 가시하라 숙소 도착, 석식
　　　 (숙소가 나라인 경우 19:30 도착)

* 법륭사는 일찍 문을 닫기 때문에 먼저 가는 것이
　좋습니다.
* 아스카 답사는 서운하지만 아마카시 언덕에 올라가
　보는 것으로 만족해야 교토 답사가 풍부해집니다.
* 숙소는 가시하라가 가깝고 좋으나 형편에 따라서
　는 나라까지 가야 합니다.

둘째날

08:00 가시하라 숙소 출발
　　　 (숙소가 나라인 경우 08:40 출발)
09:00 흥복사(興福寺)
10:00 출발
10:10 동대사(東大寺)
11:00 출발
11:15 삼월당(三月堂)
11:50 출발
12:00 중식
13:00 출발
14:00 우지(宇治) 평등원(平等院)
15:30 출발
15:35 우지 강변 산책 및
　　　 대봉암(對鳳庵) 찻집
16:00 출발
17:00 후시미(伏見) 이나리(稻荷) 신사
18:00 출발
19:00 교토 숙소 도착, 석식

* 식사 장소가 시내에 있으면 가모강(鴨川)과
　다카세강(高瀬川) 강변 산책을 즐기기 편합니다.

278

* 이 책을 길잡이로 직접 답사하실 독자를 위해 실제 현장답사를 토대로 작성한 일정표입니다.
  시간표는 봄가을을 기준으로 했으며 계절과 휴일·평일에 따라 달라질 수 있습니다.
  겨울철에는 비공개인 경우도 많고, 개관 시간도 계절마다 달라서 사전 확인이 필요합니다.
  교토의 유적지는 대개 오후 4시 또는 4시 30분에 입장을 마감합니다.
  이동 시간은 관광버스를 기준으로 한 것입니다.

셋째날

08:30	출발
09:00	광륭사(廣隆寺)
09:45	출발
10:00	천룡사(天龍寺)
11:00	천룡사 후문으로 나와 사가노(嵯峨野)의 죽림 산책
11:30	도월교(渡月橋)와 강변 산책
12:00	중식
13:00	출발
13:30	용안사(龍安寺)
15:00	출발
15:15	금각사(金閣寺)
16:00	출발
16:40	이총(耳塚)
17:00	출발
17:15	야사카(八坂) 신사, 마루야마(圓山) 공원, 기온(祇園) 산책
18:30	기온에서 석식, 숙소 도착

넷째날

08:30	출발
09:00	청수사(清水寺)
10:00	기요미즈 자카(清水坂), 산넨 자카(三年坂)
10:30	출발
10:45	삼십삼간당(三十三間堂)
11:30	출발
12:00	은각사 입구에서 중식
13:00	은각사(銀閣寺)
14:30	출발
16:00	간사이 공항 도착
18:10	출발
20:05	인천 또는 김포 국제공항 도착

* 교토에서 간사이 공항까지는 1시간 30분으로 잡
  았지만 교통체증을 고려해 2시간 전에 출발해야
  할 경우도 있습니다.
* 교토국립박물관, 고려미술관 등 박물관 관람을 위
  해서는 답사처 한 곳을 생략하고 일정을 따로 짜
  야 합니다.

주요 일본어 인명·지명·사항 표기 일람

이 책은 국립국어원 외래어 표기규정에 따라 일본어를 표기했다. 아래의 일람에서 괄호 안
에 해당 한자와 현지음에 가까운 창비식 일본어 표기를 밝혀둔다.(편집자)

ㄱ
───────────────

가나자와(金澤, 카나자와)
가노 단유(狩野探幽, 카노오 탄유우)
가도와키 데이지(門脇禎二, 카도와끼 테이지)
가마쿠라(鎌倉, 카마꾸라)
가메야마(龜山, 카메야마)
가모강(鴨川, 카모가와)
가미가모(上賀茂, 카미가모) 신사
가시하라(橿原, 카시하라)
가쓰라강(桂川, 카쯔라가와)
가쓰라 궁가 → 가쓰라노 미야케
가쓰라노 미야케(桂宮家, 카쯔라노 미야께)
가쓰라리큐(桂離宮, 카쯔라리뀨우)
가쓰라 이궁 → 가쓰라리큐
가와라마치(河原町, 카와라마찌)
가이라쿠엔(偕樂園, 카이라꾸엔)
간다(神田, 칸다)
간무(桓武, 칸무) 천황
간큐안(官休庵, 칸뀨우안)
건인사 → 겐닌지
겐닌지(建仁寺, 켄닌지)

겐로쿠엔(兼六園, 켄로꾸엔)
겸육원 → 겐로쿠엔
고계 스님 → 고케이 스님
고곤(光嚴, 코오곤) 천황
고다이고(後醍醐, 고다이고) 천황
고다이지(高臺寺, 코오다이지)
고대사 → 고다이지
고라쿠엔(後樂園, 코오라꾸엔)
고류지(廣隆寺, 코오류우지)
고미즈노오(後水尾, 고미즈노오) 천황
고보리 엔슈(小堀遠州, 코보리 엔슈우)
고사가 천황(後嵯峨, 고사가)
고산사 → 고잔지
고시라카와(後白河, 고시라까와) 천황
고요제이(後陽成, 고요오제이) 천황
고잔지(高山寺, 코오잔지)
고케데라(苔寺, 코께데라)
고케이(古溪, 코께이) 스님
고켄(孝謙, 코오겐) 천황
고후쿠지(興福寺, 코오후꾸지)
곤니치안(今日庵, 콘니찌안)
관휴암 → 간큐안

280

광륭사 →고류지
교기(行基, 교오기) 스님
교토(京都, 쿄오또)
구마쿠라 이사오(熊倉功夫, 쿠마꾸라 이사오)
구사마 야요이(草間彌生, 쿠사마 야요이)
구키 슈조(九鬼周造, 쿠끼 슈우조오)
규슈(九州, 큐우슈우)
금각사 →킨카쿠지
금일암 →곤니치안
기누가사 야스키(衣笠安喜, 키누가사 야스끼)
기온(祇園, 기온)
기요미즈데라(清水寺, 키요미즈데라)
기요미즈 자카(清水坂, 키요미즈 자까)
기타가키 구니미치(北垣國道, 키따가끼 쿠니미찌)
기타노 만도코로(北政所, 키따노 만도꼬로)
기타야마도노(北山殿, 키따야마도노)
긴카쿠지(銀閣寺, 긴까꾸지)

ㄴ
────────────────

나쓰메 소세키(夏目漱石, 나쯔메 소오세끼)
나이토 고난(內藤湖南, 나이또오 코난)
나카이 지쿠잔(中井竹山, 나까이 치꾸잔)
난젠지(南禪寺, 난젠지)
남선사 →난젠지
냐쿠오지(若王子, 냐꾸오오지) 신사
노아미(能阿彌, 노오아미)
녹원사 →로쿠온지
니시다 기타로(西田幾多郎, 니시다 키따로오)
니조 요시모토(二條良基, 니조오 요시모또)
니조조(二條城, 니조오조오)
니토베 이나조(新渡戶稻造, 니또베 이나조오)
닌나지(仁和寺, 닌나지)

닛코(日光, 닛꼬오)

ㄷ
────────────────

다나베 사쿠로(田邊朔郎, 타나베 사꾸로오)
다이고지(醍醐寺, 다이고지)
다이라노 기요모리(平清盛, 타이라노 키요모리)
다이카쿠지(大覺寺, 다이까꾸지)
다이토쿠지(大德寺, 다이또꾸지)
다치바나노 도시쓰나(橘俊綱, 타찌바나노 토시쯔나)
다카마쓰 신(高松伸, 타까마쯔 신)
다카세강(高瀬川, 타까세가와)
다카하시(高梁, 타까하시)
다케노 조오(武野紹鷗, 타께노 조오오오)
단게 겐조(丹下健三, 탄게 켄조오)
당인안목 →도진간기
대각사 →다이카쿠지
대덕사 →다이토쿠지
덴류지(天龍寺, 텐류우지)
도게쓰교(渡月橋, 토게쯔쿄오)
도겐(道元, 도오겐) 스님
도다이지(東大寺, 토오다이지)
도미오카 뎃사이(富岡鐵齋, 토미오까 텟사이)
도쇼구(東照宮, 토오쇼오구우)
도시샤(同志社, 도오시샤) 대학
도시타다(智忠, 토시따다) 친왕
도시히토(智仁, 토시히또) 친왕
도오지(東寺, 토오지)
도요쿠니(豊國, 토요꾸니) 신사
도요토미 쓰루마쓰(豊臣鶴松, 토요또미 쯔루마쯔)
도요토미 히데나가(豊臣秀長, 토요또미 히

데나가)
도요토미 히데요시(豊臣秀吉, 토요또미 히
데요시)
도원 스님 → 도겐 스님
도월교 → 도게쓰교
도진간기(唐人雁木, 토오진간기)
도쿄(東京, 토오꾜오)
도쿠가와 히데타다(德川秀忠, 토꾸가와 히
데따다)
도후쿠몬인(東福門院, 토오후꾸몬인)
도후쿠지(東福寺, 토오후꾸지)
동대사 → 도다이지
동복사 → 도후쿠지
동사 → 도오지
동산 → 히가시야마
동조궁 → 도쇼구

ㄹ-ㅁ

로쿠온지(鹿苑寺, 로꾸온지)
로쿠하라미쓰지(六婆羅密寺, 로꾸하라미
쓰지)
료안지(龍安寺, 료오안지)
마루야마(圓山, 마루야마)
마쓰오 대사(松尾大社, 마쯔오 타이샤)
마쓰오 신사 → 마쓰오 대사
마에다(前田, 마에다)
메이쇼(明正, 메이쇼오) 천황
명혜 스님 → 묘에 스님
모모야마(桃山, 모모야마)
모토오리 노리나가(本居宜長, 모또오리 노
리 나가)
묘신지(妙心寺, 묘오신지)
묘심사 → 묘신지
묘에(明惠, 묘오에) 스님

무라노 도고(村野藤吾, 무라노 토오고)
무라이 쇼스케(村井章介, 무라이 쇼오스께)
무라이 야스히코(村井康彦, 무라이 야스
히꼬)
무라타 주코(村田珠光, 무라따 주우꼬오)
무로마치(室町, 무로마찌)
무샤코지 센케(武者小路千家, 무샤꼬오지
센께)
미미즈카(耳塚, 미미즈까)

ㅂ

법관사 → 호칸지
법륭사 → 호류지
법연 스님 → 호넨 스님
법연원 → 호넨인
본능사 → 혼노지
본원사 → 혼간지
뵤도인(平等院, 뵤오도오인)
북산(北山, 기타야마)
북산전 → 기타야마도노
불심암 → 후신안
비와코(琵琶湖, 비와꼬)
비와호 → 비와코
비젠(備前, 비젠)

ㅅ

사가(嵯峨, 사가)
사가노(嵯峨野, 사가노)
사쓰마번(薩摩藩, 사쯔마번)
사이초(最澄, 사이죠오) 스님
사이호지(西芳寺, 사이호오지)
사카노우에노 다무라마로(坂上田村麻呂,
사까노우에노 타무라마로)

사카이(堺, 사까이)
산넨 자카(三年坂, 산넨 자까)
산주산겐도(三十三間堂, 산주우산겐도오)
삼십삼간당 →산주산겐도
상국사 →쇼코쿠지
서방사 →사이호지
선림사 →젠린지
성취원 →조주인
세키잔젠인(赤山禪院, 세끼잔젠인)
센노 리큐(千利休, 센노 리뀨우)
센 소탄(千宗旦, 센 소오딴)
센아미(千阿彌, 센아미)
셋슈(雪舟, 셋슈우)
소씨(宗氏, 소오씨)
쇼코쿠지(相國寺, 쇼오꼬꾸지)
수학원 이궁 →슈가쿠인리큐
슈가쿠인리큐(修學院離宮, 슈가꾸인리뀨우)
오쿠 소엔(春屋宗園, 슌오꾸 소오엔) 스님
스가노노 마미치(管野眞道, 스가노노 마미찌)
스미노쿠라 료이(角倉了以, 스미노꾸라 료오이)
스즈키 다이세쓰(鈴木大拙, 스즈끼 다이세쯔)
스케히토(高仁, 스께히또) 친왕
시가 나오야(志賀直哉, 시가 나오야)
시가라키(信樂, 시가라끼)
시라하타 요자부로(白幡羊三郎, 시라하따 요오자부로오)
시모가모(下鴨, 시모가모) 신사
시바 료타로(司馬療太郎, 시바 료오따로오)
시선당 →시센도
시센도(詩仙堂, 시센도오)
쓰시마(對馬, 쯔시마)

ㅇ
─────────────────

아라시야마(嵐山, 아라시야마)
아리미쓰 교이치(有光敎一, 아리미쯔 교오이찌)
아마카시(甘堅, 아마까시) 언덕
아메노모리 호슈(雨森芳洲, 아메노모리 호오슈우)
아스카데라(飛鳥寺, 아스까데라)
아스카사 →아스카데라
아시카가 다카우지(足利尊氏, 아시까가 타까우지)
아시카가 요시마사(足利義政, 아시까가 요시마사)
아시카가 요시미쓰(足利義滿, 아시까가 요시미쯔)
아즈치(安土, 아즈찌)
아카사카(赤坂, 아까사까)
아쿠타가와 류노스케(芥川龍之介, 아꾸따가와 류우노스께)
안도 다다오(安藤忠雄, 안도오 타다오)
야나기 무네요시(柳宗悅, 야나기 무네요시)
야마오카 소하치(山岡莊八, 야마오까 소오하찌)
야사카(八坂, 야사까) 신사
야요이(彌生, 야요이)
에도(江戶, 에도)
에이사이(榮西, 에이사이) 스님
에이칸도(永觀堂, 에이깐도오)
엔닌(圓仁, 엔닌) 스님
영관당 →에이칸도
영서 스님 →에이사이 스님
용안사 →료안지
원인 스님 →엔닌 스님
육바라밀사 →로쿠하라미쓰지

은각사 → 긴카쿠지
이나리 대사(稲荷大社, 이나리 타이샤)
이나리 신사 → 이나리 대사
이노우에 야스시(井上靖, 이노우에 야스시)
이바라키(茨城 이바라끼)
이소자키 아라타(磯崎新, 이소자끼 아라따)
이시카와 고에몬(石川五右衛門, 이시까와
　고에몬)
이시카와 조잔(石川丈山, 이시까와 조오잔)
이와쿠라(岩倉, 이와꾸라)
이조성 → 니조조
이총 → 미미즈카
이치조지(一乘寺, 이찌조오지)
이토 주타(伊東忠太, 이또오 추우따)
인화사 → 닌나지
일승사 → 이치조지
일휴 스님 → 잇큐 스님
잇큐(一休, 잇뀨우) 스님

자조사 → 지쇼지
적산선원 → 세키잔젠인
제호사 → 다이고지
젠린지(禪林寺, 젠린지)
조슈번(長州藩, 초오슈우번)
조주인(成就院, 조오주인)
지쇼지(慈照寺, 지쇼오지)
지온인(知恩院, 치온인)
지은원 → 지온인
천룡사 → 덴류지
청수사 → 기요미즈데라
최징 스님 → 사이초 스님
춘옥종원 스님 → 슌오쿠 소엔 스님
킨카쿠지(金閣寺, 킨까꾸지)

태사 → 고케데라
평등원 → 뵤도인
폰토정(先斗町, 뽄또초오)

하야시 라잔(林羅山, 하야시 라잔)
하야시야 다쓰사부로(林屋辰三郎, 하야시
　야 타쯔사부로오)
하치조 궁가 → 하치조노 미야케
하치조노 미야케(八條宮家, 하찌조오노 미
　야께)
하타씨(秦氏, 하따씨)
행기 스님 → 교기 스님
헤이안(平安, 헤이안)
호넨(法然, 호오넨)
호넨인(法然院, 호오넨인)
호류지(法隆寺, 호오류우지)
호소카와 가쓰모토(細川勝元, 호소까와 카
　쯔모또)
호소카와 다다오키(細川忠興, 호소까와 타
　다오끼)
호소카와 유사이(細川幽齋, 호소까와 유우
　사이)
호칸지(法觀寺, 호오깐지)
혼간지(本願寺, 혼간지)
혼노지(本能寺, 혼노오지)
후루타 오리베(古田織部, 후루따 오리베)
후시미성(伏見城 후시미성)
후신안(不審庵, 후신안)
후야정 → 후야초
후야초(麩屋町, 후야쪼오)
후지와라노 미치나가(藤原道長, 후지와라
　노 미찌나가)
후지와라노 사다이에(藤原定家, 후지와라

노 사다이에)
후지와라 세이카(藤原惺窩, 후지와라 세
　이까)
후지즈카 지카시(藤塚鄰, 후지즈까 치까시)
후쿠오카(福岡, 후꾸오까)
흥복사 →고후쿠지
히가시야마(東山, 히가시야마)
히로시마(廣島, 히로시마)
히에이산(比叡山, 히에이잔)

나의 문화유산답사기

일본편5 교토의 정원과 다도

일본미의 해답을 찾아서

초판 1쇄 발행 2020년 9월 20일
초판 4쇄 발행 2024년 3월 13일

지은이 / 유홍준
펴낸이 / 염종선
책임편집 / 황혜숙 이상술 최지수
디자인 / 디자인 비따 김지선 성지현
펴낸곳 / (주)창비
등록 / 1986년 8월 5일 제85호
주소 / 10881 경기도 파주시 회동길 184
전화 / 031-955-3333
팩시밀리 / 영업 031-955-3399 편집 031-955-3400
홈페이지 / www.changbi.com
전자우편 / nonfic@changbi.com